선택의
날

선택의
날

정해연 장편소설

시공사

프롤로그

봄이 되면 새온 아파트 놀이터는 장관을 이룬다. 단지 안에 심어 놓은 매화나무가 일제히 꽃을 피우기 때문이다. 눈부시게 하얀 꽃잎이 심장처럼 빨간색을 품고 있는 걸 보면 아영은 꽃이 화려한 수술로 태양의 빛을 빨아들이는 것만 같다. 찰칵, 소리가 나서 앞을 보니 지나가던 사람들이 휴대폰을 꺼내 사진을 찍고 있었다. 마음에 드는 아파트다.

올해로 여섯 살인 아영은 석 달 전 이 아파트로 이사를 왔다. 친구들과 헤어지기 싫어 울음을 터뜨렸지만, 어린이집까지 옮겨야 할 정도로 먼 곳이라며 엄마는 결국 이삿짐 차에 아영을 태웠다. 아빠는 보이지 않았지만 물으면 안 된다는 것 정도는 알고 있었다.

아영은 고개를 돌려 놀이터 쪽을 보았다. 남녀 아이들이 삼삼오오 모여 놀고 있었다. 집에서 가지고 왔을 장난감을 갖고 놀거나, 술래잡기하며 미끄럼틀을 오르고 내렸다. 화단에서 흙을 가져와 여자아이들에게 뿌리고 도망가는 남자아이도 있었다. 별안간 흙을 맞은 아이들이 인상을 찌푸리고 주먹을 흔들며 쫓아갔지만, 아영에게는 그것조차 즐거워 보였다. 아직 아영은 이 아파트에서 친구를 사귀지 못했다.

이상하게도 같은 어린이집에 다니는 친구들은 이 아파트에 하나도 살지 않는다. 대부분의 아이들은 데리러 온 엄마의 손을 잡고 걸어서 길 건너의 신축 아파트로 들어간다. 어린이집 차를 타는 아이들은 아영을 포함해 네 명밖에 되지 않는다. 그나마도 아영이 제일 늦게 내린다. 아영은 궁금했다. 나는 왜 다른 아이들과 같은 아파트에 살지 않는 걸까.

놀이터 앞에 노란색 승합차가 와서 서자 몇몇 아이들이 쪼르르 달려가 올라탔다. 아영의 얼굴이 침울해졌다. 그 시간이 온 것이었다.

이후 똑같은 색깔의 비슷한 차들이 차례로 와서 설 때마다 하나 혹은 몇몇의 아이들이 차를 타고 사라졌다. 모두 학원에 간다는 걸 알고 있었다. 아까 흙을 뿌리던 남자아이들 둘이 '태권도'라고 적힌 차를 타고 가는 것으로 결국 아영은 혼자 남았다. 오늘은 아무에게라도 말을 걸어 볼까 했는데, 그것도 실패다.

아영은 어린이집에 다녀오면 주로 아파트 놀이터에 나와서 논다. 종일반에 있으면 늦게까지 어린이집에 있을 수 있지만, 엄마는 종일반을 끊어 주지 않았다. 대신 혼자서 집 비밀번호 키를 사용하는 방법을 몇 번이고 알려 주었다.

"아영이, 엄마 올 때까지 혼자서도 잘 있을 수 있지?"

엄마는 여섯 번이나 똑같이 물었다. 그때마다 아영은 고개를 끄덕였다. 종일반이 아니어도 아파트 놀이터에서 놀면 심심하지 않으니 괜찮다고 했다. 그렇게 대답하지 않으면 안 될 것 같았다. 아빠는 어디 갔냐고 묻지 않는 것과 같은 느낌이었다. 아파트 문을 여는 것 정도야 몇 번쯤 해 보니 어렵지 않았지만, 엄마가 올 때까지 집에 혼자 있는 것은 심심했다. 엄마를 안심시키기 위해 말해 본 것뿐이지만 결국 아영은 혼자서 놀이터에 나가 놀았다. 아니, 놀았다기보다는 엄마가 올 때까지 기다렸다는 것이 맞는 말일 터다.

아영은 그네에 올라탔다. 아까까지만 해도 아이들이 많아 한번 앉아 보지 못했다. 발을 굴러 그네를 움직여 봤지만 그다지 흥이 나지 않았다. 그네 아래에 있는 아영의 그림자는 아영만큼이나 어깨를 옹송거리고 있었다. 그때 그 위로 길고 커다란 그림자가 겹쳐왔다. 아영은 고개를 들었다.

"안녕?"

〈겨울왕국〉 엘사처럼 하얀 얼굴에 허리까지 내려오는 긴 머리의 예쁜 언니였다. 허벅지 중간까지 내려오는 스커트 아래로 긴 다리가 늘씬하게 뻗어 나와 있었다. 아영은 반갑게 해쭉 웃었다.

"안녕하세요."

아영은 그네에서 얼른 일어났다. 아까 손을 털었지만 몇 번 더 털었다. 그 모습을 보며 여자가 생긋 웃었다. 들고 있던 핸드백에서 물티슈를 꺼내 아영의 손을 다정하게 닦아주었다.

"어제 우리 재밌었지?"

"네!"

아영은 고개를 주억거렸다. 오늘도 여자가 놀아줄까 하는 기대가 아영의 작은 가슴속에서 몽실거리며 피어올랐다. 여자는 혼자 노는 아영에게 처음 말을 걸어 준 사람이었다. 처음엔 경계했던 것이 사실이었다. 엄마는 항상 말했다. 모르는 사람은 따라가지 말라고. 하지만 여자는 아영을 어딘가로 데려가려 하지 않았다. 다만 아영을 향해 주먹을 내밀었을 뿐이다. 아영이 어리둥절한 얼굴을 하자 싱긋 웃으며 주먹을 펼쳐 보였다. 여자의 손바닥 위에 실바니안 토끼 피겨가 들어 있었다. 아영이 '와아' 입을 벌리자 여자는 핸드백 속에서 몇 개의 인형을 더 꺼내었다. 그러자 실바니안 가족이 완성됐다.

"안녕, 난 벨이야. 넌 이름이 뭐니?"

"……아영."

아영은 어색하게 대답했다. 하지만 오랜 시간이 지나지 않아 아영은 스텔라도 되었다가 필립도 되었다. 그 사이 언니는 엄마 역할도 했다가 아빠의 목소리까지 훌륭하게 냈다.

"뿌웅. 내가 뀌는 방귀 아냐. 뿌웅."

여자가 아빠의 인형을 가지고 내는 방귀 소리는 기가 막히게 웃겼다. 여자는 그렇게 한참이나 아영과 함께 놀아 주었다.

"근데 언니는 누구예요?"

"응. 나 아영이가 조금 더 크면 입학할 학교 선생님."

"아, 그렇구나."

아영은 여자가 너무 좋았다. 여자는 서른 살이 넘었다며 아줌마라고 불러도 된다고 했지만, 그 소리는 나오지 않을 것 같았다. 서른 살이라면 엄마와 비슷한 나이지만 엄마는 저렇게 예쁘고 세

련되지 않았다.

"오늘도 혼자 있네?"

여자의 물음에 생각에서 빠져나온 아영은 빨개진 얼굴로 고개를 끄덕였다. 엄마가 학원도 안 보내 주냐고 묻는 건 아닐까, 아니면 아빠는 없냐고 묻진 않을까 걱정했지만, 여자는 그런 것을 신경 쓰지 않는 것 같았다. 여자는 빨간 입술로 그냥 미소 지을 뿐이었다. 그 얼굴을 보며 아영은 여자가 매화꽃 같다고 생각했다.

"심심해?"

"……네."

아영은 쑥스럽게 웃었다. 그러면서 슬쩍 여자가 매고 있는 핸드백을 보았다. 오늘도 저 가방 안에 실바니안이 들어 있을까.

"언니가 아이스크림 사 줄까?"

아영은 여자를 올려다보았다. 여자가 곤혹스러운 듯한 얼굴로 미소를 지었다.

"사실은 언니가 차 바닥에 아주 중요한 걸 떨어뜨렸거든. 근데 언니 손이 너무 커서 주울 수가 없어. 네가 손이 작으니까 그걸 좀 꺼내 주면 좋을 것 같은데. 언니가 아이스크림도 사 주고 차에 있는 장난감들도 마음에 들면 줄게. 도와줄래?"

아영은 조금 머뭇거렸다.

"사실 언니 잃어버린 물건이 다른 사람에게 빌린 거라서 못 찾으면 정말 큰일 나거든."

여자가 울상을 지었다. 작은 공간에서 물건을 꺼내는 거라면 아영이 할 수 있는 일이었다. 엄마도 가끔 다용도실 구석에 쌓은 물건을 꺼낼 때 그렇게 아영의 도움을 받았으니까. 게다가 어려움에 닥친 사람을 모르는 척하면 나쁜 어린이다. 아영은 이전의 어린이집에서 그렇게 배웠다.

고개를 끄덕였다.

그 길로 여자를 따라갔다. 아파트 단지를 나와 조금 후미진 곳에 차가 있었다. 뒷좌석에는 여자의 말대로 장난감이 잔뜩 있었다. 평소 갖고 싶었던 선더볼도 있었다. 눈빛을 반짝이며 보다가 정신을 차리고 여자를 보았다.

"뭘 꺼내 주면 돼요?"

"응. 뒷자리 좌석 밑에 손을 넣어봐 줄래?"

아영은 뒷좌석 차 안으로 들어갔다. 그리고 앞좌석 시트 아래에 난 공간으로 손을 밀어 넣었다. 몇 번 더듬거렸더니 금세 뭔가가 만져졌다. 꺼내어 보니 짤막한 막대기 형태의 물건이었다. 그것이 립스틱이라는 걸 아영은 알고 있었다. 엄마가 바르는 것이기도 하고 어린이용 립스틱도 이런 모양으로 나온다.

'립스틱이 그렇게 중요한 물건인가?'

순간 그런 생각이 들었지만 입 밖으로 내지는 않았다. 사람마다 각자 소중한 물건은 따로 있을 것이었다. 아영은 아빠가 재작년에 생일 선물로 사 준 티셔츠가 가장 소중하다. 지금은 작아서 입지도 못하지만.

"아, 정말 고마워. 다행이다. 친구한테 돌려줄 수 있게 됐어. 다 아영이 덕분이야."

여자가 두 손을 맞잡고 환하게 웃었다. 아영은 으쓱한 기분이 들었다. 좋은 일을 하면 이런 기분이 드는구나, 싶었다.

"언니가 약속대로 아이스크림 사 줄게."

아영은 고개를 끄덕였지만 눈으로 자동차 안에 있는 장난감을 훑었다. 아영의 마음을 눈치챘는지 여자는 기분 좋게 웃었다.

"저 장난감 갖고 오늘도 같이 놀까?"

"실바니안 있어요?"

"그럼 오늘도 갖고 왔지."

여자는 핸드백을 손으로 툭툭 두드렸다. 아영이 웃었다. 여자가 손을 내밀었다. 길쭉한 손가락 끝에 빨간색 매니큐어가 반짝였다. 예쁘다고 생각하며 아영은 여자의 손을 잡았다. 여자의 손은 차가웠지만 기분이 좋았다.

"오늘은 언니 차 타고 저기 호숫가에 있는 공원에서 놀까? 거기 가면 오리도 있어."

아영은 고개를 또다시 끄덕였다. 여자가 이끄는 대로 아영은 조수석에 올라탔다. 여자가 몸을 조수석 안으로 넣어 안전벨트를 매 주었다. 좋은 향이 났다. 평소 엄마는 모르는 사람을 절대 따라가지 말라고 누누이 말했다. 하지만 이 언니는 괜찮다. 모르는 사람이 아니다. 어제 봤으니 아는 사람이다. 여자가 차 앞을 빙 돌아 운전석에 올라탔다.

"오늘 가는 공원은 아영이가 가 보면 정말 좋아할걸? 근데 아영이 늦으면 엄마가 걱정하실 테니까 엄마에게 언니가 전화해 줄게. 엄마 전화번호 외우니?"

엄마까지 걱정해 주다니. 역시 좋은 언니다. 그렇게 생각하는

것과 동시에 엄마 전화번호를 외우고 있어서 다행이라고 아영은
생각했다. 여자 앞에서 엄마 전화번호도 모르는 아이는 되고 싶
지 않았다.

"엄마 번호는, 010……."

1

병원은 미리 인터넷으로 알아보고 왔다. 하지만 정작 안으로 들어가려니 발걸음이 가볍지 않았다. 왠지 이 병원의 문을 여는 것만으로도 기가 죽는 듯한 느낌이 든다. 종현은 도로에 선 채로 병원이 있는 2층을 올려다보았다. 창문에는 짙은 초록색의 선팅지를 한가득 발라 놨다. 이 안에서 벌어지는 일에 대해서는 비밀이라는 느낌이 풀풀 풍긴다.

'서 비뇨기과 의원.'

비뇨기과의 이름이 '서'라니 의사 성을 딴 것이긴 하겠지만 참 절묘하다. 종현은 한번 주위를 둘러보고는, 자신을 관심 있게 보는 사람이 전혀 없다는 것을 확인한 뒤 건물로 들어가는 문을 열었다.

계단을 통해 2층으로 올라가자 바로 안내 데스크가 보였다. 대기석에는 단 두 명의 남자가 앉아 있었다. 그들은 그렇게 하는 것이 이미 약속이라도 되어 있는 듯 서로를 흘깃거리거나 쳐다보지 않았다. 분명 종현이 들어오는 것을 알았을 텐데도 돌아보지 않는 예의를 지켰다.

"유종현. 예약……했는데요."

데스크에 앉아 있는 간호사에게 다가가 입을 열었다. 간호사는 안타깝게도 여성이었다. 그녀는 그렇게 하는 것이 업무상 도리라는 것처럼 무뚝뚝한 얼굴로 키보드를 두드렸다.

"앉아서 기다리세요. 김시원 씨, 들어가세요."

앉아 있던 두 명 중 한 명이 일어나 안으로 들어갔다. 그 뒤로 종현의 이름이 불린 것은 먼저 와 있던 한 명이 마저 진료를 받은 뒤였다. 예약 시간은 이미 십 분을 넘겼다. 이러려면 예약은 왜 받는 걸까. 궁금은 했지만 묻고 싶지는 않았다. 괜히 따지고 들면 '그래서' 예민하다고 생각할 것만 같았다.

"유종현 씨, 들어가세요."

드디어 그의 이름이 불렸다. 종현은 일어나 '진료실'이라는 팻말이 붙은 방의 문을 열었다. 서류가 잔뜩 쌓인 책상 하나가 놓여 있었고, 앞에는 환자가 앉을 의자가 있었다. 의사가 앉은 책상 옆으로 길게 놓인 일인용 침대가 보였다. 커튼은 활짝 젖혀 있었지만, 덕분에 더 종현은 입안이 말랐다. 저 커튼을 닫고 침대에서 무슨 일이 벌어질까를 예상하니 가슴이 오그라드는 기분이었다.

의사는 한눈에 이런 병원에 처음 온 초보라는 것을 알아챘다는 듯 부드럽게 웃으며 말했다.

"일단 앉으시죠."

"예? 예."

종현은 고개를 주억거리며 의사의 맞은편 의자에 앉았다. 의사는 머리가 새하얀대신 얼굴에는 주름이 하나도 없어 나이대를 가늠하기 힘들었다. 그러나 쫙 편 어깨와 균형 잡힌 몸매, 그리고 표정에 자신감이 흘러넘쳤다. 이런 의사에 앞에서 '그' 얘기를 해야 한다니. 같은 남자라도 자꾸 작아지는 기분이다. 그렇다고 여성 의사를 바라진 않는다.

"어디가 불편하셔서 오셨죠?"

의사가 부드럽게 물었다. 종현은 마른 입술을 한번 핥은 다음, 침을 삼키고, 한숨을 크게 내쉬었다. 그제야 말할 용기가 났다.

"그게……, 안 섭니다."

의사가 종현을 응시했다. 그 시선이 천천히 종현의 얼굴에서 몸으로, 다시 아래로 내려가다 '그곳'에 딱 멈춰 섰다.

"아."

납득한 듯 의사는 고개를 끄덕였다. 뭘 보고 납득하는 건가. 기분이 상당히 나빠졌다. 하지만 따질 수도 없고, 따질 만한 말도 없다. 상대는 같은 남자가 아니라 의사다, 라고 종현은 마음속으로 계속 되뇌었다.

그 사이 의사는 책상 옆에 놓인 플라스틱 서류장을 열어 종이 하나를 꺼내 내밀었다. 문장이 가득 적힌 설문 조사지였다. 의사의 설명이 이어졌다.

"국제 발기능 측정 설문지입니다. 세계적으로 가장 널리 사용되는 설문지죠."

별 이상한 이름의 설문지도 다 있다. 널리 사용된다며 자랑스러운 표정을 짓는 의사도 꼴사나웠다. 종현이 설문지를 들여다보려 하자 의사가 종이를 자신의 앞으로 쑥 가져갔다. 그는 의사 가운 가슴팍에 꽂아둔 펜을 들더니 종현을 향해 커다랗게 첫 번째 질문을 읽었다.

"지난 4주 동안 성행위 시 몇 번이나 발기가 가능했습니까?"

"네, 네?"

눈을 크게 뜨고 입을 헤벌렸던 멍청한 얼굴이 곧 시뻘겋게 달아올랐다. 머릿속이 순식간에 혼란스러워졌다. 지금 이 상황을 파악하려고 하는 좌뇌와 지난 4주의 일을 떠올리려는 우뇌가 싸우는 기분이었다. 멍하니 벌어진 입은 뭐라 답을 내지 못하고 달막거리기만 했다.

그 표정만으로도 충분히 알겠다는 듯 의사는 고개를 끄덕였다.

'끄덕이지 마! 뭘 안다고!' 그런 외침이 목구멍까지 올라왔다. 하지만 소리를 지르기도 전에 의사의 두 번째 물음이 그를 공격해 왔다.

"지난 4주 동안 성적으로 발기되었을 때 성교가 가능할 정도로 충분한 발기가 몇 번이나 있었습니까?"

의사는 잔인하리만치 정확한 발음으로 또박또박 말했다. 종현은 너무나 기가 막혀 허, 하는 숨만 뱉어 냈다. 환자의 인권이 완전히 거세된 현장에 던져져 있는 기분이었다. 아니, 거세라는 단어는 쓰고 싶지 않다.

종현이 화가 났다는 것은 모르고 벌겋게 달아오른 얼굴로 입만 벌리고 있는 표정을 보고 의사는 다른 해석을 한 것 같았다. 그는 조금 짜증이 난 듯 이마를 구겼다. 마치 '초보는 이래서 상대하기

싫다니까'라고 말하고 싶은 듯 보였다.

"발기, 뭔지 몰라요?"

"선생님은 설문 조사가 뭔지 모르십니까?"

***

잠시 뒤 종현은 '서 비뇨기과 의원' 건물의 1층 약국에서 약을 타 가지고 나왔다. 약 봉투를 내려다보다가 한숨을 푹 쉬며 고개를 절레절레 흔들었다. 의사에게 설문 조사지를 뺏어와 직접 읽고 작성하기는 했지만, 결과적으로 의사가 자랑스러워 마지않는 국제 표준의 설문지는 소용이 없었다. 설문지 속 질문은 모두 최근 4주간 성행위 시 보인 반응을 기준으로 하고 있었다. 하지만 종현은 최근 4주간 성행위를 시도해 본 적이 없었다.

아내가 사라졌기 때문이다.

종현의 앞에서 아내가 사라진 것은 오늘로 꼭 다섯 달째였다. 죽거나 이혼, 그런 것을 문학적으로 풀어 비유니 뭐니 그런 표현을 하는 것이 아니다. 정말로 사라졌다. 흔적도 없이. 처음부터 없었던 사람처럼.

아내가 사라졌는데도 불구하고 종현이 발기 부전 치료를 하려는 데에는 다 이유가 있었다.

종현은 주머니에 약을 넣고 길을 건너기 위해 횡단보도 앞에 섰다. 신호등은 빨간색이었다. 그는 잠시 자신의 처지에 대해 한탄스런 한숨을 내쉬었다.

인간 유종현의 인생은 그다지 굴곡이 없었다. 그의 나이 서른여덟. 남들은 이 나이에 오기까지 크게 한 번 꺾인다고들 하지만 그는 아니었다. 아버지가 술에 절어서 가족들을 때리는 사람도 아니었고, 엄마 역시 옆집 천태 엄마처럼 바람을 피워 집을 나가지도 않았다. 아버지가 보증을 잘못 서 망하지도 않았고, 부자는 아니지만 남에게 손을 벌리지 않고도 종현을 대학 보낼 돈이 있었다. 종현은 그다지 어려움 없이 입학했고, 아르바이트도 한 번 하지 않고 재학했으며 졸업과 동시에 업계에서 손가락 안에 꼽히는 유명 회사에 손해 보험 사정사로 취직했다. 결혼 역시 마찬가지였다. 조금은 늦은 서른여섯이라는 나이에 했지만, 아내인 현아는 다정하고 사랑스러운 여자였다. 안전하고 행복한 인생이 자신의 것이라고 종현은 생각했다. 현아가 사라질 때까지만 해도.

　그때 휴대폰이 울렸다. 종현은 화들짝 놀라며 황급히 휴대폰을 꺼내 들여다보았다. 액정 화면에 떠 있는 '어머니'라는 글자에 금세 표정이 식고 어깨가 가라앉았다. 어머니가 전화하신 이유는 듣지 않아도 알 것 같았다. 수신 거절을 할까 하다가 전화를 받기로 했다. 전화를 받지 않으면 쫓아오실 것이 분명했으니까.

　"예, 엄마."

　"어디서 뭘 하고 있냐!"

　답답함을 터뜨리듯 어머니의 언성이 높았다. 순간 '어머니는 좋겠다'고 종현은 생각했다. 자신의 가슴을 무겁게 짓누르는 이 무게도 어딘가에 터뜨리고 싶었지만 정작 가슴을 답답하게 한 상대가 사라졌으니 그는 무게를 감당하거나, 그대로 짓눌릴 수밖에 없었다.

"잠깐 볼일이 있어 나왔어요."

아무리 어머니 속에서 나온 자식이라도 발기가 안 돼 치료를 받으러 나왔다는 얘기는 할 수 없었다.

"너 언제까지 그렇게 손 놓고 살래. 회사도 그만두고 뭘 하겠다는 거야! 그년은 안 돌아온다. 안 돌아와! 그러니까 그만 잊고……."

"제가."

종현은 어머니의 말을 잘랐다. 이미 수십 번 들은 말이니 잘라도 그 뒤는 들은 셈이다.

"제가 알아서 할게요."

사실은 알아서 할 아무런 계획도 없으면서 하는 소리였다. 현아가 사라진 뒤, 종현은 모든 연차를 끌어모아 휴가를 냈다. 하지만 현아의 흔적 하나 어디에서도 발견할 수 없었다. 휴가가 끝나고 출근해야 하는 날이 되었지만 정신은 돌아오지 않은 채였다. 멍하니 있거나, 갑자기 현아가 갈만한 곳이 떠올라 회사를 뛰쳐나가기 일쑤였다. 회사에서 안 좋은 소문이 돌았다. 잦은 실수는 결정적이었다. 시말서를 쓰라는 지시에 사직서를 썼다. 벌어서 먹는 것보다 현아를 찾아야 살 수 있을 것 같았다.

그 뒤로 어머니의 잔소리는 이어졌다. 전부가 현아를 향한 욕설과 한탄이었다. 한두 번 듣는 소리는 아니었다. 현아가 사라진 지 5개월. 어머니도 레퍼토리가 더 이상 남아 있지 않은 것이다. 대충 네, 네, 로 일관한 전화를 끊은 후 깊은 한숨을 쉬었다.

그 사이 횡단보도는 몇 번이나 파란불이 지나갔다.

오늘따라 언제까지 그럴 거냐는 물음이 귓전을 때렸다. 언제까지가 될지 솔직히 종현 자신도 알 수가 없었다. 아내는 느닷없이 사라졌고 아무리 해도 흔적조차 찾을 수가 없는데.

어머니는, 아니 그의 사정을 아는 사람들은 이제 그만 아내를 잊으라고 했다. 하지만 그건 맘처럼 쉬운 일이 아니었다. 잊기에는 아내를 너무나 사랑했다. 연애할 때보다 결혼 후에 아내에 대한 마음이 더 깊어졌다. 아내는 알면 알수록 좋은 사람이었다.

발기 부전의 이상 징후를 느꼈던 것은 결혼 후 1년이 지날 무렵부터였다. 당혹스러운 일이 생겼던 침대 위에서 아내는 종현을 늘 위로해 왔다. 여성이라고 왜 욕구가 없겠는가. 하지만 그 기대에 못 미치는 것만이 아닌, 아예 시작조차 못 하는 종현에게 실망할 법도 한데 아내는 늘 괜찮다고 해 주었다. 쭈그러든 성기를 잡고 어떻게든 힘써 보려 종현이 낑낑거리는 동안 이제 괜찮다고 어깨를 두드려 주던 그녀였다. 그녀는 일시적인 일일 거라고, 괜찮아질 거라고, 이런 건 아무 문제가 안 된다고 종현을 위로했다. 사랑해서 결혼했고, 몸이 안 좋아진 뒤 더 사랑하게 되었다.

종현도 처음부터 이렇지는 않았다. 아주 멀쩡했다. 대한민국 남자를 정력 순으로 줄 세워 놓고 순위를 매기고 보면 상위 15퍼센트 안에는 반드시 들어갈 수 있다고 자신할 정도였다. 그런데 대체 왜 이렇게 된 건지, 이유가 뭔지 알 수 없었다. 이상 징후를 느낀 순간부터 그의 정력은 파국으로 치달았다. 매일 아침 아내가 녹즙이며 영양제를 챙겨 주어도 발기 부전으로 내달리는 속도를 늦출 수 없었다.

정말 그래서였을까? 아내가 사라진 게 그것 때문일까. 겉으로는 괜찮다고 했지만 사실은 엄청난 불만이었을 수도 있지 않을까?

'혹시……'

종현은 아내가 사라진 그날부터 떠오르려고 해도 애써 막으려던 그 질문을 기어이 머릿속에 떠올리고야 말았다.

'혹시 다른 남자가 생긴 건 아닐까?'

아내는 좋은 여자니까 그것 때문은 아닐 거라고 생각하려 애썼지만, 사실은 내심 불안했다. 그래서 오늘 병원에도 온 것이다. 나아지면 아내가 돌아올 수도 있지 않을까 싶어서.

무심결에 고개를 든 순간, 신호등의 파란불이 점멸하고 있었다. 빨간색이던 신호가 생각에 잠긴 사이 파란불이 되었다가 다시 빨간불로 바뀌는 순간 정신을 차린 것이다. 아차, 싶어 횡단보도로 발을 뻗자 신호등이 빨간색으로 바뀌었다.

건너갈 수 없다.

***

종현의 집은 강북에 위치한 32평 아파트였다. 강남 25평보다 못한 가격이긴 하지만 종현이 결혼 전부터 모아온 돈과 결혼 후 벌어 온 월급을 아내가 알뜰살뜰 모아 산 아파트였다. 아내는 집을 굉장히 아꼈다. 자신의 집이 생긴 것이 행복하다며 매일 쓸고 닦고, 예쁘게 꾸몄다. 종현도 좋았다. 내 집 마련의 꿈을 아내 덕분에 이루었다. 그때, 참 행복했다.

비밀번호를 누르고 들어간 집은 휑뎅그렁했다. 다섯 달 전까지만 해도 집안을 가득 메우던 음식 냄새나 온기는 전혀 없었다. 이집에서 종현은 제대로 먹지도, 자지도 못했다. 배가 고프면 라면이나 술로 때웠다. 술에 지쳐 소파에 기대 잠드는 날은 있어도 제대로 침대에 누워 잔적이 손에 꼽았다. 아내가 사라진 자리를 무기력이 채웠다.

이런 상황에 청소며 환기가 제대로 이루어질 리 없었다. 퀴퀴한 냄새가 온 집 안을 삼키고 있었다. 안으로 들어간 종현은 거실의 불도 켜지 않은 채 몸을 던지듯 소파에 주저앉았다. 대부분의날을 종현은 불을 켜지 않은 채 생활했다. 불을 켜면 자신이 혼자라는 것이, 이 집을 채우던 그녀의 존재가 없다는 것이 더욱 여실히 느껴졌기 때문이다.

종현은 거의 습관적으로 테이블 위에 놓여 있던 텔레비전 리모컨을 움켜쥐었다. TV를 볼 마음도 없지만, 이제는 습관이 되어버렸다. 그렇게라도 하지 않으면 집안에 가득 찬 적막을 밀어 낼도리가 없었다.

"대낮에 어린이 납치 사건이 발생했습니다. 올해 여섯 살인 이어린이는 아파트 놀이터에서 한 여성을 따라나선 후 종적을 감췄습니다. 보도에 백민희 기자입니다."

'납치'라는 단어에 종현의 어깨가 흠칫 떨렸다. 앞에 붙어 있던 '어린이'라는 단어는 그의 머릿속을 파고들지 않았다. 납치. 아내가 사라진 후 줄곧 예민하게 반응하던 단어였다.

물론 아내가 사라진 걸 알게 된 이후 경찰에 신고는 했다. 경찰이 즉시 아내의 휴대폰 위치를 파악하고, 수사단을 꾸려 아내를 찾아줄 거라고 생각했다. 하지만 경찰은 그러지 않았다. 전화를 한 통 걸어 본 후 경찰들은 납치가 아니라고 했다.

납치가 아니면 뭐란 말인가. 별의별 생각이 머릿속을 휘저었다. 언젠가 본 적 있던 드라마의 한 장면이 떠오르기도 했다. 그 드라마처럼 아내가 자신에게 말하지 못한 병이 있었는지도 몰랐다. 그래서 혼자 죽음을 맞이하기 위해 사라진 것인지도 모른다. 그게 아니라면 납치가 아니고서야 이렇게 처음부터 없었던 사람처럼 증발할 수는 없는 일이었다.

"차현아 씨랑 통화됐는데요."

그 말을 들었을 때 종현은 머리를 크게 한 방 얻어맞은 것 같았다. 너무 식상한 표현인지는 몰라도 그것보다 더 정확한 말을 종현으로서는 떠올릴 수 없었다.

"그, 그게 무슨……."

종현이 전화를 아무리 해도 현아는 전화를 받지 않았다. 받을 수 없는 사정이 현아에게 일어난 것이라고 생각했었다.

전화를 걸었던 지구대 경찰은 조금 곤란한 듯 입술을 훑으며 입을 열었다.

"차현아 씨와 직접 연락이 닿았습니다. 저…… 이런 말씀 드리기 죄송합니다만, 집을 나간 거라고 하십니다. 이혼 서류도 곧 보낼 거니까 찾지 말라고 전해달라고 하십니다."

"그런……."

흩어지려는 정신을 간신히 모아 종현은 생각했다. 그리고 하나의 가정이 머릿속에 떠올랐을 때 종현은 다급히 지구대원의 손을 붙잡았다. 종현은 그 말을 경찰이 믿어서는 안 된다고 생각했다. 어떤 나쁜 놈들에게 자유를 억압당해 그들의 강요에 따라 시키는 대로 전화를 한 것이 분명했다. 아니면 다른 여자가 현아의 흉내를 내 전화를 받은 것 아닐까?

"주민등록번호로 본인 확인했고요. 저희 대원이 직접 찾아가서 안전하신 거 확인도 했습니다."

경찰은 종현에게 집에 가서 기다리라고 했다. 종현은 집에 가서 자신이 기다려야 할 것이 현아인지, 현아로부터 올 이혼 요청인지 모른 채 기다려야 했다. 그때부터 5개월이나 흘렀다. 아직까지 이혼 요청은 없었으며, 종현은 이따금 경찰에 연락을 했고, 경찰이 연락할 때마다 경찰은 현아와 연락이 닿았다. 결국 현아는 단순 가출 처리가 되었다.

종현은 리모컨을 들어 TV를 꺼 버렸다. 짜증스럽게 리모컨을 소파 위에 던졌다. TV를 끄기 전까지 뉴스에서는 어린이 납치 유괴 사건에 대해 심도 있게 보도하고 있었다. 사람을 납치하는 쓰레기 같은 인간들은 몽땅 잡아다가 아궁이 불쏘시개로 써 버리면 좋겠다. 아니면 다리를 쫙 찢어놓아 버리든지.

종현은 아직 그 어떤 가능성도 놓아 버리지 못하고 있었다. 한 걸음 양보해 현아가 단순 가출을 한 거라면 이혼하자는 연락이라도 왔어야 했다. 정말 납치가 아닌 걸까?

한편으로는 불안한 마음도 들었다. 자신이 치 떨리게 싫은 건지도 모른다. 어딘가에서 다른 남자와 살면서 이혼 후의 일을 도모하고 있을지도 모른다. 하지만 우리 그렇게나 행복했는데? 혹시 정말 발기 부전 때문에?

종현은 정신을 번뜩 차렸다. 이러고 있을 때가 아니었다. 곧장 부엌으로 가 식탁에 놓여 있던 흰 약병을 움켜쥐었다. 발기 부전 치료에 좋은 비타민이라고 현아가 아침저녁으로 꾸준히 챙겨 준 것이다. 고치자. 고쳐야만 한다. 만약 현아가 사라진 이유에 종현의 발기 부전 증상이 있다면 어떻게든 고쳐 놔야 했다. 종현은 약병을 열어 두 알을 꺼내 입안에 털어 넣으려 했다.

그때였다. 아파트 현관문 쪽에서 뭔가 인기척이 난다 싶더니 손잡이를 거칠게 잡아 돌리는 소음이 났다.

2

처음엔 잘못 들은 줄 알았다. 그리고 그다음엔 옆집 술 취한 아저씨가, 동을 잘못 찾은 꺼벙한 누군가가 그러는 걸로 알았다. 일반적인 방문객이라면 초인종부터 누를 테니까. 종현은 약을 든 채로 멍하니 서서 입을 벌리고 눈만 끔벅였다. 누구세요? 하고 물어야 하는지, 곧 자기 실수를 알아챌 상대가 가길 기다려야 하는지 파악하지 못했기 때문이었다.

잠시 바깥에서 소음이 멈췄다.

역시나 집을 잘못 찾은 거였다. 종현은 다시 손에 든 약을 입으로 가져갔다.

쾅쾅!

뭔가 부서지는 듯한 엄청난 소리가 종현의 어깨를 움츠려 들게 했다. 소리가 울릴 때마다 잠긴 현관문이 덜컹거렸다. 그의 어깨처럼 흠칫흠칫 떨리는 현관문을 보면서 종현은 이게 무슨 일인지를 파악하려 애썼다. 생각해보건대 뭔가로 현관문의 손잡이를 내려치는 것 같았다. 두려움이 엄습했다. 순간적으로 휴대폰이 어디 있는지 떠오르지 않았다. 빨리 휴대폰을 찾아 신고를 해야 하는데, 그사이 저 불청객이 현관문을 부수고 집안으로 뛰어 들어올 것만 같았다. 보통의 인간이 그러하듯 종현은 머릿속으로 최악의 경우만 상상했다. 저 현관문을 부수는 망치가 자신의 머리를 부수는 장면이 그를 두렵게 했다. 요즘 얼마나 위험한 세상인가. 별의별 정신병자가 온갖 범죄를 일으켜 매일 뉴스에 오르락내리락하지 않는가.

종현은 정신을 차리고 주변을 둘러보았다. 이렇게 당할 수만은 없다고 생각하지만 방어할 무기가 될 만한 게 없었다. 눈에 띄는 것은 무선 청소기뿐이었다. 종현은 그것을 들고 현관문 앞까지 걸어가기로 결심했다. 가만히 당하고만 있지는 않을 것이다. 대항할 것이다. 무슨 일이 벌어진 것인지는 모르겠지만 어떻게든 살아남겠다고 다짐했다. 현아도 못 보고 죽을 수는 없었다. 그 사이에도 굉음은 멈추지 않았다. 종현은 옆집이나 윗집, 혹은 아랫집의 누군가가 신고를 해 줬으면 좋겠다는 생각을 아주 잠깐 했다. 하지만 지금은 평일 낮, 대부분의 사람들은 집을 비웠을 것이었다.

그사이 우지끈 소리와 함께 뭔가가 부서지는 소리가 났다. 동시에 현관문이 왈칵 열리고 거구의 남자가 안으로 뛰어 들어왔다. 종현은 그의 덩치만으로도 압도되었다. 키는 190센티미터 가까이 되는데 몸은 제법 균형이 잡혀 있었다. 종현의 두 배만 한 얼굴은 틀로 찍은 것처럼 네모졌고, 오래된 상처 자국이 많았다. 고집이 세고 못돼 보이는 얼굴은 입술 위 커다란 점에서 절정을 이루었다. 영화 속에서나 보던 깡패의 모습 그대로였다. 종현은 혹시 자신이 현아를 찾느라 정신을 놓았던 동안 사채라도 썼나, 잠시 엉뚱한 생각을 했다. 단연코 처음 보는, 완전히 모르는 남자였다. 거구의 남자는 종현을 보고는 눈을 희번덕거리며 위아래로 종현을 훑었다. '넌 뭐야?' 하고 묻는 듯한 얼굴에 종현은 자신이 남의 집에 들어온 줄 알았다.

종현은 눈을 깜박거리다가 남자의 발에 시선을 멈추었다. 남자는 신발을 신은 채였다. 뭐라도 해야 한다. 약한 모습을 보여선 안된다. 강력히 대처해야 한다. 그런 생각에 엉뚱한 말이 튀어나왔다.

"신발은 벗고 들어오시죠!"

이건 아니다. 다시.

"다, 당신 뭐야!"

종현이 소리를 지르자 거구의 남자가 얼굴을 일그러뜨렸다. 남자가 제 얼굴을 구긴 것뿐인데 종현은 자신의 심장이 구겨지는 줄 알았다. 거구의 남자는 마치 재수 없는 걸 봐서 침이라도 뱉지 않으면 못 견딜 것 같은 얼굴로 말했다.

"뭐야, 씨발! 집에 있었어? 집에 있었으면 인기척을 내야 할 거아니야. 괜히 망치 사 온다고 똥 싸게 고생만 했잖아, 이 미친 새끼야!"

종현은 멍하니 눈을 연거푸 끔벅였다. 그러다 정신이 들었다.

"내 집에서 내가 대체 무슨 인기척을 내야 하죠? 안에 사람 있습니다, 이렇게 계속 밖에 대고 말하기라도 할까요?"

이번에 남자는 입술을 우그러뜨렸다.

"아까도 왔었다고. 그저께도 왔었고. 당연히 다 토끼고 없는 줄 알았지."

남자의 말로 미루어보건대, 그는 무슨 이유에서인지는 알 수 없으나 종현이 없는 사이 집에 몇 번 찾아왔던 모양이었다. 어제든 그저께든 그 전이든, 종현은 당연히 집에 없었다. 현아와 같이 갔던 여행지나 둘이서 갔던 카페 등 그녀의 흔적이라도 찾을 수 있을 만한 곳을 다 돌아다녔기 때문이었다. 오늘은 아마도 병원에 갔다 오는 사이 들렀던 모양이었는데 이번에도 사람이 나오지 않자 망치를 사 와 문을 부수었다는 이야기였다. 무슨 일인지는 몰라도 사람을 만나기 위해 왔다가 만나지 못하면 몇 번이고 다시 오는 것은 이해할 법하지만, 도무지 만나지 못하겠다고 생각한 순간 문을 부순다는 건 상식적으로 이해가 가지 않았다.

'혹시……'

종현은 남자를 처음 봤다. 저런 사람을 알 일도 없었다. 생면부지의 아이들을 한 교실에 몰아넣는 학교에 다닐 때도 저런 인물은 없었다. 저 정도 인상은 잊힐 리가 없다. 그렇다면…… 희망인지 아닌지 모를 불빛이 종현의 가슴에 피어올랐다. 자신이 모르는 사람이면 현아를 아는 사람일지도 모른다. 하지만 저렇게 문을 뜯고 들어온다는 것은 좋은 일은 아닐지도 몰랐다. 불안한 기분을 애써 억누르며 종현은 최대한 침착하고 당당하게 말했다. 늦었지만, 남자에게 약한 모습을 보여서는 안 된다는 확신이 섰다.

"토끼든 노루든 뭔 소린지는 모르겠습니다만, 당신 대체 뭡니까? 왜 멀쩡한 남의 집 문을 부수고 쳐들어온 겁니까? 이해 갈만

한 설명이 없으면 경찰에 당장 신고하겠습니다."

휴대폰이 어딨더라. 그런 생각을 하는 사이 종현의 질문을 받은 남자는 눈을 연거푸 깜박였다. 고개를 외로 틀고 잠시 무슨 생각을 하더니 머리를 갸웃거렸다. 그리고는 다시 종현을 보았다.

"여기 김실자 집 아닙니까?"

"아닌데요."

둘 사이에 갑작스런 정적이 내려앉았다. 남자는 다시 눈을 깜박였다. 이번엔 깜박임이 아주 빨랐다. 머릿속이 팽팽 돌아가는 것이 뻔히 보였다. 남자는 어딘가로 토낄 준비가 되어 있는 거구의 노루처럼 슬그머니 엉덩이를 뺐다. 그리고는 덩치와는 어울리지 않는 조용한 목소리로 말했다.

"죄송합니다."

거구의 남자가 몸을 돌려 나가려고 했다. 종현은 그런 그의 어깨를 잡았다.

"잠시만요! 남의 집 문짝을 이 모양 만들어 놓고 그냥 가겠다는 겁니까?"

"아니, 그게……."

나가려던 남자가 변명하려 돌아섰다. 그때 남자의 시선이 무심결에 흘깃 어딘가로 향하더니 그대로 못박혔다. 남자가 움직임을 딱 멈추었다. 그 얼굴이 점점 무섭게 변해갔다. 종현은 뭘 보고 그러나 싶어 남자의 시선을 따라 고개를 돌렸다. 그의 시선 끝에는 벽에 걸린 종현과 아내의 결혼식 사진이 있었다.

남자가 종현의 팔을 거세게 뿌리치더니 휙 돌아섰다. 아까보다 한층 무서운 얼굴이 되어 있었다.

"이 씹새끼가 거짓말을!"

종현은 당황했다. 순간적으로 남자가 자신을 때리지는 않을까 겁이 났다.

"무, 무슨 소리예요? 내가 무슨 거짓말을 했다고!"

"여기 있잖아, 김실자!"

거구의 남자가 팔을 쭉 뻗어 결혼식 사진을 가리켰다. 정확히는 현아의 얼굴을 가리키고 있었다. 종현의 당황은 황당으로 바뀌었다.

"뭔 소리예요. 내 아내 이름은 차현아라고요!"

"아닌데! 김실잔데!"

"차현아라고요!"

"김실잔데!"

"이게 고집 쓴다고 될 일이에요?"

두 남자가 씩씩거리며 서로를 노려보았다. 먼저 입을 연 것은 거구의 남자였다. 그는 아랫입술을 잘근잘근 깨물더니 혼잣말을 하듯 중얼거렸다. 종현의 귀에 명백히 들릴만한 소리로.

"쌍년. 가명을 썼구먼."

"욕하지 마세요."

종현은 눈을 부릅떴다. 사실 지금 그의 가슴에는 비구름 같은 불안이 차오르고 있었다. 현아는 어느 날 원래부터 없었던 사람처럼 떠나 버렸다. 이혼하겠다며 경찰과 통화했다는 현아는 그가 알고 있던 그녀의 모습이 아니었다. 그렇다면 자신이 모르는 다른 모습도 있지 않을까? 과거를 속이고 사기 결혼했다는 수없는 뉴스가 그의 머릿속으로 스쳐 지나갔다.

"나한테 가명을 쓴 거야, 이 새끼한테 가명을 쓴 거야?"

남자는 여전히 입술을 잘근거리고 있었다.

"제 아내를 압니까? 당신 대체 누굽니까?"

거구의 남자는 종현의 질문에는 아랑곳하지 않았고 종현을 위아래로 훑어보았다. 그리고는 얼굴을 빤히 쏘아보았다. 종현은 괜히 자신의 얼굴을 손으로 훑었다.

"왜 그렇게 봐요?"

남자가 고개를 갸웃거렸다.

"남편이라고?"

"차현아 씨 남편입니다."

"아닌데. 김실자는 남편이 엄청나게 잘생기고 몸이 좋다고 했는데."

"그럼 저 맞군요."

"거짓말쟁이, 쌍년."

남자는 고개를 절레절레 저었다. 그리고는 맥 빠진 걸음으로 소파로 걸어가 털썩 앉았다. 그는 여전히 서 있는 종현을 위아래로 보고는 반대편 소파를 향해 당당히 턱짓을 했다.

"알았으니까 와서 앉아 봐."

"내가 집주인입니다. 내 소파예요."

거구의 남자가 빤히 쳐다보았다. 무서운 눈이었다. 입술 위 점이 위협적으로 번들거렸다. 종현은 입술이 말랐다. 지금이라도 휴대폰을 찾아와야 하는 것 아닐까 생각을 하면서도 종현이 와서 앉을 때까지 시선을 떨어트리지 않겠다는 듯 노려보는 남자의 눈길에 어쩔 수 없이 맞은편에 가서 앉았다. 그래도 비굴해 보이지 않으려고 움츠러드는 어깨를 애써 펴 보았다. 그러고 보니 아직 약병을 손에 들고 있었다. 이 와중에 발기 부전 약을 먹겠다고 기다리라고 할 용기는 없어서 소파 앞 테이블에 쓱 내려놓았다. 남자의 시선이 슬쩍 그쪽으로 향했다가 종현에게로 돌아왔다.

"그년이 내 돈을 가져갔어."

대뜸 날아오는 남자의 말에 종현은 멍하니 그를 보았다. 분명 듣기는 했는데 무슨 뜻인지 한참이나 생각해야 했다. 그러나 그의 말뜻을 종현의 뇌가 충분히 이해했을 때 '그럼 그렇지.' 종현은 피식 웃어 버렸다.

"말도 안 되는 소리. 우리 현아가 그럴 리가, 아니 그럴 이유가 없어요."

자신이 넉넉히 벌어오는 편은 아니지만 매달 약간의 저축도 할 정도는 되는 데다, 얼마 전 실거래가가 삼천만 원이나 상승한 이 아파트가 있다. 냉장고 파먹으면서 허리띠를 졸라매야 하는 것도 아니다. 충분히 여유롭게 살고 있었다. 종현이 생각할 때 중산층이 자신들을 말하는 게 아닐까 생각할 정도였다. 그래, 백번 양보해 현아가 자신이 생각하는 것과는 완전히 다른 사람이고 정체를 숨기는 그런 여자라 하더라도 가까운 곳에 종현의 재산이 있다. 이렇게 깡패 같은 사람의 돈을 훔쳐 갈 이유가 없는 것이었다.

"뭐라는 거야. 그럼 내가 거짓말을 한다는 거야?"

"어쨌든 저는 그쪽 말을 믿지 못하겠습니다."

후, 하고 남자가 웃었다.

"내 그럴 줄 알았지."

그렇게 말하며 남자가 휴대폰을 내밀었다. 흘깃 내려다본 휴대폰에는 CCTV로 보이는 동영상이 플레이되고 있었다. 그 안에서 현아가 움직이고 있었다. 여기가 어디냐고, 이게 언제 찍힌 영상이냐고 물으려 하는 순간 영상 속 현아는 주변을 둘러보며 금고를 열어 뭔가를 가방에 쓸어 넣고 있었다.

"이년이 자그마치 2억을 쓸어 갔어."

"2억!"

종현은 거의 비명에 가까운 소리를 내질렀다. 하늘이 무너져 내리는 것 같았다. 화면 속의 여성은 빼도 박도 못하게 너무나 확실한 현아의 모습이었다. 손이 덜덜 떨려왔다. 순간 그의 손에서 남자가 휴대폰을 낚아챘다.

"표정을 보아하니 답은 이미 나왔고!"

남자는 빼앗은 휴대폰을 안주머니에 넣었다. 그리고는 악수를 청하듯 손을 내밀었다.

"고구남이요."

"고구마요?"

남자가 인상을 확 구겼다.

"너 제대로 알아들었으면서 그러는 거지?"

종현은 황황히 눈을 들었다. 남자는 한숨을 푹 내쉬었다. 아직 종현이 혼란에서 나오지 못한 거라는 것을 깨달은 듯했다. 그는 친절을 베풀 듯 자신의 이름을 또박또박 말했다.

"남! 남자 할 때 남! 고. 구. 남!"

하지만 종현은 남자가 고구마든 거구남이든 고구남이든 상관없었다. 지금, 이 순간 그는 현아에 관한 생각뿐이었다. 자신이 알고 있는 현아는 신기루 같았다. 황망했다. 결혼한 후 2년의 시간이 모두 바람 부는 사막의 모래처럼 흩어지는 기분이었다.

"……그래서요?"

종현의 물음에 구남은 악수를 청하듯 내민 손을 살짝 들었다가 다시 뺐었다.

"통성명이나 합시다."

"내가 왜요?"

종현은 황황히 구남의 얼굴을 보았다.

"내가 당분간 여기서 살 거거든."

구남이 씩 웃었다. 흉한 점이 입술을 따라 스윽 올라갔다. 점을 꼬집어 떼어내 버리고 싶은 마음이 울컥 올라왔다.

"뭐요? 누구 맘대로!"

"그럼 갚든가. 내 돈 2억."

흥얼거리듯 구남이 대답했다. 종현은 아랫입술을 깨물었다. 정신을 차려야 한다. 안 그러면 호랑이한테 물릴지도 모른다. 사기꾼 같은 이 호랑이에게.

"내가 왜요? 김실자가 누군지 내가 어떻게 알고."

"그 대답은 이미 얼굴로 하셨고."

영상 속 현아를 보자마자 세상이 무너지듯한 얼굴을 한 것은 종현이 현아를 알고 있다는 사실을 넘어서 현아가 그의 아내라는 것을 증명한 것과 다를 바 없었다.

"난 갚을 돈 없어."

고구남이 흥, 코웃음을 쳤다.

"그래 보여."

종현이 그를 노려보았다.

"그래서 여기서 살겠다는 거야. 나는 그년을 꼭 잡아야 하거든."

"차라리 경찰에 신고해요. 왜 나한테 그럽니까? 나도 아내가 사라져서 찾고 있다고요."

구남은 눈도 끔벅하지 않았다.

"그건 안 돼. 그년이 가져간 게 돈만이 아니거든. 내 중요한 걸 가져갔어."

"그게 뭔데요."

"그건 당신 알 바 아니고. 어쨌든 그건 경찰에 알릴 수 없는 거라서 김실자 그년을 내가 직접 잡아서 받을 수밖에 없는 상황이거든. 근데 내가 어떻게 알아. 모르는 척하지만 당신, 그년하고 내통하고 있는지도 모르잖아? 그러니까, 내가 이 집에 있어야지."

"내통이라도 하면 좋겠네."

종현이 중얼거렸다. 그러거나 말거나 구남은 소파에서 일어나 여기저기 방문을 열어 보기 시작했다. 종현은 울 것 같은 얼굴로 통하지도 않을 소리를 목청 높여 외쳤다.

"지금 뭐 하는 거예요?"

"당분간 내가 기거할 방을 고르는 중인데?"

구남은 종현을 돌아볼 생각도 없이 안방으로 다가가 문을 벌컥 열었다.

"난 아직 허락한 적 없어! 여긴 내 집이야! 내가 집주인이라고!"

그 소리에 구남이 움직임을 멈췄다. 안방의 문을 연 채로 소파에서 벌떡 일어서 주먹을 움켜쥐고 있는 종현을 돌아보았다. 그의 오른쪽 눈썹이 쓰윽 올라갔다. 가수가 된다며 취업도 안 한 서른여덟 살 백수 조카를 보는 듯 한심하다는 시선이었다.

"뭐, 뭘 그렇게 봐요!"

구남은 혀를 끌끌 찼다. 그는 새삼 집안을 시선으로 쓱 훑으며 말했다.

"내가 집주인이에요, 같은 소리 하고 있네. 딱 월세 각인데."

"무슨 말도 안 되는 소리예요?"

"그건 알아보면 될 거고. 속은 좀 쓰리겠지만."

알 수 없는 소리였다. 아니, 구남이 뭘 몰라서 하는 소리라고 생각했다. 종현이 반문하려는 순간이었다. 바람이 불었는지 끼익하고 현관문이 열렸다. 구남과 종현이 동시에 현관문을 보았다. 구남이 현관문 손잡이를 부수고 들어온 덕분에 고정이 되지 않은 채였던 것이다. 인상을 쓰고 종현이 구남을 노려보았다. 동시에 간신히 붙어 있던 손잡이가 툭, 하고 바닥으로 떨어졌다.

잠시 뒤, 종현은 현관문 손잡이 교체를 위해 드디어 찾은 휴대폰으로 만물사에 전화를 걸고 있었다. 구남은 물끄러미 그 모습을 보며 중얼거렸다.

"세상 순한 새끼네. 뭐가 남편이 허구한 날 패서 못 살겠어요, 야. 그것도 거짓말이었네, 쌍년."

3

"아무래도 공개 수사를 하는 게 아니었어."

순정은 자신도 모르게 중얼거렸다. 일순간 형사들의 시선이 이쪽으로 향하는 것이 느껴졌지만 그녀는 알은체하지 않았다. 들려도 상관없었다. 그건 진심이었으니까.

아영이 유괴된 지 벌써 나흘째였다. 전담반 팀장이 조심스럽게 순정에게 다가와 제안한 것은 오늘 아침이었다. 그는 아동 실종의 골든 타임이 48시간이라고 했다. 이틀. 그 짧은 시간 안에 찾지 못하면 유괴된 아동의 생존율은 바닥을 친다고, 순정은 기본 지식으로 알고 있었다. 그래서 전담반 팀장의 그 말은 이제 아영이 죽었을 테니, 범인을 자극할까 두려워 비공개 수사로 진행하던 것을 공개로 전환하자는, 그런 이야기나 다름없었다. 순정은 비명을 지르고 싶은 것을 참느라 손바닥이 패도록 주먹을 쥐었으며, 터지도록 입술을 꽉 깨물어야만 했다. 쓰러질 것처럼 눈앞이 어지러웠다. 쓰러지는 것은 차라리 유혹이었다. 정신을 잃으면 아영을 잃어버렸다는 지독한 괴로움에서 벗어날 수 있으니까. 하지만 그럴 수 없었다. 자신은 아영의 엄마였다. 마지막까지 아영을 찾아내 품에 안아줘야 하는 사람은 경찰이 아니라 자신이었다. 지옥 같은 고통이라도 아영이 돌아올 때까지는 감내해야 했다.

아영은 하나뿐인 딸이었다. 분신이 아니라 자신의 모든 것이었다. 세상에서 그보다 더 귀중한 것은 없었다. 하지만 이제 와 생각하니 그것이 진심이었을지언정 진실인지는 헷갈렸다. 그토록 귀중했다면 혼자 집에 있게 하지 말았어야 하는 것이었다. 남편과 이혼한 후, 순정은 아영을 먹이고 입히고 키우는 일에 집중했다. 그것이 삶의 목표였다. 그 목표 앞에서 순정은 아영의 안전은 놓치고 있었다.

순정은 공개 수사에 동의했다. 경찰들 말처럼 생존 확률이 떨어지기 때문이라고 생각한 것은 아니었다. 아영은 똑똑한 아이였다. 자신이 따라간 사람이 뭔가 이상하다는 것을 깨달았다면 도망칠 수도 있었다. 어쩌면 혼자 헤매고 있을 아영을 누군가 알아봐 주기를 바랐다.

아영의 실종 첫날 단 한 번, 범인으로부터 전화가 걸려 왔다. 남자인지 여자인지 모르게 변조된 목소리는 아영을 데리고 있다고 했다. 원하는 걸 뭐든지 해 줄 테니 아이 목소리만 들려달라는 소리에 목소리도 들려주었다. 하지만 그게 다였다. 나중에 다시 건다며 전화를 끊었다.

왜 아영이어야만 했을까.

하고 많은 그 부잣집 아파트 중에, 왜 평범한 사람들이 사는 이 아파트를 선택했던 걸까. 혹시 원하는 것이 돈이 아닌 건 아닐까.

순정은 그것이 더 불안했다. 돈이 아니면 뭘 원했던 걸까. 수많은 생각이 꼬리를 잇고 머릿속을 괴롭혔다. 불행한 상상 중 가장 현실이길 바란 것은 범인이 노린 것이 아영 자체였으면 좋겠다는 것이었다. 아이를 낳지 못하는 여자가 아영을 보고 데려갔다면 좋겠다고까지 생각했다. 그렇다면 아영은 적어도 살아 있을 것이었다.

'적어도.'

그런 생각에 순정은 몸서리를 쳤다. 자신의 상상이 실제가 될 확률은 낮다고 스스로도 판단하고 있는 것 같아서였다. 그럼에도 자신의 바람은 이루어질 수 없는 것이라고 그녀는 본능적으로 알고 있었다. 아영은 여섯 살. 집 주소도, 엄마의 휴대폰 번호도 알고 있었다. 무엇보다 눈치가 빨랐다. 어떤 말에 속아 따라갔다고 한들 지금쯤이면 뭔가 잘못됐다는 걸 알아챌 법했다. 분명 조용히 있지만은 않을 것이었다. 울며불며 엄마를 찾고, 소리를 지를 것이었다.

생각을 이어 가던 순정은 눈을 질끈 감았다. 소리를 지르는 아영을 떠올린 순간, 거기에 붙은 딱지처럼 '골든 타임 48시간'이 그녀의 심장을 굳게 했기 때문이었다. 유괴 아동의 생존 골든 타임 48시간은 유괴범의 참을성이 바닥날 시간을 의미하고 있었다.

그녀는 고개를 들어 형사들을 보았다. 유괴 사건이라고 판단이 내려지자마자, 순정의 집으로 세 명의 형사가 배치되었다. 그들은 가지고 있는 휴대폰을 통해 실시간으로 수색 팀에게 현재 상황을 수시로 보고받고 있었다. 진척된 상황은 없는 것을 느낌만으로도 알 수 있었다.

경찰들이 앉아 있는 소파 앞 테이블에는 순정의 휴대폰이 놓여 있었다. 아마도 범인에게 전화가 올 상황을 대비해 대기하고 있는 모양이었다. 다들 숨을 죽이고 있어서 초침 소리만 크게 들렸다. 공개 수사를 하는 게 아니었다는, 순정의 원망은 그래서 그들에게 정확히 전달되었을 것이다. 원망이 가득한 말투는 형사들의 심기도 건드렸을 테지만 그 누구도 순정을 탓하거나, 빤히 쳐다보지 않았다. 아이를 잃은 그 심정이 오죽하겠느냐는 생각을 하고 있는 것이다.

"범인이 전화도 걸어오지 않잖아요. 공개 수사로 전환한 것 때문에 문제가 생긴 것 아니냐고요!"

순정은 긴장이 극에 달했다. 그녀의 목소리가 히스테릭하게 공간을 헤집었다. 그녀는 울고 싶지 않았다. 울어 봐야 해결될 일은 없었다. 어린 시절 엄마가 돌아가셨을 때도, 남편이 내연녀와 살고 싶다고 했을 때도 울지 않았다. 그런데 지금은 자신의 허락도 받지 않고 목소리가 떨려 왔다. 수시로 눈물이 뺨을 타고 흘러내렸다.

순정의 말에 형사들의 답변은 없었다. 다만 그것은 아직 아이를 찾지 못한 경찰로서 할 말이 없어서가 아니었다. 순정은 그들 사이에 흐르는 이상한 기류를 감지했다. 형사들이 서로 뭔가 눈짓을 하고 있었다.

"잠시만 이야기를 좀 하실까요."

팀장이라고 했던 남자가 순정에게 다가섰다. 하얗고 작은 얼굴에 동안인 외모 때문에 팀장이라고 해서 놀랐었다. 직위도 그렇지만 형사라고 느껴지지 않았다. 이름이 서태주라고 했다. 그는 순정을 향해 정중하고도 무거운 태도로 묵례를 하고는 작은 방으로 들어갔다. 따라오라는 뜻 같았다. 아영의 방이었다. 문을 열면 아영이 있을 것 같았다. 문을 여는 것과 동시에 눈을 질끈 감았다 떴다. 서태주가 돌아섰다.

"협박범의 전화 녹음 파일 분석 결과가 나왔습니다."

협박범의 첫 전화를 녹음했다는 이야기는 들었다. 그것을 국과수에 보낸다고 했다. 혹시 그 안에서 아영을 찾을 만한 정보를 발견한 걸까? 영화에서 보면 주변에 들리는 소음으로 아이를 감춰놓은 위치를 찾기도 하지 않던가. 아영을 찾을 수 있다고 생각한 순정의 눈빛이 희망으로 번뜩였다. 그 모습을 본 서태주 팀장의 눈길이 바닥으로 향했다. 순정은 불길한 기운이 심장을 옥죄는 걸 느끼며 그를 보았다. 서태주가 이내 결심한 듯 고개를 들고 말했다.

"녹음……이었습니다. 아이의 목소리."

"그게 무슨……."

순정은 금방 알아듣지 못해 눈을 껌벅였다. 서태주는 죄인이라도 된 것처럼 다시 시선을 떨구었다. 순정의 눈빛이 점차 흔들리며 표정이 일그러졌다.

협박범의 전화가 왔을 때 경찰들의 지시에 따라 순정은 침착하게 전화를 끊지 않도록 대화를 늘려 가며 시간을 벌었다. 범인에게 아이의 무사를 확인해야겠으니 목소리를 들려달라고 했다. 곧이어 아이의 울음소리가 들려왔다. 엄마, 살려줘, 하는 목소리는 분명 아영의 것이었다. 전화 상태가 좋지 않은지 멀리서 들리는 것 같은 느낌이었지만 분명 아영이었다. 딸의 목소리만큼은 잘못 들을 리가 없다.

"범인의 목소리가 나올 때와 아영이의 목소리가 나올 때, 소음 차이가 있습니다. 범인은 공중전화에서 전화를 건 것으로 확인되었지요. 그래서 자동차 지나가는 소리 같은 야외 소음이 있습니다. 그런데 아영이의 목소리에는 소음이 없고, 대신 울림이 있습니다. 어딘가 지하에서 녹음한 것으로 추정됩니다. 아영이의 목소리를 들려준다고 해놓고 녹음 파일을 재생시킨 것이지요. 추정, 이라고 하지만 거의 확실하다는 것이 국과수의 의견입니다."

순정의 손이 덜덜 떨렸다. "그렇다는 건……." 하고 간신히 입을 열지만 차마 말을 이을 수 없었다. 조금 전 머릿속을 스치고 지나간 불길한 생각이 말로 뱉어내는 순간 현실이 될까 두려웠다. 순정이 무슨 생각을 하는지, 떠오르는 그 생각을 왜 거부하고 있는지, 이미 알고 있다는 듯 서태주가 고개를 끄덕여 보였다. 아이의 진짜 목소리가 아닌 녹음된 목소리를 들려준다는 것은, 아이의 목소리를 직접 들려줄 수 없는 상태, 그러니까 이미 이 세상 사람이 아닐 가능성을 시사하고 있는 것이었다. 순정은 더 이상 버티지 못하고 주저앉았다.

"차마 말씀드릴 수 없었지만 상황이 그래서, 공개 수사로 전환할 수밖에 없었습니다. 늦게 말씀드려 죄송합니다. 어머님께 그 사실을 알려드리는 것이 잔인한 것 같아서."

"……그럼 지금은요?"

"지금은 현실을 아시는 것이 낫다고 판단했습니다. 끝까지 저희를 믿고 따라 주셔야 하는데 공개 수사로 범인을 자극했다고 생각하시고 경찰을 믿지 않으시면 수사가 원활하지 않을 수 있다고 판단해서입니다."

정순정은 양손으로 얼굴을 가렸다. 손끝이 덜덜 떨렸다. 잠시 그러고 있다가 손을 내린 정순정의 눈은 시뻘겋게 달아올라 있었다. 그녀는 비틀거리면서 일어섰다. 서태주가 재빠르게 그녀를 부축하려 했지만, 순정은 아영의 책상을 짚으며 몸을 바로 했다. 서태주가 한걸음 물러섰다.

"그런 사정을, 몰랐습니다. 그래도 전 우리 아영이가 살아 있다고 생각합니다."

"저희도 마지막까지 희망을 버리지 않습니다."

서태주의 말에 정순정은 파들거리는 입술을 끌어올려 미소 지었다. 미소가 너무 서글퍼서 서태주는 도저히 그 표정을 잊을 수 없을 것 같았다. 그 미소는 짐승 같은 울부짖음이나 다름없었다. 서태주는 차마 고개를 떨어뜨렸다.

지옥 같은 밤이었다.

4

부서진 현관문 손잡이는 진즉에 바닥을 굴러다니고 있었다. 문은 고정되지 않아 어쩔 수 없이 노끈으로 묶어 놓았다. 뻥 뚫린 구멍에는 대충 양말을 뭉쳐 쑤셔 넣었다. 누가 보면 도둑이라도 들었나 할 것 같았다. 종현은 현관문이 거슬려서 자꾸만 눈길이 그쪽으로 갔다. 그럴 때마다 깊은 한숨과 함께 구남을 노려보았다.

구남은 절대 나갈 생각이 없다는 듯 거실 바닥을 점령하고 앉아 양말을 벗고 있었다. 한쪽 양말을 벗어 냄새를 맡아 보더니 자기도 고약한지 "웩" 토하는 소리를 냈다. 그러고는 다른 쪽 양말을 벗어 함께 둘둘 말아 구석으로 툭 던졌다. 구남이 양말 냄새를 맡을 때는 종현도 속이 거북하더니 양말을 던지자 이마가 순식간에 구겨졌다. 구남이 들어온 뒤로 어찌나 인상을 쓰고 있었던지, 현아가 사라지기 전 매일 밤 해 주던 마사지 팩의 효과가 다 없어져 버릴 것 같았다.

"빨래할 때 같이 좀 빨아."

구남은 종현이 자신을 노려보고 있다는 걸 아는지, 그를 쳐다보지도 않았다. 종현은 기가 막힌 듯 허, 거친 숨을 내쉬었다.

"그럴 일은 없을 겁니다."

구남은 어깨를 으쓱했다.

"난 상관없지만, 거참 생각보다 더러운 놈일세."

빈정대는 소리에 종현은 아랫입술을 질끈 깨물었지만 대응하지 않았다. 약 올리려는 것이 뻔히 보였기 때문이다. 종현의 그런 태도에 구남은 재미없다는 듯 거실에 벌러덩 드러누웠다.

"지금 뭐 하는 겁니까?"

"피곤해. 한숨 자려고."

종현은 기가 막혔다. 자기가 머무를 방을 고르겠다며 이 방 저 방 열어 보더니 결국엔 거실로 정한 모양이었다.

"아까는 방 쓴다더니. 저쪽 손님방 써요."

"싫은데?"

"뭐요?"

아무래도 고구남이라는 작자는 이 집의 주인이 지금 얼마나 큰 도량을 베풀고 있는지 모르는 것 같았다.

구남은 눈 하나 깜짝하지 않고 종현을 턱짓으로 가리켰다.

"내가 방에 들어가서 자는 사이에 김실자, 아니 차현아가 언제 너한테 전화를 걸어올지도 모르잖아. 네 놈이 날 속이고 그년과 내통하는지도 모르고 말이야. 그러니까 한가운데인 이 거실에서 내가 주파수를 이렇게 열어 놓고 있겠다는 거지."

구남은 양쪽 검지를 펴고 팔을 쭉 뻗은 채로 상체를 이리저리로 돌렸다. 옛날 TV에 연결된 안테나를 흉내 내는 것 같았다.

"그러니까 방문도 열어 놓고 자. 날 속일 생각 말고."

"누가 그따위 말을 들을 줄 알아?"

종현은 성질이 나서 안방 문을 쾅! 소리가 나도록 닫고 들어갔다. 그러자 문 너머에서 구남의 목소리가 들려왔다.

"이번엔 안방 문을 뜯어볼까나?"

종현은 이를 악물며 얼굴을 구겼다. 결국 문을 확 열어젖혀 놓았다. 구남이 그것을 보고 히죽거렸다. 종현이 소리쳤다.

"난 이 집에서 기거하도록 허락한 적 없어! 당장 나가지 않으면 경찰에 신고할 거야! 알았어?"

종현의 협박은 구남에게 그다지 데미지가 되지 못하는 것 같았다. 그는 조금도 개의치 않았다. 오히려 더 낄낄거렸다. 싱글거리는 얼굴이 징그러웠다.

"넌 경찰에 신고 못 해."

"내가 왜?"

"넌 내가 차현아와 어떻게 아는 사이인지 알고 싶잖아. 그렇지?"

종현의 눈 끝이 움찔했다.

사실은 그를 끌어내고 싶었다. 한 번도 구남을 여기 머무르도록 허락한 적은 없었다. 싫지만 그래도 참고 있는 이유가 있었다. 구남을 통해서라면, 자신이 모르는 현아에 대해 알 수 있을지 모른다고 생각했다. 어쩌면 현아가 왜 사라져야만 했는지 알 수 있을지도 몰랐고, 어쩌면 그렇게 밖에 할 수 없었던 현아를 이해할 수 있을지도 몰랐다.

구남이 낄낄거렸다.

"대답은 이미 얼굴로 들었네."

종현은 자존심이 상했다. 더 같이 있다가는 정신이 어떻게 되어 버릴 것 같았다. 몸을 휙 돌려 안방으로 들어가려 했다.

"어이."

구남이 그를 불렀다. 종현은 이제 슬슬 그의 목소리도 싫어졌다. 그런데도 반사적으로 구남을 돌아보았다.

"저거 먹지 마."

그가 턱짓으로 어딘가를 가리켰다. 손가락이 부러졌나, 싶으면서 저 각진 턱을 구겨 버리는 상상을 했다. 뭘 말하는가 싶어 그의 시선을 쫓아 보니 소파 쪽 테이블을 가리키고 있었다. 테이블 위에는 별다른 물건은 없었다. 딱 하나, 현아가 준 영양제뿐이었다.

"뭔 상관이야."

종현이 퉁명스럽게 뱉었다. 구남은 뭔가를 설명하려다가 멈칫했다. 그의 시선이 종현의 얼굴에서부터 스르르 내려가 아랫배보다 좀 더 아래쪽에 있는 남성의 중심부에 도달해 그곳을 물끄러미 보았다.

"에이, 남 이사 서든 말든. 어차피 당분간 쓸데도 없는데 상관없겠지, 뭐."

그 말을 종현이 들었다면 이번에야말로 화르륵 달아올라 경찰에 신고했을지도 모른다. 하지만 종현은 그의 말을 제대로 듣지 못했다. 중얼거림에 가까웠기 때문이었다.

"뭐라고?"

오히려 구남은 눈을 휘둥그렇게 떴다.

"내가 무슨 말을 했어? 난 아무 말도 안 했는데."

분명히 뭔가 말했는데. 종현은 고개를 갸웃하면서도 더 이상 구남과 같이 있고 싶지 않아 안방으로 들어갔다.

"문 닫지 마."

평소 습관처럼 문을 닫으려고 하던 종현은 구남의 목소리와 함께 그대로 멈추었다. 종현은 신경질적으로 닫던 문을 확 열어젖혔다. 그 힘에 문이 벽에 가 쾅 소리를 내며 부딪혔다. 나무로 된 문짝이 부르르 몸을 떨 듯 소리를 냈다. 구남이 이번에도 또 낄낄거리며 웃었다.

그걸로 그날이 끝난 거라면 얼마나 좋았을까. 문짝이 부르르 몸을 떤 것은 예고편일 뿐이었다. 구남의 코 고는 소리가 밤의 적막을 뒤흔들었다. 종현은 잠을 자지 못하고 뒤척였다. 베개로 귀를 막아 보았지만 너무 큰 소리라 안 들을 수가 없었다. 저렇게 자면서 무슨 감시를 하겠다는 건지 알 수 없었다. 하지만 가장 알 수 없는 것은 대체 왜 자신에게 이런 일이 벌어졌는지다.

종현은 조심스럽게 일어나 침대 옆 협탁에 놓인 휴대폰을 들었다. 단축번호 1번을 길게 누르자 화면에 '아내'라고 떴다.

"고객님이 전화를 받을 수 없어……."

역시나 현아의 전화는 꺼져 있었다. 종현은 전화를 끊고 답답한 마음에 머리를 헝클어뜨렸다. 대체 어디부터 잘못된 걸까. 현아가 직접 이혼하기 위해 집을 나간 거라고 경찰에 말했다는 설명은 들었지만 그 말을 도무지 믿을 수가 없었다. 그로서는 사정을 알 수 없지만 뭔가의 일이 아내에게 벌어져 그렇게 말할 수밖에 없는 거라고 종현은 막연하게 생각하고 있었다. 다시 휴대폰을 열어 사진 폴더를 열었다. 아내와 찍은 사진들이 많았다. 마치 꿈을 꾼 것처럼 행복했던 시간이었다.

울적해져 있는 종현의 귀에 구남의 코 고는 소리가 거슬렸다. 소리도, 인간도. 참자니 그 소리가 점점 커졌다.

"저러다 콧구멍 찢어지겠네."

종현은 베개를 들고 거실로 나갔다. 구남은 이불도 다 걷어치우고는 아주 흉측한 자세로 자고 있었다. 티셔츠는 가슴까지 걷어 올리고 다리는 쩍 벌린 채였고, 오른손은 바지 안으로 들어가 꾸물럭거리고 있었다. 그 몰골을 노려보던 종현은 베개를 번쩍 쳐들고 구남의 얼굴을 향해 집어던졌다. 베개가 정확히 구남의 얼굴을 타격했다.

"뭐야, 뭐야?"

술에 취한 사람처럼 어눌한 말투로, 어푸어푸하듯 손을 휘저으며 구남이 일어났다. 종현은 슬쩍 한걸음 뒤로 물러났다. 구남은 상체를 일으키고 앉아 난생처음 듣는 욕을 쏟아 냈다. 주로 입에 담지도 못할 저속한 말들이었다. 그러다 말고 아직 잠이 덜 깬 듯 눈을 게슴츠레 뜨고 주변을 둘러보았다. 양손으로 쥐어도 다 못 감쌀 만큼 두꺼운 목은 뒤를 보지도 못하고 양옆만 두리번거렸다.

"꿈인가?"

구남은 펄떡, 도로 드러누웠다. 그리고 이내 무슨 일이 있었냐는 듯 거의 굉음에 가까운 소리로 코를 골며 잠에 빠져들었다. 그 모습을 지켜보던 종현은 어이없이 고개를 가로저으며 경멸어린 시선을 보냈다.

밤이 종현의 속처럼 까맣게 타들어 갔다.

***

밤새 악몽에 시달렸다. 아무도 없는 거실에 서 있는 종현은 겁에 질려 있었다. 누군가 문을 부술 것처럼 두드리고 있기 때문이었다. 꿈에서 종현은 아무것도 할 수 없었다. 신고도, 비명을 지르지도 못하고 그저 굳어 있었다. 문이 부서지고, 이내 들어오는 것은 검고 어딘지 끈적해 보이는 거대한 덩어리였다. 그 덩어리가 종현을 삼킬 듯 다가오며 낄낄 웃었다. 입술도 없는데, 입술 위에 검은 점이 있다고 느껴졌다.

눈을 뜬 종현은 천정을 확인하고, 휴대폰을 열어 시간을 보았다. 시간은 차곡히 흐르고 있었다. 어제의 일이 사실이라고 시간이 말해 주고 있는 것 같았다. 짜증스럽고 깊은 한숨이 종현의 입에서 흘러나왔다.

집 안은 조용했다. 더 이상 구남의 코 고는 소리도 들려오지 않았다. 혹시 집을 떠난 건 아닐까. 기대하며 벌떡 일어나 문을 연 순간 그의 속에서 뭔가 와르르 무너지는 소리가 들렸다.

구남은 여전히 추한 자세로 종현의 집 거실을 점거 중이었다.

"컥, 푸아악."

조용했던 것이 아니라 단지 수면 무호흡증이 있는 모양이었다.

종현은 고개를 절레절레 흔들며 주방으로 들어갔다.

탁탁탁.

구남의 귀가 움찔거렸다. 뭔가 두드리는 소리가 들린다. 이런 소리는 어린 시절 엄마의 부엌에서 듣고 처음 들은 것 같았다. 혹시 꿈을 꾸고 있는 것 아닐까. 그렇게 생각한 순간 구남의 코가 벌렁거렸다. 그 코로 들어온 것은 구수하고도 달짝지근한 된장찌개 냄새였다. 구남은 눈을 뜨고 벌써 훤해져 베란다 창으로 쨍하니 들어오는 해를 확인한 다음, 가슴까지 걷힌 티셔츠를 허겁지겁 내리고 상체를 일으키고 앉았다. 부엌에서 종현이 요리를 하고 있었다.

"밥 차려? 나 줄라고?"

종현은 구남이 일어나는 소리를 들었지만 모르는 척했다. 마지막으로 두부를 썰어 찌개 안에 넣고 송송 썬 파를 위에 올렸다. 한소끔 끓이면 끝이다. 그 사이 구남이 일어나 배를 벅벅 긁으며 종현의 옆으로 다가왔다. 그는 식탁에 이미 차려져 있는 반찬 접시를 한번 훑어 보고는 종현의 어깨너머로 끓고 있는 뚝배기를 들여다보았다.

"호박 없네. 된장찌개에는 호박인데."

쨍하니, 쏟아지는 한여름 뙤약볕 같은 눈으로 종현이 구남을 노려보았다. 구남은 지금 이 순간이 빈정댈 타이밍이 아니라는 것을 알아채고는 입맛을 쩝 다시며 시선을 피했다. 종현은 구남을 노려보던 눈을 거두고 찌개 뚝배기를 식탁으로 옮겼다. 그리고는 싱크대 수납장 문을 열어 수저를 딱 한 세트만 가지고 와 테이블에 세팅하고 앉았다.

"나는?"

종현은 대답 없이 먹기 시작했다. 구남은 어이없다는 듯 인상을 구긴 채 입을 삐쭉 내밀고는 뻔뻔한 태도로 조금 전 종현이 열었던 싱크대를 열어 수저를 꺼냈다. 그리고는 여기저기를 뒤져 밥공기를 꺼내 밥을 퍼서 종현의 맞은편에 앉아 여봐란듯이 먹기 시작했다.

종현은 딱히 노려보거나 밥을 뺏을 생각 없이 무관심했다. 이미 구남이 그럴 거라는 것은 예상했다. 한동안 두 사람이 달그락거리며 식사하는 소리만이 정적을 채웠다.

"난 아직 당신 안 믿어."

먼저 입을 연 것은 종현이었다. 구남은 그런 종현을 빤히 응시했다. 그리고는 이내 씩 웃었다.

"'아직' 못 믿는다는 거면 슬슬 귀가 솔깃해진다는 거지?"

뻔뻔한 그 말투가 종현의 귀에 거슬렸다. 하지만 딱히 뭐라고 할 생각은 없다. 자꾸 그의 말에 화를 내고 대답을 하다가는 그쪽의 뜻대로 휘말린다는 것을 알았기 때문이었다.

종현이 아무런 대답을 하지 않았기 때문에 식사는 이어졌고, 다시 달그락거리는 소리만 남았다. 가끔 구남이 쩝쩝거리는 소리를 냈지만, 원래 그런 버릇이 있는 것 같지는 않았고 제 딴에는 어색해서 종현의 성질이라도 긁어 볼까 싶어 내는 소리라는 것을 알았다.

종현이 먼저 수저를 놓았다.

"현아와 당신은 대체 어떻게 아는 사이지?"

구남이 씩 웃었다.

"궁금해?"

종현은 흔들리지 않았다.

"어제 현아가 당신 돈을 훔쳐 갔다고는 하지만, 나는 믿을 수 없어. 현아와 만나서 이야기를 듣기 전에는 돈에 관해 조금도 내가 처리해 줄 수 없다고."

그건 요리를 하며 내내 생각했던 선언이었다.

마음을 바꿀 생각이 없다는 듯 굳은 얼굴을 한 종현을 보며 구남이 눈을 빛냈다. 도전적인 눈빛이었다.

"여우네."

종현이 구남을 노려보았다.

"그 말인즉슨, 돈은 주지 않겠지만 김실자, 아니 차현아를 찾아낼 힌트는 뽑아 내고 싶다는 것 아니야?"

"어떻게 생각하든 상관없어. 애초에 내 아내랑 아는 사이라는 것도 믿지 못하겠고. 영상은 조작일 수 있으니까."

구남은 잠시 생각에 잠기는 듯 보였다. 뭐가 자신에게 이익일지 계산하는 것이 뻔히 보였다. 생각의 시간은 오래가지 않았다. 구남은 곧 다시 입을 열었다.

"그러니까 결국, 내 말을 못 믿겠다?"

종현은 긍정의 태도로 어깨를 으쓱했다. 구남이 킬킬거리며 웃었다.

"좋아. 증명해 주지."

종현의 눈이 조금 커졌다. 드디어 현아에 대한 실마리를 찾을 수 있다는 기대감이 피어올랐다. 하지만 구남은 그렇게 만만한 상대가 아니었다.

"대신 차현아가 언제 올지 알 수 없으니 내가 그동안 이 집에 머무르는 걸 인정해. 그렇게 하면 현아와 내가 아는 사이라는 걸 증명해 주지."

종현은 자신도 모르게 숨을 멈추고 아랫입술을 깨물었다. 구남을 노려본 채로 그의 속내를 읽으려 했다. 만약 이 자의 말이 사실이라면 현아를 찾을 수 있을지도 모른다. 같은 집에 있는 것은 불편한 일이지만 현아가 돌아오면 모든 일이 설명되고 해결될 수 있으리라 생각했다. 그렇다. 현아만 오면. 현아만 돌아오면 모든 것이 해결될 일이었다. 종현은 구남을 빤히 응시한 채로 짧게 고개를 끄덕였다.

"오케이."

구남은 수저를 놓고는 종현을 빤히 보았다. 종현은 자신도 모르게 침을 꿀꺽 삼키고는 달걀 프라이를 쑤셔 넣어 번들거리는 구남의 입술이 열리기를 기다렸다. 이내 구남의 입이 열렸다. 비밀 얘기라도 하듯 잔뜩 낮춘 목소리였다.

"사실 이 집 월세야. 사천에 사백."

갑작스러운 정적.

종현은 이내 피식, 웃음을 터뜨렸다. 잔뜩 앞으로 내민 상체를 거두고는 어이가 없어 허허 웃었다.

"뭔 말도 안 되는 소리야. 이 아파트는 자가야. 매매해서 들어온 집이라고."

구남은 고개를 절레절레 흔들었다. 자신의 말을 철회할 생각이
없어 보였다.

"월세야."

"어디서 사기를 쳐. 이 집은 분명히 구매했어. 나도 부동산에 같
이 갔었고 현아가 등기부 등본도 떼어 왔었거든?"

"그게 문제네. 그 여자가 등기부 등본 떼어 온 거."

"헛소리. 자가야."

"월세라고."

"자가."

"월세."

다시 '자가'라고 말하려는 종현을 향해 구남은 다 귀찮다는 듯
손을 내저었다. 그리고는 묵직한 말투로 말했다.

"믿고 싶진 않겠지만 월세가 맞아. 확인해 보면 알 거 아냐."

"그럼 현아가 나한테 거짓말을 했다고? 그럴 리가 없어."

"넌 차현아가 집을 나갈 때도 몰랐잖아."

"……."

"네가 다 아는 여자가 아니야. 확인해 봐."

그제야 종현의 얼굴에서 웃음기가 사라지고 눈빛이 흔들렸다.
종현은 애써 자신의 흔들림을 들키지 않으려 구남의 얼굴에서 눈
을 떼지 않았다. 그는 팔만 뻗어 휴대폰을 손에 쥐었다. 시선만 살
짝 내려 몇 개 버튼을 누르자 저장되어 있던 성문부동산의 연락처
를 찾을 수 있었다. 스피커폰으로 돌려 통화 버튼을 누르고, 종현

은 눈을 다시 구남의 얼굴에 고정했다.

몇 번의 신호가 간 후 상대가 전화를 받았다.

"네, 부동산입니다."

"안녕하세요, 기억하실지 모르겠는데 여기 성문 하이츠 1동 302호거든요. 작년에 매매할 때 중개해 주셨는데요. 다른 게 아니라 여쭤볼 게……."

"그렇잖아도 전화드리려 했어요."

종현의 말을 자르고 들어온 부동산 사장의 목소리는 날카로웠다. 동시에 구남의 한쪽 입가가 쓱 말려 올라갔다.

"무슨……."

"거기 월세가 제때 안 들어와서 집주인이 불평을 하시더라고요. 내가 그 집 아저씨 직업도 확실하니까 걱정 말라고, 바빠서 그러는 것 같으니 좀 기다려 보라고 잘 얘기는 했는데요."

여자는 자신의 덕이라는 걸 빼놓지 않고 어필하고 싶은 듯했다.

"그러니까 부동산 신용 떨어지지 않게끔 좀 해 줘요."

종현은 멍해졌다. 망치로 머리를 맞은 게 아니라 누군가 뇌를 빼간 게 아닐까 싶었다. 그는 휴대폰을 든 채로 황망히 구남을 보았다. 구남이 거 보라는 듯 의기양양하게 턱을 들고 손가락을 네 개 폈다.

다시 입술로 휴대폰을 가져다 대는 종현의 손이 벌벌 떨렸다.

"월세……요? 월세 조건이 어떻게 되죠?"

"아직 조건도 모르세요? 사모님한테 못 들으셨나? 사천에 사백이잖아요. 월 사백만 원."

전화기 너머에서는 부동산 여자의 말이 이어지고 있었지만 종현은 멍한 얼굴로 천천히 손을 들어 통화를 종료시켰다.

"거 봐."

구남이 킬킬거리며 웃었다. 그 소리에 정신을 차린 듯 멍하니 앉아 있던 종현이 의자를 박차고 일어나 바깥으로 달려 나갔다.

"어디가?"

구남이 외쳤지만 곧 쾅, 문이 닫히는 소리가 들려왔다.

5

무인 발급기는 법원 앞에 설치되어 있었다. 종현은 성마르게 유리문을 열어젖혔다. 미리 와서 업무를 보고 있는 사람이 없어서 망정이지 기다려야 했다면 종현은 가슴이 터져 죽을지도 몰랐을 것이다. 종현은 떨리는 손으로 패드 위에 표시된 등기부 등본 출력 버튼을 눌렀다. 손이 떨려서 그런지 한번에 눌리지 않아 몇 번이고 다시 눌러야 했다. 출력되는 소리와 함께 서류가 한 장 한 장 밀려 나왔다. 그 시간이 망나니의 칼이 내려치기를 기다리는 수형인의 그것처럼 길었다. 이내 마지막 장이 나오자 종현은 등기부 등본을 덥석 잡아 쥐고 성마른 눈길로 훑었다. 설마 하는 마음이 마지막 장을 열었을 때, 이내 지옥으로 치달았다. 종현은 한 평도 채 안 되는 무인 발급기 안에서 그만 털썩 주저앉았다.

마지막 소유주의 이름이 '정대덕'으로 되어 있었다. 한 번도 들어본 적 없는 이름이었고, 단언컨대 종현이 알지 못하는 사람이었다.

도대체 어찌 된 영문인지 알 수 없었다. 1년 전 이 집을 보러 왔을 때 분명 매매라고 알고 있었다. 그러나 등기부 등본에는 종현의 이름이 단 한 줄도 표시되어 있지 않았다. 그는 이 집을 단 한 번도 소유한 적이 없었다. 자신이 봤던 등기부 등본은 뭐란 말인가.

짧게 머리를 스쳐 지나가는 생각이 있었다. 그와 동시에 척추를 타고 섬뜩한 기운이 치고 올랐다. 종현은 비틀거리며 일어나 도로를 향해 뛰쳐나갔다.

종현이 집으로 돌아왔을 때 구남은 거실 소파에 누워 한가롭게 예능프로그램을 보고 있었다. TV에서는 10년도 훨씬 전에 인기를 끌었던 코미디언이 나와 둔한 몸을 이끌고 게임을 수행하고 있었다. 10년 전에는 최선을 다해야 나왔을 몸 개그가 세월의 무게 속에서 자연스럽게 터졌다. 낄낄거리던 구남은 현관문을 벌컥 열고 들어오는 종현을 향해 물었다.

"확인했나?"

종현은 대답도 없이 빠른 걸음으로 안방에 들어가 버렸다. 사실 대답이 필요했던 것은 아니었다. 구남은 진실을 이미 알고 있었고, 종현이 비밀번호를 누르는 다급한 소리를 듣고 그도 진실을 알게 됐다는 걸 감지했다. 구남은 리모컨을 들어 TV를 껐다. 그리고는 고개를 끄덕였다. 한 번, 두 번, 세 번.

그와 동시에 안방의 문이 다시 열렸다. 이번에도 종현은 구남에게 눈길도 주지 않고 거실을 가로질렀다. 그런 종현의 손에 통장 뭉치가 들려 있었다. 어디를 가냐고 소리를 쳤지만 답변은 돌아오지 않았다. 쾅! 황급히 문이 닫히자 구남은 고개를 절레절레 저으며 소파에 도로 벌러덩 드러누워 버렸다.

"아무것도 없을 걸. 아니지, 차라리 아무것도 없으면 다행이 지."

구남이 혀를 끌끌 차는 소리가 거실에 울려 퍼졌다.

***

종현은 인근 은행의 CD기로 곧장 달려갔다. 통장을 집어넣고 통장 정리 버튼을 눌렀다. 얼마나 정리하지 않았는지 한참이나 통장이 인쇄되었다. 다급한 마음 때문에 제자리에 선 채로 종종 걸음을 치는 종현을 옆에 선 여자가 인상을 구기고 흘깃거렸다.

집안의 경제권은 아내의 것이었다. 월급을 타면 한 푼도 남기 지 않고 아내에게 송금했다. 두 사람이 함께 회의한 대로 아내는 종현에게 매월 용돈 삼십오만 원을 입금했다. 종현은 그걸 아주 감사히 받아 아끼고 아껴 썼다. 전체적인 돈 관리는 모두 아내가 했고, 계좌의 명의 역시 아내의 것이라 종현이 확인할 수는 없었 지만 매달 월급날이면 아내는 가계부를 보여 줬다. 이번 달엔 얼 마를 썼고, 얼마를 적금 넣을 수 있을 것 같다고 일일이 말해 주었 다. 그럴 때마다 종현은 입이 헤벌쭉 벌어졌다. 총각 시절에는 어 디에 구멍이라도 난 것처럼 줄줄 새어 나가던 돈이 야무진 아내를 만나 차곡차곡 쌓여 갔다. 완전히 아내를 믿어 가계부를 보여 줄 것도 없다고 손사래를 친 것은 종현 본인이었다. 그때까지만 해 도 가계부와 통장의 사정이 다를 거라고는 상상도 하지 못했다.

생각해 보면 매달 같이 불입되고 있다는 적금 통장을 본 적도 없다. 아내는 통장 지갑을 가지고 있었다. 은행에 갈 때마다 그걸 들고 다녔다. 아내가 통장 지갑을 숨긴 적은 없었다. 화장대 첫 번째 서랍에 늘 들어 있었다. 언제든 보려면 볼 수 있었지만 보지 않았다. 봐야 한다는 생각 자체가 없었다.

이내 기계에서 첫 번째 통장이 나왔다. 잔액은 오천칠백삼십만 원가량. 종현은 안도의 한숨을 내쉬었다. 역시 구남의 말을 듣는 게 아니었다. 종현은 두 번째 통장을 기계에 집어넣으려다 번뜩, 자신이 무언가를 놓친 것을 알아챘다. 그는 기계 한쪽에 올려둔 조금 전의 통장을 응시했다. 불길한 기운이 거기서 뿜어져 나오는 것 같았다.

'설마. 잘못 본 거겠지.'

종현은 아내가 아니라 자신의 눈을 의심하면서도 재차 통장을 열었다.

"마이너스 오천!"

잔액 오천칠백삼십만 원의 숫자 앞에 마이너스 표시가 종현의 심장을 쿵쿵 뛰게 만들었다. 혈류가 급격히 머리 꼭대기로 치솟는 것 같았다.

종현온 기절할 것처럼 나머지 통장들을 전부 기계에 넣어 보았다. 대부분의 잔액이 0원이었다. 마지막 희망은 적금 통장이었다. 기계에 넣자 은행원에게 문의하라는 안내문이 액정 화면에 표시되었다.

"해지된 적금 통장이에요."

통장의 주인이 아내이므로 통장을 분실했다고 하면 그대로 해지가 되었을 거라고, 상담원은 안타까운 듯 대답했다. 이런 일이 자주 있었던 걸까. 대충 어떤 사연일지 알 것 같다는 얼굴이었다.

종현은 동정하는 듯한 직원의 눈길을 외면하며 자리에서 일어섰다. 두 다리를 딛고 선 땅이 일렁이는 것 같았다. 눈앞에 노란색 셀로판지를 댄 것 같았다. 당장이라도 기절할 것 같았지만 간신히 은행을 벗어났다.

생각해 보니 종현의 명의로 마이너스 통장을 만들자는 것도 아내의 의견이었다. 앞으로 '혹시 무슨 일'이 있을 수도 있고, 적금이 빡빡하게 들어가고 있으니 비상금 조로 가지고 있자고 했다. 종현은 그런 아내를 '우리 똑순이!'라고 하며 안아 줬었는데⋯⋯. 아내가 말했던 '무슨 일'이 정말로 벌어지긴 벌어졌다.

***

비밀 번호키를 누르는 소리가 전에처럼 성마르지 않고 느리게 들려왔을 때 구남은 이미 종현에게 무슨 일이 벌어졌는지를 예상하고 있었다. 그리고 그 예상대로 현관문을 열고 들어온 종현의 얼굴은 하얗게 질려 있었다.

"뭐하고 왔어?"

알지만 물어보았다. 구남은 데자뷔를 보는 건가 싶었다. 종현은 아까와 마찬가지로 대답하지 않고 안방으로 향했다. 다만 아까는 조급한 걸음이었고 지금은 맥빠져 있다는 게 다른 점이었다. 종현은 터덜터덜 안방으로 향하다 갑자기 걸음을 멈추고 벽에 걸린 결혼사진을 응시했다.

잠깐 그러고 서있던 종현은 고개를 떨구었다. 그러고는 다시 발걸음을 옮겨 안방으로 들어갔다. 얼마나 힘이 없는지 발이 질질 끌렸다. 마치 타인의 살을 탐하지 않는 좀비를 보는 기분이었다. 그 뒷모습을 보던 구남은 고개를 또다시 저었다.

"청승."

구남은 처음 실자를 만났을 때를 떠올렸다.

"돈은 뭐 공짜로 빌려주는 건 줄 알아? 아가씨, 담보 있어?"

현아는 비 맞은 생쥐처럼 벌벌 떨었다. 밖에 비가 오는가 싶었지만, 구남의 사무실 창문은 짙은 파란색으로 선팅되어 있어 바깥이 보이지 않았다. 현아의 몸도 젖어 있지는 않았다.

"제발, 제발. 사람 한번 살린다 치시고 부탁드려요."

현아는 남편에게 늘 폭력을 당해 왔고, 외도가 심한 남편이 집에는 생활비를 한 푼 주지 않았다고 했다.

"남편이 친정 가서 돈을 구해 오라고 윽박질러서……. 저희 엄마가 암에 걸리셨는데 친정에 무슨 돈이 있겠어요. 그래도 돈을 구해 오지 않으면 때리니까 어쩔 수 없이 집을 매매라고 속이고 월세로 들어갔거든요. 근데 남편이 등기부 등본을 떼 오라고 해서. 이거 걸리면 저 맞아 죽어요."

현아는 양손을 모으고 벌벌 떨었다. 그 손에 퍼렇게 멍이 들어 있는 것도 사실이었다. 이번만 넘어가게 도와준다면 취업을 해서 돈을 갚겠다고 현아는 눈물을 흘렸다. 그 말을 듣고 등기부 등본을 위조하여 내준 것은 구남이었다. 돈을 빌려주는 것보다 문서

위조가 간단하니 도와줄 수 있었다. 그때까지는 그런 여자인 줄 몰랐다.

덜컹거리는 소리에 구남은 생각에서 깨어났다. 안방에서 뭘 하는지 장롱 여는 소리도 났다가, 뭔가를 끄는 소리도 들려왔다. 뭘 하는 거지, 하는 생각이 드는 순간 뭔가 넘어지는 꿍음이 났다.

구남은 벌떡 일어서서 안방으로 달려가 문을 열어젖혔다. 그런 그의 눈앞에 들어온 것은 허공에서 발버둥 치고 있는 종현이었다. 밟고 올라섰었던 듯 의자가 넘어져 있었고, 조명등에 묶은 넥타이에 종현의 목이 매달려 있었다.

"뭐 하는 거야?"

다급히 외친 구남은 종현의 몸에 달려들었다. 목이 더 졸리지 않도록 종현의 두 다리를 끌어안고 들어 올렸다. 종현은 구남을 발로 차서 밀어 버리려고 버둥거렸다.

"놔! 죽게 놔두라고!"

"이런 병신 새끼가!"

구남은 손을 홱 놓아 버렸다. 종현의 두 발이 다시 허공에서 덜렁거렸다. 종현은 컥컥거리며 두 손으로 넥타이를 뜯으려 애썼다. 구남은 욕지거리를 뱉으며 침대 위로 올라가 종현의 목을 묶고 있는 넥타이를 풀어 버렸다. 종현이 그대로 바닥에 떨어졌다.

"컥, 허억!"

종현은 숨을 들이쉬려 애썼다. 눈이 시뻘겋게 달아올랐고, 양쪽 관자놀이에 파란 힘줄이 툭 불거졌다. 눈앞이 휘돌았고, 폐에 산소를 더 집어넣으려고 입을 크게 벌렸다. 그때 종현의 몸이 들어 올려졌다. 구남이 종현의 멱살을 잡아 올린 것이었다.

"이 미친 새끼가, 정신 안 차려?"

구남의 주먹이 종현의 왼쪽 뺨을 강타했다. 종현은 그대로 바닥에 다시 처박혔다. 죽게 내버려 두지 왜 살렸냐는 소리가 종현의 목구멍까지 치고 올랐지만 입 밖으로 뱉어지지는 않았다. 그런 소리를 했다가는 몇 번이고 구남의 주먹을 받아야 했을 것이다. 그랬다가는 얼굴이 남아나지 않을 것이다.

구남의 주먹이 막혔던 숨통을 트이게 했는지는 모르지만 종현의 목구멍에서 아아, 힘겨운 소리가 뱉어져 나왔다. 종현은 서러운 눈물을 터트렸다. 살았다는 안도와, 살아 버렸다는 치욕이 종현을 처참하게 했다. 한편으로는 구남에게 그나마 사람을 살리려는 인간적인 면모가 있구나, 하는 엉뚱한 생각이 들기도 했다. 침을 뱉듯 한 구남의 중얼거림을 듣기 전까지는.

"새끼. 죽으려면 혼자 있을 때 죽지. 누구 조사받게 할 일 있냐? 재수 없이!"

6

이제 순정의 집에는 한 명의 형사만이 남아 있었다. 아영이 유괴된 지 닷새째. 유괴범으로부터 더 이상의 전화는 오지 않았고 공개 수사로 전환됨에 따라 다시 협박 전화가 올 가능성은 0에 수렴한다고 했다. 형사들은 업무 분담을 새로 한 듯했다. 순정은 더 이상 울부짖을 기운도 남아 있지 않았다. 탈진한 채 침대에 누워 아영에 대한 생각만 했다. 그녀를 괴롭히는 모든 것은 '아영이는 지금쯤'에 대한 것이었다. 얼마나 무서울까. 밥은 먹었을까. 엄마를 찾으며 울고 있겠지. 그런 생각에 애가 탔지만 몸은 반대로 늘어져만 갔다.

"식사는 하셔야죠."

거실에 홀로 남아 있던 형사가 들어와 말을 걸었다. 아이를 잃어버리고 밥 생각이 날 리가 없다. 아니라고 대답은 해야 하는데 고개조차 저을 힘이 없었다. 잠시 기다리던 형사는 더 이상 말을 걸어 보지 못하고 안방을 나갔다. 그도 어느 정도 순정을 이해해 주는 것이리라.

차라리 독한 술이라도 마시고 쓰러져 자고 싶었다. 미쳐 버리면 아무것도 모르지 않을까 하는 생각도 들었다. 하지만 아이를 찾을 때까지는 제정신이어야 했다. 아영에 대한 기억을 제대로 갖고 있는 것은 자신뿐이었다. 놓지 않으면 찾을 수 있다고 믿었고, 그래야만 했다. 형사들이 '골든 타임'이라는 말을 했을 때, 그 기저에는 아영이 죽지 않았겠냐는 뜻이 깔려 있다는 것을 순정도 알았다. 하지만 살아 있든 죽었든, 아영은 여전히 찾아야 하는 그녀의 아이였다.

휴대전화가 울렸다. 베개 옆에 놓아둔 순정의 휴대폰이었다. 조금 전까지 없던 기운이 어디서 솟아났는지 순정은 벼락이라도 맞은 것처럼 벌떡 일어났다. 소리를 들은 형사도 달려 들어왔다. 순정이 그를 보자 형사는 차분하라는 듯 손짓을 했다. 순정은 고개를 끄덕이고, 여전히 울리고 있는 휴대폰을 보았다. 액정 화면에 공중전화라는 표시가 떴다. 통화 버튼을 누르고, 스피커폰으로 전환했다. 떨리는 목소리로 천천히, 상대방을 이끌어 냈다.

"여보세요?"

***

그 시각, 서태주는 경찰서로 복귀하고 있었다. 팀장으로서 CCTV 검색 팀의 현재 상황을 보러 온 것이었다. 문을 열자 두 명의 대원이 각각 영상을 보고 있었다. 키보드 위에 올려놓은 한 손이 빠르게 움직이며, 교통과에서 받아온 영상을 빠르게, 혹은 천천히 돌려 가며 검색하고 있었다.

"뭐 나온 건 없어?"

서태주는 커피가 담긴 봉투를 두 사람의 책상에 올려놓으며 물었다. 이미 책상 위에는 개수를 한눈에 세지도 못할 정도의 플라스틱 빈 컵들이 쌓여 있었다. 지난밤도 쪽잠으로 해결한 두 사람의 시간이 눈에 훤히 보였다. 한 명이 지친 얼굴로 대답 없이 서태주가 사 온 커피를 봉지에서 빼내며 입에 물었고, 다른 한 명이 고개를 가로젓는 걸로 대답을 대신했다. 서태주는 절망했다. 상황이 좋지 않았다.

새온 아파트는 워낙 오래된 단지라 놀이터에 CCTV가 없었다. 모든 어린이 놀이터에 CCTV 설치가 의무화되었지만, 법 개정 이전에 세워진 새온 아파트는 해당되지 않았다. 운 좋게 걸린 것은 아파트 바깥길 건너에 있는 복권 판매소의 CCTV 카메라였다. 복권방 앞에 설치해 두고 운영하고 있는 인형 뽑기 기계를 비추기 위해 설치한 카메라였지만, 형사들은 그 영상 속에서 길 건너의 아영을 발견해냈다.

화질은 엉망이었다. 복권 판매점 사장은 변명이라도 하듯 CCTV를 달고 싶어 단 것이 아니고, 요즘 인형 뽑기 기계를 뜯고 돈을 훔쳐 가는 놈이 많아 중고 카메라 하나를 달았다고 설명했다. 게다가 길 건너편에서 찍힌 것이라 얼굴이 거의 나오지 않았다. 대략적인 윤곽만 있고 눈, 코, 입도 보이지 않았다. 지금 같아서는 범인이라고 앞에 데려다 놔도 알아보지 못할 것 같았다. 그래도 이 영상이 빠른 시간 안에 실종에서 유괴 사건으로 전환되는 단초가 되어 주었다. 영상 속에서 두 사람의 형체는 몇 걸음쯤 걸어가다 옆으로 난 골목길로 들어갔다. 들어가기 직전 아영이 신이 난 듯 콩콩 뛰는 것이 보였다. 저 때까지만 해도 아영은 손을 잡고 가는 저 사람을 믿었을 것이었다. 자신에게 무슨 일이 벌어질지, 엄마와 어떻게 떨어지게 될지 생각도 못 했을 것이었다. 그런 것을 생각하자 서태주는 마음이 아팠다.

두 사람이 들어간 골목은 용두 공원으로 이어지는 길이었다. 용두 공원은 차를 댈 수 있고 주차 공간이 있었다. 공원 자체에는 CCTV가 없어서 용두 공원에서 인도 쪽에 있는 CCTV란 CCTV는 다 긁어다 분석했지만 아영의 모습을 찾을 수는 없었다. 범인이 용두 공원에 차를 세워 두고 아영을 태웠을 것이라는 심증이 강하게 드는 대목이었다. 유괴범이 아이를 걸어서 데리고 가진 않았을 것이었다. 문제는 거기서부터였다. 아이를 태운 것이 어떤 차인지 특정할 수 없었던 것이다. 용두 공원 방면에서 도로로 나와 CCTV가 있는 곳 인근에는 차의 이동이 많았다. 영상 분석만으로는 어느 차에 아이가 태워졌는지 파악할 수 없었다. 사건이 발생한 지 닷새가 지났지만 아이의 생사와 위치는 물론이고, 아직 범인도 확정 짓지 못한 상황이었다. 마음이 조급해졌다.

"그 여자가 찍혔던 영상, 법 영상 분석관한테 보냈지? 연락 없었어?"

"연락은 왔는데 영상의 질을 올려 봤지만 특정할만한 것이 발견된 건 없다고 합니다."

지금 기댈 수 있는 것은 영상에 찍힌 여자의 모습 하나뿐이었다. 머리 스타일이나 옷이라도 명확히 보이면 혹시 아는 사람이 보고 제보해 올지도 모른다는 생각이었지만, 누군가 억지로 뭉갠 것처럼 여자의 형체는 자세한 모습을 보여주지 않았다.

"어쨌든 영상 질을 좀 올렸다는 거지? 그걸로 방송국에 다시 보내. 오늘 방송은 이미 나갔지?"

사건이 공개 수사로 전환된 후 경찰은 지상파 방송 3사에 협조를 의뢰해 매일 뉴스 말미에 아영의 사진과 영상을 방송하고 있었다. 방송 이후 제보 전화는 많이 왔지만 아직 이렇다 할 증거는 찾지 못하고 있는 상태였다.

서태주의 물음에 한동안 자르지 못해 턱수염이 거뭇하게 난 형사의 얼굴이 어두워졌다. 어딘지 쭈뼛거리는 것 같았다.

"무슨 일이야?"

두 사람은 서로를 보고는 눈짓을 했다. 턱수염이 난 형사가 대답했다.

"이것 좀 보세요."

한쪽 형사가 인터넷을 열어 클립 영상 하나를 재생시켰다. 오늘 저녁 9시 뉴스 방송본이라고 했다. 뉴스에서는 경찰이 제공한 CCTV 영상을 사용하고 있었다. 문제가 뭐가 있는 건가, 생각하기 무섭게 영상 속에서 기자가 말했다.

"CCTV 영상 화질이 좋지 않아 시민의 제보가 절실한 상황입니다."

서태주는 짜증스럽게 눈을 감았다. 화를 겨우 참느라 손가락으로 눈썹 위를 긁었다. 그는 참다못해 소리쳤다.

"왜? 차라리 '영상은 아무것도 안 보이니까 걱정하지 마세요, 유괴범 님'이라고 방송을 하지!"

서태주는 분을 참지 못해 씩씩거렸다.

"생각 없는 기자 놈들!"

"팀장님."

서태주의 뒤로 뛰어든 것은 후배 형사인 김 형사였다. 그는 어딘지 격앙된 표정으로 달려오기 무섭게 서태주의 팔을 잡았다.

"무슨 일이야?"

"잠복팀에서 연락이 왔는데요, 범인에게서 전화가 왔답니다! 돈을 요구했대요."

서태주의 표정이 확 풀어졌다. 그 얼굴 위에는 희망이 어른거렸다. 지금 상황에서는 연락이 끊어지는 것이 가장 무서운 일이다. 차라리 협박 전화가 온다는 건 범인의 꼬리를 발견한 것과 같았다.

어쩌면 범인이 뉴스를 본 건지도 몰랐다. 아직 자신이 누구인지 들키지 않았으니 몸값 받는 것을 다시 시도해 볼 수도 있다고 생각했는지도 모른다. 아직 범인이 특정되지 않은 상태이기에 범인과 연락이 이어진 건 나쁜 일만으로 볼 수는 없었다.

서태주는 클립 영상 속 기자의 얼굴을 돌아보며 말했다.

"저 기자 님 덕분이군."

"아깐 놈이라면서요."

수염 난 형사가 빈정대듯 말하자 서태주가 그의 어깨를 툭 쳤다.

7

"어떻게 알았어?"

뒤늦게 정신이 들자 의문점이 생겨났다.

구남 덕분에 살아난 종현은 멱살을 잡혀 거실로 끌려 나와 있었다. 쓸데없는 짓 좀 하지 말라고 소리 지르는 구남 앞에서 종현은 울었다. 구남이 상스러운 욕설을 뱉으며 울지 말라고 했지만 그럴수록 종현은 더 엉엉 울었다. 현아에게 속았다는 분노 때문인지, 이제 알거지가 되었다는 신세 한탄인지, 모든 시간이 흔적 없이 사라졌다는 허망함 때문인지 눈물은 그칠 기미를 보이지 않았다. 구남은 지쳤다는 듯 양손을 들더니 소파에 털썩 주저앉아 TV를 켰다.

TV 속에서는 걸그룹이 나와 춤을 추고 있었다. 엉엉 우는 종현 옆에서 그렇게 구남은 음악 프로그램도 보고, 드라마도 보고, 뉴스도 보았다. 그만큼의 시간이 흐르자 종현도 천천히 울음을 그치고 이성을 찾았다. 그리고 처음 입을 뗀 말이 그것이었다.

"어떻게 알았냐고?"

종현이 재차 물었다. 구남은 들고 있던 캔 맥주를 쭉 들이키더니 인상을 쓰며 한 손으로 캔을 구겼다. 이제는 종현에게 묻지도 않고 잘도 냉장고를 털고 있었다.

"무슨 소리야?"

"이 집 보증금이랑 월세. 사천만 원에 사백인 거 어떻게 알았냐고."

"……차현아한테 들었지."

"조금 전에 미덥지 못한 정적이 흘렀는데?"

구남이 발끈했다.

"내가 거짓말을 왜 해?"

종현은 눈을 동그랗게 뜨고 구남을 빤히 보았다. 정말로 현아에게 들었을까? 그렇게 생각하면 이상하다. 현아는 구남에게 돈을 빌리기 위해 찾아갔다고 했다. 돈을 빌리려 했다면 담보가 있다고 하는 쪽이 더 유리하다. 만약 그게 거짓말이라도 말이다. 하지만 거짓말을 할 이유가 없다는 구남의 말에도 딱히 반론할 근거가 없었다. 종현은 그렇게 하면 정답이 나오기라도 할 것처럼 구남의 옆얼굴을 의심스러운 눈초리로 노려보았다. 갑자기 구남이 픽, 웃었다.

"너 아까 운 게 창피해서 그러는 거지? 화제 전환하려고?"

종현이 인상을 썼다.

"뭐래."

"창피할 만도 하지. 죽겠다는 놈이 진짜로 내버려 두려니까 아주 살겠다고, 살겠다고."

구남은 몇십 분 전 종현이 공중에 매달려 목을 쥐어뜯던 흉내를 냈다. 종현이 벌떡 일어났다.

"너……!"

"저기요, 계십니까?"

갑자기 들려온 낯선 목소리에 종현과 구남이 동시에 반응했다. 둘은 똑같이 현관문 쪽으로 고개를 돌렸다. 목소리는 구남 때문에 실린더가 빠져 버린 현관문 구멍에서 들려오고 있었다. 문이 닫히지 않아 끈으로 묶어 놓은 현관문 바깥에서 누군가 구멍을 통해 안을 들여다보고 있었다. 종현은 그제야 자신이 인근 만물사의 출장 기사를 부른 것이 생각났다. 얼른 나가 줄을 풀고 출장 기사를 맞이했다.

"아유, 아주 빠져 버렸네요."

구멍을 본 출장 기사가 말했다. 종현은 구남을 노려보았고, 구남은 시선을 피했다. 출장 기사는 새 실린더로 구멍을 막았다. 작업은 10분도 채 걸리지 않았다.

"출장비까지 삼만 원만 주세요."

종현이 구남을 보았다.

"네가 망가트렸으니 네가 내."

그러나 구남은 눈도 깜짝하지 않고 당당한 태도로 일관했다.

"그럼 네 마누라한테 일억구천구백구십칠만 원만 갚으라고 해."

종현의 눈이 분노로 커다래졌다. 이게 무슨 소린가 싶은지 만물사 기사가 호기심 어린 눈초리로 종현을 살피고 있었다. 분명 출장 기사의 머릿속에서 막장 드라마 한 편이 쓰여지고 있을 터였다. 종현은 울화 때문인지, 창피함 때문인지 모를 얼굴의 열감을 느끼며 황급히 안방으로 달려가 지갑을 가지고 나왔다. 삼만 원을 내밀자 만물사 기사는 돈을 받으면서도 뭔가 물어보고 싶은 기색을 감추지 못했다. 구남은 승리했다는 듯 낄낄거렸다.

출장 기사가 돌아가고 문이 닫히자마자 종현은 구남을 향해 홱 고개를 돌렸다.

"찌질한 개새끼. 점을 확 뽑아 버릴까 보다."

욕을 들은 구남이 욱하면 자신도 이판사판이었다. 그러나 구남은 욕을 들어도 아랑곳하지 않았다. 아랑곳하지 않은 정도가 아니라 양 손가락으로 동그라미를 만들고 머리를 양옆으로 흔들며 춤을 추는 시늉을 했다.

"개새끼라도 좋아요. 돈만 받을 수 있다면요."

노래처럼 음을 붙여 말해 더 알미웠다. 구남을 어떻게 하면 좋을까. 종현은 가슴이 터질 것처럼 씩씩거렸지만 구남은 꽤나 즐거운 표정이었다.

8

범인은 삼천만 원을 요구해 왔다. 경찰이 붙은 것도, 공개 수사로 전환된 것도 당연히 알고 있었다. 하지만 정순정의 절박한 마음을 이용하려 한 것 같았다. 목소리를 변조한 범인은 경찰을 따돌리고 돈만 준다면 언제라도 아이를 돌려주겠다고 했다. 정순정이 간절하게 아이의 안전을 확인시켜 달라고 말했지만 이번에도 역시 범인은 거절했다. 정순정이 재차 사정하자 아이는 무사하다는 말만 반복했다. 자신을 의심하는 것은 곧 아이가 죽기를 바라는 것이 아니냐고 엄포 놓기를 서슴지 않았다.

서태주의 생각대로였다. 뉴스를 본 범인은 아직 자신이 누구인지 전혀 알지 못하니 승산이 있을 수도 있다고 판단한 듯했다. 유괴 범죄는 검거율 99퍼센트에 이른다. 유괴범은 다 붙잡힌다고 봐도 무방했다. 그렇게 된 데에는 CCTV 설치 확대와 과학수사 기법이 발전한 덕이 컸지만, 시민들의 눈과 관심 하나하나가 CCTV 못지않게 범인을 압박했다. 그럼에도 유괴 범죄는 이따금 벌어졌다. 자신만은 다를 거라고, 실수하지 않고 거액을 챙길 수 있으리라는 희망 때문이다. 이번 범인 역시 그러리라고 서태주는 확신했다. 이번에야말로 범인을 붙잡을 중요한 기회였다.

다행히 현장에 있던 형사의 지시에 따라 정순정은 범인의 요구에 그러겠다고 대답했다. 자신이 형사들을 어떻게든 따돌리고 돈을 전달할 테니, 아이만 되돌려 보내 달라고 사정했다. 범인이 정말로 정순정의 말을 믿은 것인지는 확실치 않다. 어쨌든 범인은 삼천만 원의 인도일을 정했다. 바로 토요일인 오늘이었다.

돈을 건네주기로 약속한 장소는 서방로 37번지에 위치한 카페였다. 미리 지도로 검색해 장소를 파악한 서태주는 오히려 당황했다. 유괴범이 돈을 받으려는 장소치고 너무 일반적이지 않았다. 해당 카페는 가까운 대학교가 두 군데나 있었다. 그 학교들을 끼고 인근에는 상권이 발달했다. 식당이며 술집들이 밀집했고, 젊은 사람들이 많은 곳답게 카페들도 많았다. 범인이 정한 'hey'는 그중에서도 꽤 인기 있는 카페였다. 인터넷으로 대충 훑어보아도 다녀온 사람들의 후기를 어렵지 않게 찾아볼 수 있었다. 더군다나 토요일이었다. 학교를 가지 않는 학생들이 거리를 메울 것이었다. 그렇게 사람이 많은 곳에서, 그것도 대낮에 아이와 돈을 교환하겠다는 이야기였다. 수사팀 내부에서도 범인의 포석일 거라는 의견이 나왔다. 다른 유괴범들의 경우에도 몇 번씩이나 접선 장소를 바꾸었다. 형사들을 따돌릴 것이라는 피해자 부모의 말을 온전히 믿을 수 없기 때문이었다. 분명 범인은 어떻게든 정순정과 형사들을 떼어 놓으려 할 것이었다. 그럼에도 이번이 범인을 잡을 마지막 기회라는 것에는 이견이 없었다.

돈은 가짜로 준비해 정순정이 들고 나간다. 카페에서는 형사들이 잠복한다. 정순정은 범인의 지시가 바뀌더라도 당황하지 않고 그대로 따른다. 잠복조는 절대 정순정을 놓치지 않는다. 그것이 이번 작전의 중요한 포인트였다.

"들어갑니다."

귀에 낀 무선 이어폰에서 목소리가 들려왔다. 서태주는 길 건너편의 다른 카페에서 망원경으로 'hey'를 지켜보고 있었다. 보고대로 정순정은 'hey'의 문을 열고 있었다. 긴장한 얼굴로 주변을 두리번거리는 것이 여실히 보였다. 정순정의 손에는 종이 가방이 들려 있었다.

"앉았습니다."

정순정이 빈자리에 앉았다.

"아직 이상 없습니다."

서태주는 범인이 카페 안에 있을 거라고 거의 100퍼센트의 확률로 자신했다. 유동 인구가 너무 많은 장소였기 때문이다. 형사들의 눈을 피해 돈을 받으려면 범인은 정순정에게 지시를 내려야 한다. 정순정이 지시를 잘 이행하는지를 확인하려면 어딘가에서 보고 있어야만 하는데, 이런 상황에서는 불가능했기 때문이었다.

"손님들 상황 체크해. 특히 여자."

아영을 데리고 간 것은 CCTV에 찍힌 대로 여성이었다. 게다가 이번 협박 전화의 목소리 분석 결과 역시 여성의 것으로 나왔다. 일반적으로 유괴는 공범이 있는 경우 대부분 남자가 가담한다. 운전이나 협박, 혹은 유괴 아동을 관리할 때 남자가 더욱 효과적인 작업들이 있는 것이다. 그런데 이 사건에서 드러나고 있는 것은 전부 여자였다. 전화를 건 것도, 아이를 데려간 것도 여성이 었다. 여성 공모자가 있거나, 단독 범행일 가능성도 염두에 두어 야 했다.

만약 단독 범행이라면 범인을 잡기가 더 수월해진다. 범인은 정순정이 돈을 가지고 있는지 경찰과 함께 있는 건 아닌지 확인해 야 하고, 또한 돈을 넘겨받아야만 하는 미션이 있다. 그 두 가지를 용이하게 하려면 카페 안에 있어야만 하는 것이다. 정순정이 혼 자인 것을 확인한 후, 어딘가의 위치에 돈을 놓고 가게 한 다음 짧 은 시간 안에 그 돈을 회수하려는 것이다. 그 움직임을 면밀히 관 찰해 잡아야만 했다.

서태주 말고도 두 명의 형사가 길 건너편 옥상에서 망원경으로 카페 건물을 살피고 있었고, 카페 입구에도 두 명의 형사가 대기 하고 있었다. 이번에 꾸려진 수사본부 팀원 중에서도 가장 젊은 인원으로 뽑은 형사들이었다. 사복을 입고 있으니 대학생들 사이 에 잘 섞여 들었다. 명령이 떨어지는 즉시 두 명이 가장 먼저 카페 로 진입할 것이었다.

정순징에게는 멀리서도 확인할 수 있는, 그리고 의심받지 않을 제스처를 신호로 맞추어 두었다. 범인에게 전화가 와서 뭔가 지 시가 있으면 벌떡 일어나 주변을 둘러보라고 했다. 만약 인근에 서 범인이 보고 있더라도 범인에게서 전화가 걸려와 반사적으로 둘러보는 것으로 알게끔 하기 위함이었다.

카페 안 어딘가에 돈 봉투를 숨기라고 하는 지시라면 바깥에서 대기하고 있는 형사 두 명이 돈을 회수하려는 범인을 잡을 것이고, 바깥으로 나가야 하는 지시라면 서태주가 따라붙을 예정이었다.

그 상태로 한참의 시간이 흘렀다. 몸이 뒤틀릴 만큼 지루한 시간이었다. 망원경을 통해 보이는 정순정은 거의 굳은 채로 앉아 있었기 때문에 인터넷 연결이 끊겨 멈춰 버린 동영상을 보는 기분이었다.

이제는 정순정이 움직여도 착각이 아닌가 싶을 정도일 때, 그녀에게서 변화가 보였다. 그녀는 놀란 듯 어깨를 움찔거렸다. 자신을 형사들이 잘 보고 있는지 슬쩍 바깥을 보는 게 보였다. 이 이상 의심 살만한 행동은 하지 않기를 서태주는 바랄 뿐이었다.

이내 정순정이 휴대폰 화면을 보았다. 손가락을 몇 번 움직일 뿐 전화를 받는 것은 보이지 않았다.

"문자다. 잘 관찰해."

지시를 내린 서태주는 다시 망원경 렌즈에 집중했다. 정순정이 벌떡 일어나 주변을 돌아보았다. 미리 약속한 제스처였다. 뭔가 범인의 지시가 있었던 것이다. 이내 움직이는 정순정이 향하는 곳은 카페 밖이 아니었다. 카페 내부를 훑어보더니 안쪽 더 깊은 곳으로 들어가 시야에서 사라졌다.

"화장실입니다."

서태주가 황급히 말했다.

"휴대폰! 지금 카페 안에 있는 사람 중에 휴대폰을 쓴 사람은?"

"대충 다섯 명 정돕니다."

맞은편 건물 옥상에 있던 인원에게서 보고가 들어왔다. 카페 안에 있는 형사가 맞다고 응답했다. 모두 여성이라고 했다.

범인은 여성. 그 추론이 맞는 듯했다. 범인은 분명 화장실로 정순정을 유인한 것이었다. 그곳 어딘가에 현금을 두고 나오라는 지시일 터였다. 전화를 사용한 다섯 명 중 정순정이 화장실에서 나오는 동안이나 그 직후 자리에서 일어서는 사람이 용의자일 가능성이 컸다. 그때 정순정이 화장실에서 나왔다.

다섯 명 중 일어선 사람은 한 명이었다. 정순정이 앉았던 자리에서 대각선으로 맞은편에 앉아 있던 여자가 일어나는 것이 보였다. 그 여자는 정순정이 나오는 것과 동시에 휴대폰을 주머니에 넣었다. 그리고는 화장실로 들어가려 했다.

"지금!"

명령을 내린 서태주는 망원경을 둔 채로 맞은편 카페로 내달렸다. 횡단보도가 없었기에 깜짝 놀란 차들이 클랙슨을 울려대었다. 이리저리 몸을 움직여 사고를 피하면서 서태주는 'hey' 안으로 빨려들었다.

내부는 소란했다. 안에 있던 손님들이 웅성거리며 화장실 쪽을 보고 있었다. 회장실 입구 앞에서 형사들이 여자 한 명을 잡아 놓고 있었다.

"뭐 하는 거예요?"

여자의 새된 목소리가 웅성이는 소리를 압도했다.

"형사입니다. 수사에 협조해 주시죠."

출입구 근처에 앉아 있던 여자는 놀란 듯 불룩한 배를 움켜쥐

며 자리에서 일어났다. 임신한 여자였다. 그녀는 형사라는 소리
에 무섭다는 듯 인상을 찡그리고 있었다. 서태주는 그녀에게 고
개를 숙이는 동시에 빠르게 그들 쪽으로 달려갔다. 여자와 실랑
이를 벌이는 형사 곁에서 정순정은 숨을 죽이고 있었다. 그녀가
범인이기를, 당장 아영의 소식을 들려주기를 기다리는 것 같았
다. 다가간 서태주가 정순정에게 물었다.

"범인에게 문자메시지를 받았죠?"

"맞아요."

정순정이 떨리는 목소리로 대답했다. 입술이 허옇게 갈라져 있
었다.

"보여 주세요."

잡혀 있던 여자는 어느새 두 사람의 소리를 듣고 조용해져 있었
다. 그녀를 잡고 있던 형사들의 이목도 정순정의 입에 집중되었
다. 정순정이 휴대폰을 내밀었다.

〔돈 가방을 놓고 화장실에 다녀오십시오.〕

문자메시지를 확인한 서태주의 얼굴이 경악으로 일그러졌다.
그가 생각했던 것과는 크게 빗나간 내용이었다. 돈 가방을 화장
실에 놓고 나오라고 한 것이 아니라 의자에 놓고 화장실에 다녀오
라고 한 것이었다.

서태주의 대답만 기다리고 있는 형사에게 밀치듯 휴대폰을 넘
긴 다음 서태주는 황급히 정순정이 앉아 있던 자리로 달려갔다.
뒤늦게 문자메시지를 확인한 다른 형사들이 날카로운 숨을 들이
켰다.

정순정이 의자에 놓았다던 돈 가방은 보이지 않았다.

"진입한 뒤 몇 명이나 카페에서 나갔지?"

서태주가 빈 의자에 시선을 고정한 채 소리쳤다.

"서너 명 정도 될 것 같습니다!"

대답이 들려오는 쪽을 향해 서태주는 몸을 돌렸다.

"입구 막고 손님들 신원과 소지품 확인한다."

형사들이 재빨리 움직이는 반면, 서태주는 절망하는 심정으로 그 자리에 주저앉았다. 혹시나 하는 마음에 지시한 것이지만, 이 카페 안에는 범인도, 돈 가방도 남아 있지 않으리라는 것을 그는 예감하고 있었다.

정순정에게 온 문자의 수신 시각은 정확히 14시 00분. 우연이라고 하기엔 너무 딱 떨어지는 시간이었다. 예약 문자 전송 기능을 썼을 가능성이 있다는 것을 염두에 두었어야만 했다. 만약 그렇다면 정순정이 문자를 받던 시각 휴대폰을 들고 있지 않았던 사람도 용의 선상에 올렸어야만 했다.

그의 불길한 예측은 모두 다 맞아떨어졌다. 카페 안에 남아 있던 손님들의 휴대폰을 모두 조사했지만 문자 발송 내역은 나오지 않았다. 돈 가방 역시 마찬가지였다. 졸지에 용의자로 몰려 형사들의 취조를 받게 된 여자 손님이 항의해 오는 소리가 들려왔다. 서태주는 머리를 감싸 안았다. 바보 같은 자신을 탓할 수밖에 없었다.

***

　그 시각, 조금 전 'hey'에서 나와 유유자적 걷고 있는 한 여자가 있었다. 그녀는 형사들의 난입에 놀랐던 임산부였다. 여자의 걸음이 서서히, 조금씩 빠르기를 더해 갔다. 이내 카페에서 멀리 떨어져 인파 속으로 묻혔던 여자는 거리의 반대쪽으로 나가 골목 안으로 들어갔다. 그녀는 골목 안에서 꽉 채워지지 않은 쓰레기봉투를 발견했다. 여자는 들고 있는 종이 가방 안에 손을 쑥 집어넣었다. 그녀의 손이 종이 가방 안에서 끄집어낸 것은 뜨개질 거리였다. 여자는 그것을 쓰레기봉투 안에 처박았다. 그리고 종이 가방 안에서 다른 가방을 꺼냈다. 가방을 열어 보는 여자의 눈이 탐욕으로 빛났다. 잠시 후 그녀의 눈앞에 돈다발이 드러났다. 여자는 기쁨의 미소를 지으며 돈 한 뭉치를 꺼냈다. 곧 여자의 얼굴이 굳었다. 가짜였다. 앞장과 맨 뒷장만 진짜 돈일 뿐 안쪽의 다른 것들은 그저 종이일 뿐이었다. 분노로 몸을 떨며 여자가 종이를 바닥에 내팽개쳤다.

9

김치찌개, 계란말이, 그리고 맞은편에 앉아 "김치찌개에는 돼지고기인데……"라고 중얼거리고 있는 고구남. 종현은 아침의 이 광경에서 더 이상 벗어날 수 없다는 생각이 들었다. 어제 그 난리는 꿈이었던 것만 같았다. 애초에 소유한 적 없던 이 집, 비다 못해 마이너스가 되어 버린 통장. 그냥 포기해 버리려던 목숨. 깨면 모든 것이 원래대로 돌아와 있기를 바랐지만, 종현은 이제 자신의 '원래'가 무엇인지도 알 수 없어졌다.

"근데 넌 직업이 뭐냐?"

언제부턴가 완전히 하대하고 있는 구남의 말투가 거슬렸지만, 종현은 입씨름할 생각이 없었다. 그만한 열의도, 기운도 없었다.

"그걸 왜 물어?"

단지 맞받아 하대해 주는 것밖에는.

"그냥. 그 정도는 알고 지내도 되지 않겠어?"

"……손해 보험 사정사."

지금은 어차피 그만두었지만. 그런 말을 덧붙이려다 말았다.

"풉."

종현이 고개를 들어 구남을 보았다. 이 무슨 상황에 맞지 않는 소리인가. 눈이 마주치자 구남은 더는 참을 수 없다는 듯이 웃음을 터뜨렸다.

"그게 뭐 하는 거야? 손해 보험 사정사? 손해나면 가서 막 대신 사정해 주는 거야?"

"……."

"응? 왜 그렇게 봐? 재밌지 않아?"

"자주 듣는 소리야."

종현은 다시 밥을 먹었다. 일일이 반응할 필요 없다. 이너피스.

"그렇지? 되게 이상한 이름의 직업이네. 사정사. 큭큭큭. 근데 이름이 좀 그렇다. 사정사. 겁나 사정 잘할 것 같고. 큭. 너랑 너무 안 어울려. 큭."

종현은 마음의 평화를 갈구했으나 쉽지 않았다. 그의 안광이 퍼렇게 빛났다. 구남이 낄낄거리는 '사정'의 의미가 '손해나면 사정한다'의 '사정' 같지 않았다. 구남은 자신을 향한 살의도 눈치채지 못했는지 계속 낄낄거리기만 했다.

종현은 한번 숨을 들이켰다. 들이켠 숨을 꾹꾹 가슴 아래로 눌러 내렸다. 이렇게라도 참아 내지 않으면 소리를 지를 것 같았다. 안 그러는 게 좋은 일이라는 판단이 들었다. 계속 말을 섞어 봐야 자신의 손해라는 것을 종현은 짐작하고 있었다.

차라리 관심을 두지 말자, 생각하며 종현이 약병으로 손을 뻗었다. 현아가 발기 부전의 치료를 위해 사 주었던 영양제였다. 그걸 집으면서도 종현은 자신이 참 '속없다'고 느껴졌다. 전에는 발기 부전의 치료를 하면 아내가 돌아올 것 같았다. 나중에는 현아가 챙겨 준 약이라는 것만으로도 소중했다. 하지만 지금은 이걸 왜 먹는지 잘 알 수 없었다. 관성 때문인지도 몰랐다. 종현은 약병의 뚜껑을 비틀어 열었다.

탁, 소리와 함께 약병이 바닥을 굴렀다. 안에서 떨어진 파란 알약들이 바닥에 우수수 떨어졌다. 얻어맞은 손등이 화끈거렸다. 이게 무슨 짓인가. 종현은 맞은편의 구남을 쏘아보았다. 밥을 먹다 말고 종현의 손등을 거세게 내리친 구남이 엉거주춤한 자세로 서 있었다. 구남이 얼른 바닥을 구르는 약병을 가로챘다.

"내가 그거 먹지 말랬잖아."

흩어진 약을 주워 담으며 구남이 말했다. 순간 그의 손목을 종현이 잡아챘다. 구남이 눈을 둥그렇게 뜨고 종현을 보았다.

"뭘 알고 있는 거야?"

그를 노려보는 종현의 눈빛은 거짓말을 용납하지 않겠다는 뜻으로 번뜩였다. 구남은 자신도 모르게 시선을 피하며 종현의 손에서 손목을 빼냈다.

"무슨 소리를 하는지 모르겠네."

분명 뭔가 변명을 할 것이다. 하지만 종현은 이미 구남이 많은 걸 알고 있다고 확신하고 있었다. 믿고 싶지는 않지만, 자신의 생각보다 이 남자는 현아에 대해 많은 것을 알고 있다.

'사정'이라는 말이 종현과 어울리지 않는다고 낄낄거리는 것도, 이 약이 뭔지 알고 있는 것도, 그리고 약을 먹지 말라는 것도 종현의 몸 상태에 대해 다 알고 있는 사람만이 가능한 것이었다. 종현은 단 한 번도 구남에게 자신이 발기 부전을 앓고 있다는 것을 말한 적이 없었다.

단순히 돈을 빌리러 갔었다는 현아가 그런 사정까지 일일이 말했다는 것은 믿을 수 없는 일이었다.

"말해."

"뭘?"

"알고 있는 걸 말하라고."

"뭐라는 거야?"

"발뺌해도 소용없어. 안 그러면 당신이 이 약에 대해 어떻게 안다는 거야?"

이 남자는 단순한 채무자가 아니다. 현아와 하루 이틀 알아 온 사이가 아닌 것이다. 종현의 머릿속에서 알고 싶지 않은 단어가 떠올랐다.

'내연 관계.'

그것을 확인해 뭘 어쩔 건지 종현은 스스로도 알 수 없었다. 그걸 알게 되면 현아를 포기할 수 있을까? 포기하고 찾지 않을 수 있을까? 그는 차라리 아무것도 모르는 것이 낫지 않을까 하는 생각을 하였다. 듣고 싶지 않지만 들을 수밖에 없는 것. 공포 소설에서 돌아보면 안 되는 것을 알지만 기어이 돌아보고 마는 주인공의 심정을 종현은 알 것 같았다.

"좋아. 사실대로 말하지."

종현은 눈을 감았다. 하지만 구남이 대답한 것은 자신의 예측과는 엄청나게 어긋나는 것이었다. 그리고 그가 말한 진실은 종현에게 하늘이 무너지는 충격을 안겼다.

"맞아. 알아. 너 조루잖아."

구남의 시선이 자연스레 종현의 '그쪽'으로 향했다. 종현은 자기도 모르게 의자를 당겨 식탁에 바짝 붙어 앉았다.

"아니거든? 발기 부전이거든?"

자신도 모르게 버럭 외쳤다.

"그거나 그거나."

픽, 웃는 구남이 마음에 들지 않았다.

구남이 여유롭게 말했다.

"근데 그 약. 치료제 아니야. 오히려 점점 안 서는 약이야. 서고 싶어도 못 서."

종현은 멍해졌다. 귀에 물이 들어간 사람처럼 귀가 먹먹한 것 같았다. 그래서 뭔가 잘못 들은 줄 알았다. 이내 구남이 뭘 모르고 하는 소리라는 생각까지 들었다. 문제가 생기니 약을 먹는 것이지, 미리부터 약을 먹는 사람은 없다.

"미친 소리 하지 마. 이건……."

말을 하던 종현의 입이 다물렸다. 구남의 말이 미친 소리라고 말해 주고 싶은데, 원망스럽게도 그의 기억 중에 짚이는 것이 있었다. 아내가 이걸 약이라고 챙겨 준 것은 종현에게 이상 증상이 나기 훨씬 전이었다. 아내는, 현아는 이걸 비타민이라고, 남자의 활력에 좋은 거라고 챙겨 줬다. 처음 얼마간은 이 약을 먹고 몸이 상쾌한 것도 같았다. 혹시 그게 다 거짓말이었을까? 종현은 구남의 손에서 약병을 빼앗았다. 흰색 플라스틱 통에는 약의 이름이나 효과 등 적혀 있는 것이 하나도 없었다. 모르는 사람이 보면 이런 약을 뭘 믿고 먹었냐고 하겠지만 종현은 약통을 믿은 것이 아니었다. 그가 믿은 것은 아내, 현아였다.

종현의 표정을 읽었는지 구남이 한숨을 내쉬며 종현의 손에서 약병을 빼앗았다. 구남은 약병을 열어 손에 부었다. 파란색 타원형의 알약이 구남의 손바닥에 쏟아졌다.

"내가 먹은 건……. 그럼 대체 뭐야."

구남은 고개를 가로저었다.

"나도 정확히는 모르겠는데 공식적으로 판매되는 제대로 된 약은 아닐 거야."

종현의 어깨가 축 늘어졌다. 생각해보면 자신의 몸이 처음부터 그랬던 것은 아니었다. 그렇더라도 이 약을 먹은 직후부터 그런 증상이 나타났던 것도 아니었다. 만약 그랬다면 이 약을 먹지 않았을 거였다. 약은 사람마다 안 맞을 수도 있으니까. 의심 없이 그냥 약을 안 먹겠다고 했을 것이다. 그런데 처음엔 이상이 없었다. 증상이 생길 무렵부터는 컨디션이 안 좋아 그런 거라고 생각했다. 실제로 그때쯤 몸에 유난히 기운이 없고, 몸살이나 이유를 알 수 없는 두통 때문에 힘이 들 때였다. 병원에서는 스트레스 때문이라고 했었다.

"현아가, 나한테 왜 이런 약을……. 왜 내가 그런 병에 걸리게……."

만약 현아가 자신과의 밤을 싫어했다면 이해가 갈 수도 있었다. 하지만 현아에게서 한 번도 그런 기색을 느낀 적은 없었다. 구남은 고개를 가로저었다.

"차현아가 원한 건 그게 아니었을 거야."

종현이 고개를 들었다. 그럼 뭘 원했다는 걸까. 짚이는 것은 없었다. 이제 구남의 입에서 무슨 말이 나올지도 두려웠다. 자신은 그저 현아가 구남과 내연 관계는 아니었을까 의심했을 뿐이었다. 그러나 이제는 진실이 알고 싶지 않아졌다. 도망가고 싶은데도 입은 다른 말을 뱉었다.

"그럼 뭘……?"

"먹으면 시름시름, 점점 몸이 안 좋아지는 것. 그게 목적이었을 거야. 근데 약에 부작용이 온 거야. 너한테 안 맞았던 모양이지. 그러니 너한테는 그나마 행운인 거야."

"시름시름? 왜?"

종현은 완전히 뭔가에 홀린 얼굴이 되었다. 눈은 황황히 뜨고 입은 살짝 벌어져 있었다. 뇌는 작동을 안 하는 듯 그저 구남의 말을 정답지처럼 기다리고 있었다.

"이미 알고 있잖아."

"……."

"손해 사정사라며. 짐작이 가는 데가 있을 거 아냐."

종현은 구남을 빤히 응시했다. 무슨 소리를 하는지 모르겠다고 말하려던 순간 종현의 뇌가 깨어났다. 그의 눈이 찢어질 듯 커다래졌다. 손해 사정사가 알만한 일이라면 뻔했다. 보험이었다. 그러고 보니 아내는 일 년 전부터 종현이 어떤 보험에 들어 있는지 묻기도 하고 보장 내용을 체크하기도 했다. 그저 재테크에 눈이 밝고 성격이 꼼꼼해 그러는 줄로 알았다. 자신이 손해 보험 사정사이니 걱정 말라고 하면서도 아내에게 보험 증서를 다 보여줬다. 그날 저녁 아내는 보장이 너무 적은 것 아니냐면서 보험 한 개를 더 가입하기를 원했다. 워낙 똑 부러지게 설명해 종현도 설득되었다. 우리 똑똑이라며 끌어안고는 온갖 유난을 다 떨었었는데.

"그럼 보험금을 타려고 했다가 약이 듣지 않고 부작용만 오니까, 내 재산을 다 들고 튄 거라고?"

"메이비?"

종현의 얼굴이 일그러졌다. 뱃속에 든 모든 장기가 꼬이는 것만 같았다. 그는 고통을 감내하지 못하겠다는 듯 허리를 굽히고 괴성을 지르기 시작했다.

"으아아아악!"

구남이 미친놈을 보듯 눈치를 보며 슬슬 옆으로 피했다.

"가만히 안 둘 거야! 반드시 잡아낼 거야! 차현아!"

"흥. 언제는 우리 아내가 그럴 리가 없다고 천장에 목을 매달더니."

종현이 고개를 홱 들었다. 눈이 희번덕 넘어가 있었다. 구남이 몸을 사리듯 목을 움츠렸다.

"어떻게든 잡아낼 거야. 가만히 안 둬! 나 거지꼴을 만든 거? 그래, 그건 사정이 있겠지, 생각해 줄 수도 있어. 근데 아냐. 차현아, 넌 돈보다 더한 걸 건드렸어. 톡톡히 갚아 줄 거야."

"모노드라마 찍어?"

말을 걸어 보았지만 종현의 시야에는 이제 구남은 보이지도 않는 것 같았다. 그는 씩씩거리며 곧장 안방으로 들어갔다. 구남이 뒤를 따라 들어가 보았다. 종현은 안방을 뒤지고 있었다. 아니, 뒤진다기보다는 뒤집는다는 말이 맞을 것 같았다. 화장대 서랍이며 옷장 안까지, 물건들을 싹 꺼내고 먼지까지 탈탈 털어 내고 있었다.

"뭘 하려고 그래?"

"집에 뭔가 단서가 남아 있을지도 모르잖아. 내 눈을 다 가려 놓고 집에서 별 수작을 다 부렸으니 흔적이라도 남았겠지. 내가 어떻게든 잡아낼 거야."

구남은 한숨을 푹 내쉬었다. 용의주도했던 차현아가 흔적을 남겼을 리는 없다. 하지만 의욕이 있다는 건 좋은 걸지도 모른다.

"잘해 봐."

"잘해야지. 암. 내가 반드시 찾아내서 경찰에 넘길 거야. 날 우습게 본 걸 후회하게 해 줄 거야!"

종현은 이제 구남이 무슨 말을 하든 전부 현아에 대한 복수심을 불태우는 걸로 대답하고 있었다. 와장창, 와장창. 물건들이 쏟아지는 소리를 들으며 구남은 종현에게서 몸을 돌렸다. 지금 종현은 무슨 말을 해도 듣지 않을 것 같았다.

그는 주방으로 되돌아갔다. 제대로 끝맺지 못한 식사는 식탁 위에서 식어 가고 있었다. 안방에서는 연신 와장창 쿵쾅대는데 여기 앉아 식사를 마저 할 생각은 들지 않았다. 냉장고를 열어 맥주를 챙겼다.

"으아아! 가만히 안 둘 거야!"

거실 소파에 앉아 안방에서 들려오는 괴성에 맞춰 맥주 캔을 땄다. 한 모금 삼키니 시원했다. 그는 TV 리모컨을 들었다. 어차피 종현의 저 상태는 제 풀에 지칠 때까지 계속 될 터였다. 옆에서 진이 빠지게 말리느니 내버려 두는 게 좋다고 생각했다. TV를 켰다. 채널을 이리 저리로 돌렸지만 딱히 보고 싶은 것이 없었다. 개그 프로그램은 종현을 보는 것보다 재밌지 않았고, 예능은 종현보다 다이내믹하지 않았다. 노래 경연을 하는 쇼프로그램도 지나갔지만 어떤 노래도 종현의 괴성에 다 묻혀 버릴 것 같았다. 그러던 구남이 멈춘 것은 24시간 뉴스만을 전문으로 방송하는 채널에서였다.

**

안방의 바닥이 모두 물건으로 가득 찼다. 모든 것을 다 쏟아 내자 이번에는 물건들을 하나하나 확인해 보았다. 옷에는 주머니에 뭔가 들어 있지는 않은지, 수첩에는 뭔가 적혀 있지 않는지, 가방 안에는 메모라도 남아 있지 않은지 일일이 체크했다. 바깥에서는 TV 소리가 들려왔다. 구남이 TV를 튼 모양이었다. 이제는 완전히 자기 집처럼 쓰고 있었다. 맥주라도 따서 마시고 있지 않으면 다행이었다.

구남은 어울리지 않게 뉴스를 튼 것 같았다. '속보입니다' 하는 아나운서의 목소리에 종현은 피식, 비웃음을 터뜨렸다. 자신의 스토리를 이길 만한 뉴스거리가 있을 것 같지 않았다.

"다음은 박아영 어린이 유괴 사건에 대한 보도입니다. 한낮, 아파트 어린이 놀이터에서 박아영 어린이가 유괴된 지 벌써 일주일이 지나고 있습니다."

소리나 좀 줄였으면 좋겠다. 종현은 그런 생각을 하면서도 손을 멈추지 않았다. 그는 복수심에 활활 불타고 있었다. 화장대 밑의 서랍장까지 다 뒤졌지만 아무것도 나오지 않았다. 그는 아랫입술을 잘근 잘근 깨물다가 아직 확인하지 않은 곳이 있다는 생각이 들었다. 그는 고개를 돌려 침대를 보았다. 정확히는 침대 아래쪽에 있는 공간이다.

아내가 사라지기 전에 있었던 일이 떠올랐다. 그날은 퇴근을 늦게 한 날이었다. 아내는 먼저 먹었다 하여 차려 준 저녁을 말끔히 먹고 치웠다. 그날 아내는 몸이 안 좋다며 안방에 들어가 있겠다고 해서 그러라고 했다. 샤워 후 방에 들어갔을 때였다. 침대 근처에서 아내가 후다닥 몸을 고쳐 앉았다.

"뭐해?"

아내가 머리빗을 집어 들었다.

"침대 밑으로 이게 들어가 있어서."

그냥 그런가 보다 했었다, 그때는. 하지만 지금은 다르다. 다시 생각해 보면 그 빗은 두 사람이 자주 쓰는 것이었다. 화장대와 침대 간의 거리는 꽤 먼 편이었다. 빗을 떨어트렸다고 해도 그 밑까지 밀려 들어갈 것 같지는 않았다.

뭔가 예사롭지 않다. 종현은 후다닥 엎드려 침대 밑을 보았다. 바닥에 얼굴을 대고 엉덩이를 치들었다. 침대 아래는 불빛이 닿지 않아 껌껌했다. 뭐가 있더라도 잘 보이지 않을 것 같았다. 얼른 휴대폰을 가지고 와 침대 밑을 비춰 보았다. 오른쪽 중간쯤에 뭔가 덩어리가 보여 팔을 뻗어 집어 보았다. 그리고는 확 놓아 버렸다. 먼지 덩이였다.

다음으로 종현의 눈을 잡은 것은 침대 제일 구석에 박혀 있는 물건이었다. 휴대폰 불빛을 비춰 보았지만 뭔지는 잘 보이지 않았다. 볼펜이나 작은 체온계 같은 느낌이었다. 한번 꺼내 보기로 했다. 볼펜 모양의 녹음기도 있다지 않은가. 그는 몸을 일으키고 앉아 주변을 휘휘 둘러보았다. 그러고는 벌떡 일어나 거실로 나갔다. 한편에 세워진 진공청소기가 눈에 들어왔다. 저 길이라면 침대 밑으로 넣어 물건을 꺼내 볼 수도 있을 것 같았다. 다시 안방으로 들어가려 하는데 구남이 어찌나 TV에 집중해 있는지 종현은 쳐다보지도 않았다. 그도 상관할 바 아니었다. 재빨리 안방으로 돌아왔다.

그는 진공청소기의 앞부분을 떼어 내고 긴 몸체를 침대 밑으로 집어넣었다. 간신히 그 끝이 물건에 닿았다. 툭툭 건드리며 앞으로 밀어 오다 한순간에 쭉 당겨 왔다. 드디어 종현의 손에 그 물건이 들어왔다.

"이게 왜……."

아내가 사라진 이후 종현은 몇 번이나 머리를 망치로 맞은 것 같은 충격을 받아 왔다. 그래서 자기가 바보가 된 지도 모른다고 생각했다. 그렇지 않으면 지금 눈에 보이는 이것이 현실이라는 것을 믿을 수가 없었다. 진공청소기의 끝에 걸려 나온 것은 흰색의 플라스틱 기다란 막대 형태의 물건이었다. 그 막대 중간에 빨간색 두 줄이 보였다. 종현이 아무리 바보라도 이것이 무엇인지는 알았다.

임신테스터.

종현은 하얗게 되어 버린 머릿속으로 이 물건이 의미하는 바를 알아내려는 것처럼 테스터를 쥔 채로 굳어 있었다. 그때 안방으로 구남이 뛰어 들어왔다.

"야! 저기 뉴스에 유괴범으로 나오는 여자, 김실자 아니, 차현아 아니냐?"

종현이 구남을 쳐다보았다. 뛰어 들어온 구남이 종현의 안색에 이상함을 느끼고 그를 살펴보다 이내 그가 들고 있던 임신테스터를 발견했다. 구남의 눈이 휘둥그레졌다.

"그게 뭐냐?"

그러나 정작 종현도 구남이 뛰어 들어오면서 한 말을 믿을 수가 없었다.

"지금 뭐라고?"

10

가끔 그럴 때가 있다. 넋이 빠져서, 지금 내가 있는 곳이 어디인지, 나는 대체 누구인지를 모르겠는 것을 넘어서 아예 그런 생각조차 하지 못할 때 말이다. 지금 종현과 구남은 그 상태에 가까워 보였다. TV를 마주 보고 있는 소파에 나란히 앉아 아무 말도 못 한 채 멍하니 앉아 있었다. 두 사람 모두 뭔가에 홀려 넋이 빠진 듯 입은 살짝 벌어져 있고 눈에는 초점이 없었다. 어느새 저녁이 되어 거실 안이 어스름해졌는데도 아무도 불을 켤 생각이 없는 듯했다. 마른하늘에 느닷없이 폭풍우가 몰아쳐 집이 잠기고 강물 같은 빗물이 휩쓸려 내려와도 이것보다는 현실감이 있을 것 같았다.

종현은 고개를 들어 맞은편 벽의 TV를 빤히 응시했다. 화면 안에는 언론에서 보도한 유괴 당시 CCTV 장면이 멈춰져 있었다. 뉴스 다시 보기를 해 놓고 영상 부분에서 멈춰 놓은 것이었다. 피사체는 상당히 멀리 찍혀져 있었고 화질도 좋지 않았다. 이목구비도 찍혀 있지 않은 영상을 모르는 사람이 본다면 아마 성별을 제외하고는 분간할 수 있는 것이 없을 것이었다. 하지만 종현은 모르는 사람이 아니었다. 안타깝게도 그는 한눈에 알 수 있었다. 걸음걸이와 몸의 윤곽선만으로도.

"인정하기 싫어도 맞네."

종현이 뭔가에 홀린 듯 중얼거렸지만, 구남은 아무런 대답을 하지 않았다. 그는 굳은 얼굴로 심각하게 생각에 빠져 있었다.

그날, 차현아를 만난 것부터가 잘못된 걸까.

'남편이 알면 전 죽어요.'

그녀가 처음 구남의 사무실로 찾아왔던 날, 구남은 당연히 남편을 보증 세울 수도, 담보도 없는 차현아에게 대출을 해줄 생각이 없었다. 그러나 차현아가 울면서 애원했다. 그때 그녀의 사정을 일일이 들어주는 게 아니었다.

자신은 고아라고 했다. 결혼 당시 부모님이 있는 것으로 속였는데 들키면 안 된다고 했다. 아마 친정이 어느 정도는 잘 산다고 거짓말을 한 모양이었는데, 남편이라는 작자는 조금만 궁핍하면 친정에서 돈을 빌려 오라고 했던 모양이었다. 처음엔 결혼 전에 가지고 있던 비상금을, 나중엔 여기저기 빌려 가져다주었지만 구멍 난 항아리에 끝이 있을 리가 없었다. 더 이상 부모님에게 손 벌릴 수 없다, 고 말하는 것이 차현아가 할 수 있는 고작이었다. 그게 마치 어떤 선을 넘은 것처럼 남편은 그때부터 차현아에게 손을 대기 시작했다. 그리고 그 폭력은 점점 심해져 간 모양이었다. 이대로 들어가면 자신은 죽을 거라고, 차현아는 울었다.

"차라리 이혼하고 집을 나오면 되잖아요."

그렇게 말했을 때 이미 차현아의 꾐에 빠져든 것이었다. 그때는 그 사실을 몰랐다. 구남도 보육원 출신이었기에 부모가 없는 심정을 잘 알았다. 어린 시절 고아라는 것 하나만으로도 아이들은 그의 친구가 되어 주지 않았다. 어른들이 나서서 직접 친구가 되는 것을 말릴 때도 있었다. 면전에서 "쟤랑 놀면 어떡해. 엄마가 말했지?" 하고 자기 아이를 탓하는 것을 봤을 때는 자신이 사는 보육원에 엄청난 전염병이라도 도는 줄 알았다. 그렇기에 구남은 어느 순간부터는 자신이 보육원 출신이라는 것도, 부모의 얼굴을 모른다는 것도 비밀로 하고 살아왔다. 이 여자도 어쩌면 같은 삶을 살지 않았을까.

조금은 동정심이 일었다. 그녀의 모습과 자신의 삶을 동일시하고 있었다는 것을 부인할 수 없었다. 남편에게서 도망쳐 봤지만, 매번 그녀를 찾아내는 그의 집요함이 두렵다고 했다. 남편 쪽 형제가 고위 공직자라 경찰도 자기 마음대로 주물러서 신고조차 되지 않는다고 말할 때는 분노가 치밀기도 했었다. 지금 와서 보니 그것 역시 거짓말이었던 것 같지만.

그렇다고 해도 함부로 돈을 빌려줄 수는 없었다. 그것이 구남이 지금껏 사업을 해 오며 지켜왔던 철칙이었다. 마음은 쓰였지만, 이곳에 돈을 빌리러 찾아오는 사람들은 모두 기구한 사연을 한아름씩 끌어안고 왔다. 그럴 때마다 자신이 전부 도울 수는 없다. 이건 사업이지 봉사 활동이 아니니까.

그대로 돌려보낸 그 날, 마음이 내내 무거웠던 걸로 기억한다. 애써 떨치기 위해 머리를 뒤흔들고, 차분히 커피를 마시면서 잊었다. 창에 타닥타닥하는 소리가 들려서 보니 빗방울이 들러붙고 있었다. 그 세기가 점점 더해져 갔다. 더는 손님이 없을 것 같아 구남은 사무실을 정리하고 퇴근하기로 결정했다. 문을 나설 때쯤에 비는 소나기가 되어 있었다.

그런데 문 앞에 차현아가 아직도 쭈그리고 앉아 있었다. 비를 온통 맞아 이미 홀딱 젖어 있었다. 그녀가 입은 블라우스는 깡마른 몸에 철썩 들러붙어 있었고, 파랗게 질린 입술이 벌벌 떨렸다. 무슨 생각이었는지는 모르겠다. 그날부터 차현아와의 인연이 시작됐다.

'경찰도 마음대로 주무르는 폭력범? 웃기고 있네.'

구남은 넋이 빠진 채 있는 종현을 보며 헛웃음을 지었다. 종현의 손에는 아직도 임신테스터가 들려 있었다.

"임신한 거, 몰랐냐."

돌아오지 않는 대답은 긍정을 표했다.

"……네 애는 맞는 거냐?"

이번에는 훨씬 조심스레 물었다. 발기 부전인 종현이 임신을 시킬 수 있는지 궁금증이 일었다. 종현은 구남에게로 고개를 돌렸다.

"누군 태어나면서부터 발기 부전이었냐."

하긴. 구남은 고개를 끄덕이면서 다시 TV 속 화면에 시선을 박았다. 차현아가 그 약을 먹인 것은 집을 나가기 몇 달 전부터였다. 물론 증상이 곧장 생기지도 않았을 것이었다. 충분히 임신이 가능한 시기가 있었다.

"축하한다."

구남의 말에 어이없다는 듯 종현이 고개를 돌렸다. 구남은 분위기에 어울리지 않게 엄지를 치켜들었다.

"발기 부전 인생 마지막 애 아니냐?"

종현은 화를 낼 기운도 없었다. 구남의 말대로 아이가 생기는 것은 기쁜 일이었다. 결혼했을 당시부터 아내를 닮은 딸을 하나 낳고 싶었다. 단란한 가정을 꾸리는 것이 꿈이었다. 심지어 발기 부전에 걸린 상황이니 더 아이를 낳을 수 없다면 이 임신 소식에 하늘을 날 만큼 기뻐야 하지만, 지금은 그럴 수가 없었다. 지금 현아는 없다. 그리고 사라진 현아가 TV 속에 있다. 아이를 유괴한 유괴범으로. 저 영상 속 여자는 거의 100퍼센트의 확률로 현아가 맞을 것이었다.

"경찰에 신고할 거냐?"

구남의 물음에 종현의 어깨가 흠칫, 떨렸다. 뉴스의 내용으로 보아서 경찰은 아직 범인의 윤곽을 잡지 못하고 있는 것 같았다. 지금 경찰에 신고하면 용의자를 특정할 수 있으니 수사가 크게 진척될 것이었다. 종현이 차현아의 사진을 제공할 수도 있을 터였다. 잘 아는 사람이 아니면 못 알아볼 정도로 흐릿한 CCTV 영상이 아닌, 제대로 찍힌 정면 사진으로 수배를 내릴 수 있으니 더 도움이 될 것이었다. 게다가 다른 범죄도 아닌 유괴였다. 아직 실종된 아이의 생사도 모르는 상태지만 살아 있다면 한시라도 빨리 찾아서 부모 품에 돌려주어야 했다. 종현 역시 조금 전까지만 해도 현아의 종적만 찾으면 경찰에 신고해서 자신을 속이고 모든 것을 갈취해 간 데 대한 복수를 해 주겠다고 다짐하고 있었다. 하지만.

'그렇게 되면 내 아이는 어떻게 되는 거지?'

이기적이라고 해도 할 수 없었다. 종현의 머릿속을 사로잡는 것은 그 생각이었다. 만약 체포 과정에서 아이가 잘못되기라도 한다면? 아니면 코너에 몰린 현아가 극단적인 생각을 한다면?

종현은 차현아가 미웠다. 그러나 아이의 존재를 알게 된 즉시 그는 이미 아버지가 되었다. 조금 전까지 한 여자를 찾는 미션으로 불타올랐던 종현은 사라지고 없었다. 그는 지금 한 아이의 아버지로서 그 아이를 지키고, 만나고 싶은 생각뿐이었다. 하지만 또 한편으로는 유괴된 아이와 그들의 부모가 떠올랐다. 아이의 생사는 아직 확인도 되지 않는다고 했다. 자신은 아직 태어나지도 않은 아이의 존재가 이렇게 마음을 힘들게 하는데, 유괴된 아이의 부모 마음은 어떨까를 생각하면 괴로웠다. 그런 혼란을 눈치챘는지 구남이 종현의 어깨를 잡았다.

"경찰에 신고하지 말자."

복잡한 생각에 두 손을 들어 마른세수를 하던 종현이, 믿지 못할 말을 들은 사람처럼 얼굴에서 손을 떼고 구남을 보았다.

"무슨……."

"우리 둘이 찾자, 차현아."

종현은 구남을 보았다. 도저히 무슨 생각을 하는지 알 수 없었다. 자신이라면 몰라도 구남이 이런 제안을 하는 데는 이유가 있을 것이었다.

"무슨 꿍꿍이야."

"아무래도 차현아가 가져간 내 돈을 다 썼을 것 같지는 않단 말이지. 근데 그대로 잡혀 버리면 내 돈 찾기가 힘들어져요. 그 돈이 경찰에 얘기할 만한 돈도 아니고. 그러니 내가 도울 테니, 같이 찾아보자고. 그렇다고 우리가 경찰 수사를 방해하는 것도 아니잖아."

"그래, 네가 속셈이 없을 리가 없지."

종현은 대답 없이 테이블 위쪽으로 팔을 뻗었다. 휴대폰이 거기에 있었다. 그 손을 구남이 잡았다.

"너 그러다가 아이 잃을래? 넌 차현아를 몰라. 그년은 막다른 길에 가로막히면 순순히 잡힐 그런 여자가 아니란 말이야. 그래, 너는 차현아한테는 질릴 대로 질렸겠지. 그럼 애는? 네 인생에 어쩌면 다시없을지도 모르는 애라는 거 잊은 건 아니지?"

그리고 구남은 종현이 거스를 수 없는, 강력한 한마디를 뱉었다.

"아이만 생각해, 아이만."

그날 한 종현의 선택은 분명 잘못된 것이었다. 하지만 그때의 그에게는 단 한 가지의 선택지밖에 없는 걸로 느껴졌다.

11

"팀장님, 문자를 보냈던 휴대폰 소유주 확인했는데요, 그날 지나가던 사람한테 잠깐 빌려준 것뿐이랍니다. 방금 휴대폰 포렌식도 마쳤는데, 유괴 사건과 전혀 상관없는 걸로 판단됩니다."

보고를 들은 서태주는 머리를 쥐어뜯고 싶은 심정이었다. 예약 문자를 걸어 지시할 거라고도, 남의 휴대폰을 빌렸을 거라고도 상상하지 못했다. 가방은 빼앗겼고, 범인의 흔적조차 얻어 내지 못했다. 너무 성급했다. 정순정에게 얼굴을 들 수가 없었다. 이제 일이 어떻게 되는 거냐고, 가짜 돈을 줬으니 아이에게 해코지를 하는 게 아니냐고 말하며 두려움에 떠는 정순정을 간신히 달래어 집에 데려다줬다. 이미 아이의 생환을 바랄 수 없는 상태라는 것을 모두가 알았지만 그 누구도 입 밖에 내지 못하고 있었다.

카페는 어수선했다. 내부에 있던 손님들은 신원 확인을 거쳐 이미 모두 돌아간 상태였다. 당연히 예상한 일이지만 의심스러운 사람은 발견하지 못했고, 돈 가방도 없었다. 카페에 남은 서태주는 점장의 협조 아래 모든 테이블의 식기를 치우지 않은 채로 감식반을 불렀다. 식기에 남은 지문과 유전자 등을 채취하기 위함이었다. 그사이 다른 팀원들은 카페 내에 있는 CCTV를 분석하고 있었다. 서태주는 자책의 늪에서 발버둥 쳤다. 자신이 조금만 더 주의 깊게 생각했다면 상황은 벌써 끝났을지도 몰랐다.

"선배님."

CCTV 영상 확인을 맡았던 기연도 형사가 그를 불렀다. 그는 카페 카운터 안쪽에 있는 사무실 문을 연 채로 이쪽을 보고 있었다. 서태주는 굳은 얼굴로 안으로 들어갔다.

두 평도 채 되지 않을듯한 사무실은 창고로 사용하고 있는 것 같았다. 원두가 들어 있는 자루와 커피 용품, 그리고 일회용 컵들이 잔뜩 쌓여 있었다. 사무실 입구 쪽에 책상이 하나 놓여 있었고, 장부와 세무 신고를 한 것들로 보이는 자료가 꽂혀 있었다. 그 옆으로 모니터가 놓여 있었는데 카페 내부가 고스란히 보이는 화면이었다. 가까이 다가서자 기연도가 서태주를 컴퓨터 앞에 앉게 해 주었다. 서태주가 자세히 보니 영상은 멈춰 있었다. 아까의 영상이라는 것을 알 수 있었다.

멈춘 영상에서는 별다른 게 느껴지지 않았다. 영상 정중앙에 조금 긴장한 듯한 얼굴의 정순정이 앉아 있었고, 거의 빈자리가 없을 정도로 손님이 가득 차 있었다.

"뭐가 나왔어?"

서태주가 묻자, 기연도가 허리를 숙여 얼굴을 가까이했다.

"한번 보시죠."

그는 키보드를 가볍게 눌러 영상을 재생시켰다.

화면 속에서 정순정이 휴대폰을 본다. 그리고는 자리에서 일어나 화장실 쪽으로 향한다. 범인에게 문자를 받았던 것이다. 뼈아픈 실책을 한 장면이기도 했다. 하지만 서태주는 그것을 피하기보다 이를 앙다물고 더욱 뚫어지도록 화면을 응시했다. 범인에게 문자를 받았던 정순정은 시키는 대로 돈 가방을 자리에 놓고 화장실로 향했다. 저 때 서태주는 정순정이 돈 가방을 화장실로 이동시키는 거라고 단순히 생각했지만, 사실은 돈 가방을 제 자리에 놓고 화장실로 가라는 지시였다. 그때 서태주가 눈빛을 번뜩였다.

유리창 가까이에 앉아 있던 30대 중반의 여자가 정순정의 자리를 지나쳤다. 그리고 그녀는 다시 자신의 자리로 돌아가 여유로운 태도로 뜨개질을 시작했다. 정순정의 자리를 지나쳐 다시 제자리로 돌아올 때 그녀의 손에는 아무것도 보이지 않았지만, 서태주는 분명 저 여자가 돈 가방을 가져간 사람이라고 확신했다. 여자가 지나가고 나서 영상 속에서 돈 가방이 모습을 감춘 것이었다. 서태주는 기억하고 있었다. 여자는 서태주 일행이 카페 안으로 들어온 뒤 소란스럽다며 불만을 터뜨리고 나갔던 손님이었다.

"저 여자의 이후 행방을 추적해야겠어. 이 카페에서 나간 뒤 어느 방향으로 갔는지, 분명 카페 밖 도로에 CCTV가 있을 테니 확인할 수 있을 거야. 협조 요청하고 올게."

희망의 끈을 찾은 것처럼 가벼운 흥분을 느끼며 서태주는 사무실을 나가려 자리에서 일어났다.

"잠시만요, 팀장님."

나가려던 서태주가 걸음을 멈추고 뒤돌아보았다.

"이거 좀 다시 보셔야 할 것 같아요."

"뭔데?"

모니터 앞으로 돌아간 서태주는 기연도 형사가 가리키는 손가락을 따라 시선을 옮겼다. 그는 화면 속을 가리키고 있었다. 화면은 용의자로 보이는 여자가 정순정 테이블로 접근할 때 일어선 상태에서 화면을 멈춘 것이다. 기연도 형사가 손가락으로 짚은 것은 화면 속 여자의 배였다. 여자의 배가 볼록했다. 아니 볼록한 정도가 아니라 몹시 불룩하다. 그제야 서태주는 카페에 자신이 들어갔을 때 나가던 여자를 왜 저지하지 않았는지 깨달았다.

"임산부?"

유괴한 용의자가 임산부일 거라고는 생각할 수가 없었다.

12

"야, 그게 진짜겠냐?"

몇 걸음 떨어진 곳에서 헉헉거리며 쫓아오던 구남이 이내 소리를 버럭 질렀다. 종현이 그만 걸어가길 바라는 것이겠지만 그는 그럴 생각이 없었다. 휴대폰에 찍힌 위치를 찾아 그의 걸음은 일정하고도 빠른 속도를 유지했다. 종현과 구남은 지금 현아의 친정을 찾아가고 있었다.

종현은 몇 년씩 살아도 아내의 진짜 모습을 제대로 알지 못했다. 아내를 찾으려면 아내의 진짜 모습을 알아야 한다고 생각했다. 그것을 가장 잘 아는 사람은 아마 아내의 부모님일 것이다. 어쩌면 친정 쪽에는 아내로부터 온 연락이 있을지도 모른다.

종현이 현아의 부모님을 만난 것은 단 세 번뿐이었다. 인사 드릴 때, 양가 상견례, 그리고 결혼식. 처음 현아는 부모님이 미국에 사신다고 했다. 아버지는 부동산 사업을 하고, 어머니는 가정주부라고 들었다. 그래서 인사를 드리려면 미국에서 건너오셔야 하기 때문에 상견례도 인사드린 지 이틀이 지난 뒤 급하게 치렀다.

결혼식도 일사천리로 진행되었다. 당연히 결혼식에 장인 장모님도 참석했다. 두 사람의 소식을 들은 것은 결혼식이 얼마 지나지 않은 무렵이었다. 그즈음 현아는 자주 어두운 얼굴을 했다.

"아빠 사업에 문제가 있는 것 같아."

부도라는 소식을 들은 것은 한 달 뒤였다. 외동딸인 현아는 부모님을 돕지 못해 괴로워했다. 당연히 사위인 그가 나서야 할 터였다. 종현은 현아에게 그때까지 모은 적금과 예금을 부모님을 한국에 오시게 하는 데 먼저 쓰자고 했다. 물론 자신이 벌어온 돈을 현아가 불리고 있다고 알았을 때였다. 현아는 너무 미안해서 그러고 싶지 않다고 버텼다. 그러면서도 밥도 잘 먹지 않았다. 결국 종현이 회사에서 1억짜리 신용 대출을 받아 왔다. 그걸로 일단 월셋집이라도 구해 부모님을 모시고 오자고 했다.

그때 왜 그랬을까. 현아는 한 번도 대출을 받아 오라고 말한 적이 없었다. 대신 현아는 매일 같이 말랐다. 밥도 먹지 않고 잠도 자지 않았다. 새벽녘, 화장실에 들어가 우는 걸 본 적도 있었다. 대출을 받기로 결정한 것은 종현 자신이었다. 이제 와 돌아보면 대출을 받아 올 때까지 자신이 떠밀렸던 것은 아닐까 생각하게 된다.

"전화번호도 다 가짜라며! 걔가 제대로 된 주소나 가르쳐 줬겠냐고!"

종현은 구남의 말에 걸음을 멈추었다. 뒤를 돌아보자 짜증스러운 듯한 얼굴로 헉헉거리며 구남도 걸음을 멈췄다.

"네가 말했듯이 지금까지 네가 알고 있던 차현아는 다 가짜야. 근데 이런 데는 왜 와? 이제 우리는 네 마누라가 어디 숨을지를 생각해서 전략적으로……."

"이게 진짜 현아의 주소라면?"

"뭐?"

종현이 내미는 주소를 보며 구남은 어리둥절한 얼굴을 했다.

현아가 사라진 후 지금껏 종현이 현아의 친정 부모님을 찾을 노력을 하지 않은 것은 물론 아니었다. 알고 있는 번호로 연락했지만 받지 않았다. 그는 현아가 알려 준 주소로 곧장 찾아갔다. 낡고 허름한 동네의 언덕 위 집이었다.

현아는 종현이 마련한 돈으로 부모님을 한국에 모셨다. 하지만 모든 것을 잃고 돌아온데다 신세를 지고 거처를 마련했으므로 사위의 얼굴을 보기 힘들어하신다는 게 현아의 말이었다. 종현이 수긍하지 못 할 일은 아니었다. 종현 대신 현아가 가끔 두 분 댁에 들러 식사 거리를 챙겨 드렸다. 그렇게 알고 있었다. 그래도 무슨 일이 있으면 꼭 의논해 달라는 말을 종현은 잊지 않고 챙겼다.

"잠깐만, 돈을 해 줬다고?"

종현이 생각에서 벗어났다. 구남에게 설명하는 사이 예전 생각에 잠겨 버렸다. 구남이 인상을 쓰고 있었다. 종현은 그를 물끄러미 보다가 고개를 천천히 끄덕였다.

"고구마 답답이 새끼."

구남이 일그러진 얼굴로 욕을 했지만 종현은 무덤덤한 얼굴이었다.

"돈 해 준 건 지금도 후회하지 않아."

그때는 진심으로 아내를 사랑했고 그 부모를 돕는 일은 지금도 당연하다고 생각했다.

"병신 새끼."

욕을 들어도 종현은 눈 하나 깜박하지 않았다.

"그 마음이 언제까지 유지되나 보자."

그 말에는 가슴속 어딘가가 날카로운 것으로 찔린 것 같은 통증을 느꼈다. 티는 내지 않았지만 종현은 내심 생각하고 있다. 지금 아내를 찾으려는 이 마음의 정체는 무엇인지 스스로도 혼란스럽기 때문이었다. 배신감의 그 기저에 있는 것이 정말 사랑일까.

종현이 그날 찾아갔던 곳은 굉장히 허름한 집이었다. 몇 번을 확인해도 아내가 전해 준 주소가 맞았지만 보여 준 사진과는 너무 달랐다. 이층집도 아니었고, 마당에 깔린 잔디도 없었다. 페인트가 다 벗겨진 철문에, 낡은 붉은색 벽돌로 지은 단층집이었고, 마당이라고 하기도 어려울 만큼 작은 공간은 시멘트로 발려져 있었다. 불길한 예감과 함께 초인종을 누르자 나온 사람은 육십 대 중반 정도의 남자였다. 아마도 흰색이었을 누런 러닝셔츠를 입은 남자는 그가 알고 있던 장인이 아니었다.

"누구쇼?"

"저 혹시, 이 댁에 사시는……."

"내가 이 집 주인인데."

사실 남자가 처음 나왔을 때부터 현아가 알려 준 주소는 가짜라는 예감이 들기는 했다. 하지만 종현은 못난 미련처럼 아내의 사진을 내밀었다. 남자는 모르는 여자라며 고개를 저었다. 이 집에 산 지도 6년이 넘었다고 했다.

그날 집에 돌아가던 길에 종현은 공중전화에서 걸음을 멈추었다. 그때까지 장인 장모는 전부 연락이 되지 않았다. 하지만 모르는 전화번호라면 받지 않을까? 그런 생각이 들었다. 공중전화로 들어가 동전을 넣고 전화를 걸면서, 종현은 장인이 전화를 받길 바라는지, 받지 않기를 바라는지 스스로도 알 수 없었다.

"여보세요."

그 목소리가 현아의 아버지라며 대단히 매너를 갖춰 인사를 하던 장인의 얼굴을 떠올리게 했다.

"아버님!"

아주 잠깐 동안, 전화기 너머에서는 아무런 소리도 들리지 않았다. 다시 음성이 들려왔을 때, 그 목소리는 조금 더 작아져 있었고, 살짝 떨리기까지 했다.

"무슨 일인가."

"갑자기 이런 말씀 드리긴 뭐하지만, 놀라지 마세요. 현아 씨가 사라졌어요."

"……"

"그래서 아버님 댁을 찾아왔는데……, 여긴 다른 사람이 사는데요. 어떻게 된 건지 도무지……"

깊은 한숨 소리가 들려왔다. 장인어른이 낸 것인지 자신이 낸 것인지 헷갈렸다.

"가끔 이런 일이 있어서 내가 이 짓도 그만해 먹으려 했는데."

"네?"

"난 사실 그 사람 아버지 아니오. 역할 대행 알바 좀 했을 뿐이야."

그는 차현아가 섭외한 가짜 부모였다. 가끔 가족이 없는 여자가 맞선을 보거나 상견례를 할 때 부모 역할을 해 주는 아르바이트를 하고 있다고 했다. 하객 알바나 비슷한 것이라고 했다. 당연히 어머니 역할을 맡은 여자도 처음 보는 여자였다. 종현은 그에게 집을 사라고 해 줬던 돈에 관해 물었다. 그는 펄쩍 뛰며 처음에 역할을 해 주는 대신 받기로 약속했던 돈 외에는 십 원 한 푼 받지 않았다고 하며 의심스럽다면 경찰에 신고해도 좋다고 했다. 그 부분은 진짜인 모양이었다.

"그럼 여긴 뭔데?"

구남이 주변을 둘러보며 물었다. 이곳은 한암동. 은파시에서도 손에 꼽아주는 부촌이었다. 양옆 길가로 있는 집들은 하나같이 거대한 담장이 있었고, 대문 앞마다 CCTV를 장착하고 있었다. 커다란 담장 너머로 보이는 유려한 디자인의 집들은 위압감을 주기에 충분했다. 동네는 조용했고, 깨끗했으며, 여기는 아무나 올 수 있는 곳이 아니라는 느낌을 길가 여기저기서 뿜어대고 있었다.

"여기가 진짜일지도 몰라."

종현은 종이 한 장을 꺼내 보였다. 구남이 그걸 받아 보더니 고개를 갸웃했다.

"매출 전표?"

"응. 이번에 집안 뒤지다가 찾아냈어. 백화점에서 고가의 옷을 샀더라고."

종현이 단 한 번도 입어 본 적이 없는 남성복 명품 브랜드였다.

처음 종현은 혹시 아내가 다른 남자에게 선물한 것은 아닐까 의심을 가져 보기도 했다. 어쨌든 하나의 흔적이 되지 않을까 싶어 명품관을 찾았다. 현아는 그날 남성 명품 정장을 배달시켰고, 발송인 이름은 종현이었다. 종현은 담당자에게 배송 주소를 확인받았다. 카드 소유주 본인, 그것도 발송 당사자이므로 아무 의심 없이 직원은 주소를 알려 주었다. 그래서 오늘 종현은 그 집을 찾아가 보기로 한 것이었다. 내연남에게 남편의 이름으로 선물을 보낼리 없었다. 진짜 친정집이 아닐까. 아니라면 적어도 현아와 관계가 있는 집일 터였다.

"야, 근데 이 동네는 존나게 부자잖아. 집이 이렇게 부자면 걔가 왜 이 짓을……."

"여기다."

구남의 말을 끊으며 종현이 걸음을 멈췄다. 지금껏 걸어온 길가의 담장이 모두 이 집의 담장이었다는 것을 뒤늦게 깨달았다. 부촌 중에서도 몇 손가락 안에 꼽히는 집일 것 같았다. 담장 위에도, 출입문인 대문 위에도 몇 개나 되는 CCTV가 총을 겨누듯 내려다보고 있었다. 종현은 용기를 내기 위해 숨을 크게 쉬었다.

어쨌든 이 집에 그런 고가의 옷을 보냈다면 현아와 상관이 없을 수는 없다.

구남이 말리기도 전에 종현은 초인종을 눌렀다.

"누구세요?"

중년 여성의 목소리가 들려왔다. 종현은 허리를 숙여 인터폰에 입을 가까이 가져갔다.

"여기 차현아 씨 집이죠?"

잠깐 침묵이 돌았다.

"누구요?"

"차현아 씨요. 모르십니까?"

"잠시만요."

인터폰에서 더 소리는 들려오지 않았다. 하지만 그 침묵은 '아니'라는 대답을 가지고 있지 않았다. 종현은 거 보라는 듯이 구남을 돌아보았다. 구남이 종현의 등 뒤에 바짝 붙어 섰다. 지나가던 사람들이 수상하다는 듯 흘깃거리며 지나갔다.

"누구시죠?"

인터폰에서 들려온 목소리는 이번엔 다른 여성의 목소리였다. 조금 전의 것보다 고고하고 당당하지만 품격 있는 목소리. 처음 인터폰을 받은 것은 이 댁에서 일하시는 분이 아닐까 하는 생각을 갖게 되었다. 종현은 자신을 뭐라고 소개할까 생각하다가 웃음기 띤 목소리로 대답했다.

"유종현입니다. 어머님 사위입니다."

***

종현과 구남은 안으로 들어가자마자 침착한 표정을 지어 보이느라 애써야만 했다. 집은 일일 드라마에서 보는 회장님의 집보다 훨씬 거대했다. 대문에서 정원을 통해 현관문에 이르기까지만 해도 몇 분이 걸리는 것 같았다. 현관문에서 중문까지의 거리는 종현의 집 화장실보다 길었다. 중문 안으로 들어가서도 몇 개의 계단을 내려서야 거실 바닥을 딛고 설 수 있었다. 마호가니 나무로 만든 장식장이 고풍스럽게 거실을 꾸미고 있었고, 거실 중앙에 놓은 거대한 소파는 마치 회의실 같아 보였다. 소파 위에 놓인 쿠션은 인테리어 전시장에 놓인 것처럼 조금의 흐트러짐도 없었다. 대리석이 깔린 바닥은 화려한 조명이 부딪히며 반사되고 있었다.

"여기서 잠시 기다리세요."

처음 인터폰을 통해 들었던 목소리의 주인공으로 생각되는 중년의 여성이 두 사람을 거실로 안내했다. 복장이나 태도로 보아 그녀는 가사도우미인 듯 보였다. 거실에 선 채로 보이는 복도를 통해 종종걸음으로 가는 걸 보니 주방으로 가는 것 같았지만 주방의 문은 보이지 않았다. 대체 이 집은 몇 평일까. 느닷없이 그런 생각이 들었다.

"뭐야, 이 집은."

이 집의 위압감이 대단하긴 한 모양이었다. 늘 막무가내였던 구남의 목소리가 작아져 있었다.

두 사람은 소파에 앉았다. 누가 시킨 것도 아닌데, 군대라도 온 것처럼 각을 잡고 앉아 자연스레 정면을 응시하게 되었다. 맞은편 벽에는 거대한 가족사진이 걸려 있었다. 딱딱해 보이는 각진 얼굴에 풍채가 좋은 남자와 조금은 도도해 보이는 여자가 나란히 앉아 있었는데 이 집의 주인으로 보였지만 종현이 아는 얼굴은 아니었다. 뒤에는 두 명의 남자가 서 있었는데 한 명은 삼십 대, 한

명은 이십 대 중반 정도로 두 사람의 아들 같았다. 현아는 없었다.

"현아가 이 집에 얹혀살았나? 너 잘못짚은 거 아냐?"

그렇게 말하는 순간 누군가 걸어오는 소리가 들렸다. 사진 속의 부부였다. 종현은 자리에서 일어섰다. 여전히 앉아 있는 구남을 손으로 탁 치자, 구남이 그제야 엉거주춤 엉덩이를 뗐다.

"앉으시죠."

구남은 풀썩 소리가 나도록 자리에 앉았고, 종현도 조심히 앉았다.

"무슨 일로 찾아오셨는가?"

소파 상석에 앉은 남자는 거만하게 턱을 들고 시선을 내리깔며 두 사람에게 물었다. 종현의 맞은편에 앉은 여자는 덤덤한 얼굴로 시선을 바닥에 두고 있었다.

"현아 씨 아버님이십니까?"

"차준만이오. 현아 남편이라고?"

"네 그렇습니다. 사실 현아 씨가 사라져⋯⋯."

"아니, 그 전에 내가 먼저 하나 물어보지."

차준만은 종현의 말을 냉정하게 잘랐다.

"자네 직업이 뭔가?"

"네?"

"이게 알아듣기 어려운 말인가? 직업 말이야. 뭐 하는 사람이냐고."

아니, 어려운 말은 아니다. 하지만 이 상황에 나올 질문은 아닌 것 같았다. 이쪽이 그러하듯 저쪽도 종현을 처음 봤을 것이다. 처음 본 사위라니, 당연히 무슨 일인지 먼저 물어야 할 것 같은데, 직업을 물을 것이라고는 예상을 하지 못했다. 자기도 모르게 구남을 돌아보자 구남도 어깨만 으쓱해 보였다.

"아, 손해 보험 사정사입니다."

"허."

차준만의 짧은 웃음소리에 종현은 당황스러웠다. 차준만이 자신의 아내를 향해 고개를 돌렸다.

"거봐, 내가 뭐랬어! 걘 옛날부터 그랬어. 말하는 것마다 다 가짜라고. 뭐? 의학 박사? 그 주제에 무슨 의학 박사씩이나."

분개하는 차준만의 옆에서 그의 아내는 여전히 입을 열지 않았다.

"저, 아버님."

"그 애는 내 딸이 아니니, 그쪽도 날 아버님이라고 부를 필요 없어. 더 들을 말 없으니 그만들 돌아가시오."

차준만이 일어서려 했다.

"현아 씨가 사라졌습니다!"

차준만이 고개를 돌렸다. 싸늘한 표정은 여전했으며 시선은 날카로웠다. 모르는 사람이 보았다면 이름도 알지 못하는 범죄자의 소식을 듣는 이의 표정이라고 생각했을지도 모른다.

"현아 씨가 사라졌습니다. 저는 현아 씨를 찾기 위해 여기 왔습니다."

"그 애 오빠가 어떤 사람인지 아나?"

"네?"

"미국 코넬대학을 수석으로 졸업했지. 한국으로 돌아와서는 K그룹 이사직을 맡고 있어. 창립 이래 최연소 이사지. 그리고 둘째 오빠는 외교부에서 근무해. 곧 정치에 입문하게 될 거야."

종현은 멍하니 차준만을 올려다보았다.

"무슨 소린지 모르겠나? 그 애는 이 집의 흠이야! 어릴 때부터 잘하는 거라곤 거짓말뿐이었지. 성적표도 수없이 고쳐 왔어. 어이가 없어서 참. 스무 살이 넘어서 집을 나갔어. 잘 산다고 돈을 보내오더군. 그러더니 작년인가 의학 박사랑 결혼했다고 갖은 선물을 보내오고 해서, 이제 좀 정신을 차렸나 했더니. 뭐? 무슨 사정사?"

말을 할수록 차준만은 점점 위엄을 잃어 가고 분노를 표출하고 있었다. 자신의 기대에 미치지 못하는 딸에 대한 혐오를 가감 없이 드러내고 있었다. 종현은 하나의 의문은 풀 수 있었다. 대체 그 많은 돈을 다 어디에 썼을까 하는 질문에 대한 해답이 여기에 있었다.

"아버님, 지금 제가 드린 말씀을 잊으신 것 같은데, 전 현아 씨가 사라졌다고 말씀드렸습니다."

"그게 뭐! 걔가 어디로 갔든 무슨 상관이라고. 다시 말하지만 난 그 아이와 상관없어. 그러니까 다시는 여기 찾아오지 마. 알았어?"

차준만의 분노에 공명하듯 장식장의 유리가 쨍하니 울렸다. 종현은 인상을 구겼다. 대체 이런 집에서, 무슨 인정을 받겠다고, 현아는 그런 짓을 한 걸까.

"이봐요, 아저씨. 지금 사람 말을 어디로……. 그 여자가 그냥 사라진 게 아니라……."

"그만."

구남은 자신의 말을 자른 종현을 어이없다는 듯 보았다.

"그만 일어나."

종현이 나직하게 말했다.

"뭘 그냥 일어나. 할 말은 하고 가야지. 니가 얼마나 당했는데."

"그만하라고!"

종현은 등을 돌리고 서 있는 차준만을 향해 허리를 숙였다.

"제가 잘못 찾아온 것 같습니다. 건강히 지내십시오."

"무슨 건강을 빌고 지랄이야. 이거 완전 개또라이 아냐!"

날뛰는 구남의 손을 잡고 종현이 현관문 쪽으로 향했다. 그 힘이 얼마나 센지 구남도 질질 끌려 나갈 정도였다. 구남이 나가는 내내 소리를 질렀지만 종현도, 돌아서 있는 차준만도 눈 하나 깜박하지 않았다.

"이거 놔!"

정원까지 끌려 나갔을 때 구남은 드디어 종현의 손을 뿌리칠 수 있었다.

"병신이냐고! 왜 그냥 나와!"

"그럼 저런 사람들이랑 무슨 이야기를 더 해!"

"돈이라도 달라고 해야 할 거 아냐. 딱 봐도 그만한 건 현금으로 갖고 있겠다."

"돈?"

하, 하고 종현은 웃었다. 그깟 돈이 대체 뭘까? 대단한 아들들 속에서 못난 딸은 자식 취급조차 받지 못했다. 결국 의학 박사와 결혼했다는 거짓말을 하고 고가의 선물을 한 뒤에야 이제 조금 딸을 돌아볼까 싶은 마음이 들었다는 사람들이었다. 저런 집에서 현아는 대체 무엇을 바랐던 걸까.

"잠시만요."

들려온 소리에 고개를 돌리자 현아의 어머니가 서 있었다. 그녀는 조심스럽게 두 사람을 향해 다가섰다.

"아까, 그 애가 사라졌다고. 혹시 그쪽에 금전적 피해를 끼친 건가요?"

"금전적 피해만이 아니라 지금⋯⋯."

구남의 옆구리를 종현이 팔꿈치로 꾹 찔렀다. 구남이 인상을 썼지만 종현은 현아의 어머니에게서 시선을 떼지 않았다.

"금전적 피해도 있지만 저는 현아 씨를 찾고 있습니다."

아이를 임신한 것과 유괴를 한 것까지는 차마 입 밖으로 꺼낼 수가 없었다.

현아의 어머니는 잠시 뭔가를 생각하다가 주머니에서 명함 하나를 꺼내 내밀었다. '한암 미술관 관장 서민주'라고 적혀 있었고, 그 아래로 이메일 주소와 사무실 전화번호가 적혀 있었다.

"금전적 피해 정도는 제가 책임을 지죠. 어차피 그 애에게서 받은 걸 돌려주면 된다고 생각하면 되니까. 하지만 이 일로 우리 집안이나 우리 애들에 대해 입에 올리면 남편 쪽 회사에서 대응할 겁니다. 피차 험한 꼴은 보지 않는 게 좋겠죠?"

어머니가 가지는 평범한 애정을 기대했던 것이 잘못이었다. 종현은 눈앞이 깜깜해지는 기분이 들었다. 현아를 지칭하는 '그 애'와 아들들을 지칭하는 '우리 애들' 사이의 간격은 너무나 멀어 보였다. 문득 그런 생각이 들었다. 현아는 이런 집에서 살아왔구나.

13

아무도 밀지 않았는데 쫓겨나는 기분이었다. 등 뒤로 쾅 문이 닫히자 그 감각은 더욱 선연해졌다. 종현은 온몸에 힘이 빠져 주르륵 미끄러지듯 주저앉고 말았다. 옆에 서있던 구남이 "어이쿠" 하며 그를 잡지 않았다면 뒤로 벌러덩 넘어갔을지도 몰랐다. 오래되어 솜이 다 빠진 인형처럼 종현은 뻗은 다리 위로 두 팔을 얹은 채 멍하니 있었다. 휴대폰이 울리지 않았다면 얼마간 더 그러고 있었을지도 몰랐다.

종현은 넋이 빠진 얼굴로 주머니에 손을 넣어 휴대폰을 꺼냈다. 그는 액정 화면 속 발신자를 보고, 한숨을 쉬고, 전화를 받았다.

"혹시나 해서 전화했어요."

종현이 아무런 대답이 없자 상대방은 그가 자신이 누군지 알아채지 못한 거라고 생각한 듯했다.

"나, 장인이오. 아니, 장인 역할 했던 사람이에요."

휴대폰에서 들려오는 소리를 들었는지 구남이 종현의 휴대폰에 제 얼굴을 바짝 들이댔다. 평소 같았다면 저리 떨어지라며 치를 떨었을 종현이었지만, 지금 그는 어떤 기운도 낼 수 있는 상태가 아니었다. 이번에도 대답이 없자 상대는 조심히 말을 꺼냈다.

"혹여 몰라서. 지난번에도 말했지만 나는 역할 대행 이외에는 한 게 없어요. 돈도 알바비 조금 받은 것뿐이야. 전에 집이 어쩌고 해서 하는 말이오."

타이밍 한번 기가 막혔다. 종현은 휴대폰을 귀에 댄 채로 아무 대답 없이 가만히 있었다. 구남이 고개를 비틀어 종현의 얼굴을 보았다. 초점 없는 눈빛에 살짝 벌어진 입. 구남이 종현의 손에서 휴대폰을 빼 들고 통화를 종료시켰다. 종현은 아무런 말도 하지 않았다.

구남이 자리에서 일어섰다. 그리고는 종현의 양쪽 어깨 밑에 팔을 넣어서 일으켰다. 종현이 다시 주르륵 미끄러지자 이번엔 한쪽 팔을 자신의 어깨에 둘렀다. 그리고는 왔던 길을 되돌아 내려갔다.

구남이 종현을 데리고 간 곳은 포장마차였다. 종현에게 지금 필요한 것은 술일 것이라고 생각하기도 했지만 무엇보다 여기까지 종현을 끌고 온 자신이 너무 힘들었다. 포장마차 안에는 이미 많은 사람이 자리를 채우고 있었다. 그래도 다행히 두 사람이 앉을 자리는 있었다. 다른 곳을 찾아가라고 하면 그대로 드러누웠을지도 모를 일이었다. 집어던지듯 포장마차 의자에 종현을 앉히고 거친 숨을 내뱉었다.

"아줌마, 우동 두 개랑 소주 두 병이요!"

"네."

단무지와 소주가 먼저 두 사람의 앞에 놓였다. 내내 초점 없는 눈길로 있던 종현이 먼저 소주병을 집었다. 뚜껑을 비틀어 따는 종현의 앞에 구남이 소주잔을 놓았다. 하지만 종현은 본 체도 하지 않고 소주병을 그대로 입에 대고는 벌컥벌컥 들이켰다.

"야, 야!"

구남이 말리려 했지만 종현은 잡힌 손을 앙칼지게 빼냈다. 그리고는 연거푸 소주를 들이켰다. 포장마차 주인이 우동을 가지고 왔지만 종현은 그것도 쳐다보지 않았다. 이따금 단무지를 씹긴 했지만 안주를 하기 위해서라는 생각이 들지 않았다. 살기 어린 눈동자로 단무지를 철근 같이 씹는 종현을 보며 구남은 순한 놈의 눈이 돌면 이렇게 무섭다는 것을 깨달았다. 차마 소주병을 빼앗을 수가 없었다. 물릴 것 같아서. 종현은 상처 받은 짐승처럼 보였다.

어느새 종현의 앞에 소주병이 다섯 개로 늘어났다. 구남은 슬슬 겁이 났다. 알코올 급성 중독으로 죽는 사람도 있지 않던가. 아니, 그런 것보다 술 취한 짐승은.

"야 이 씨발, 좆 같은 년아아아!"

우려가 현실이 됐다. 술 취한 짐승은 개가 되고 마는 것이다.

포장마차 주인을 비롯해 자리를 채우고 있던 손님들이 찡그린 얼굴로 흘깃흘깃 이쪽을 보았다. 험악하게 생긴 구남, 그 앞에 개가 되어 버린 남자. 사람들은 자신과 종현을 한데 묶어 생각할 것이었다. 저 눈길들에 얼마나 짙은 혐오가 있을지 뻔했다. 구남은 일부러 들리라는 듯 목소리를 높여 말했다.

"어우야. 말 좀 곱게 해. 지성인이 그런 상스러운 소리를 해서야 쓰겠니? 술도 좀 그만 마셔."

그리고는 종현의 귀에 대고 작은 목소리로 으르렁거렸다.

"적당히 해, 이 씹새야."

"씹새!"

종현이 벌떡 일어나며 외쳤다. 이미 종현은 만취 상태였다. 똑바로 일어날 힘 따위는 없었다. 결국 테이블을 짚은 채로 땅바닥에 구르고 말았다. 테이블 위에 있던 소주병과 잔이 우르르 굴렀다. 종현은 몸을 가누지도 못하게 취해 있었다. 구남은 종현을 부축하면서도 자신의 위로 쏟아지는 따가운 시선들에 재가 되어 버릴 것 같았다. 주변 손님들은 물론이고 포장마차 주인까지 시선이 곱지 않았다.

"씨팔, 내가 어쩌다가."

구남은 자조적으로 욕지거리를 내뱉고는 종현을 일으키려 애썼다. 하지만 그런 사정을 알 리 없을 만큼 취한 종현은 구남의 손을 뿌리쳐 가며 또다시 목청을 높였다.

"이거 치워! 다 좆 까라 그래."

머리끝까지 꼭지가 돈 구남이 말했다.

"쓸모도 없는 좆 까 봐야 뭐 한다고."

"쓸모없어? 네가 어떻게 알아? 한번 볼래?"

귀도 밝다.

소리를 지른 종현이 비틀거리며 일어섰다. 그러고는 손을 바지 버클에 가져다 대었다. 풀어 버리려는 걸 감지한 여성 손님들이 비명을 질렀다.

"야, 뭐 하는 거야!"

"쓸모가 있는지 없는지 한번 까 보자고!"

구남은 필사적으로 종현의 양 손목을 잡아 쥐었지만 종현은 몸을 비틀어 대며 버둥거렸다. 자신의 양 손목이 자유로워지는 즉시 하반신에 자유를 주고 싶은 것 같았다. 문득 구남이 시선을 돌리니 이제는 더 이상 봐주지 못하겠다는 얼굴로 포장마차 여주인이 칼을 탁, 내려놓았다. 남자 손님들도 험악한 얼굴로 슬슬 일어나 이쪽으로 다가올 태세였다.

"에라, 모르겠다."

구남이 종현의 뒷목을 손날로 탁 내려쳤다. 갑자기 당한 일격에 종현은 억, 소리도 내지 못하고 정신을 놓고 벌러덩 쓰러졌다. 위험 수위까지 지퍼가 내려간 바지 앞섶을 구남이 더러운 것이라도 되는 것처럼 젓가락으로 주섬주섬 끌어올리고는 종현을 등에 둘러업었다. 그리고는 변명처럼 주변을 향해 말했다.

"이제야 잠이 들었네요. 이 새끼가."

구남은 비굴하게 웃으며 노려보고 있는 포장마차 주인에게 급히 값을 치렀다. 물론 돈은 종현의 뒷주머니에 있던 지갑 속 카드로 해결했다.

"깨진 그릇 값도 같이……."

"당연하죠."

구남은 종현을 업은 채로 카드를 돌려받고 길가로 나왔다. 택시를 잡았지만 만취한 종현을 태워 줄 생각은 없다는 듯 택시들은

계속 구남을 지나갈 뿐이었다. 할 수 없었다. 구남은 욕지거리를
내뱉고는 종현의 집을 향해 걷기 시작했다.

"와, 씨발 새끼. 마르기는 당장 뒤지게 마른 게 왜 이렇게 무겁냐."

그때 구남의 어깨에 둘러져 있던 종현의 팔이 스르르 미끄러졌
다. 동시에 업혀 있던 종현의 몸이 중심을 잃고 천천히 호를 그리
며 뒤로 넘어갔다.

"악!"

구남은 비명을 지르며 얼른 뒷걸음질을 쳐 가로수에 몸을 갖다
대었다. 가로수와 구남의 사이에 종현의 몸이 낀 덕분에 넘어지
는 것은 면했다.

"등……. 아파……."

"개새끼, 안 닥칠래."

구남은 아랫입술을 잘끈 깨물면서 천천히 무게 중심을 앞으로
하여 일어났다. 그러고는 한 손으로 종현의 팔을 자신의 어깨에
걸치게 했다. 들썩, 종현을 고쳐 업었다. 그는 다시 앞으로 향했
다. 얼굴과 몸에는 온통 땀이었다.

구남이 종현의 아파트에 도착했을 때는 거의 사족 보행이었다.
목에서는 피 냄새가 올리왔다. 술에 취한 종현처럼 구남 역시 눈
의 검은자가 뒤로 넘어가기 직전이었다. 엘리베이터에 탔을 때
이미 안에 타 있던 여자가 슬슬 피하며 앞으로 갔다. 그러거나 말
거나, 구남은 변명할 힘도 없었다.

간신히 집으로 돌아온 구남은 안방에 들어서기가 무섭게 침대
위로 종현을 집어 던져 버렸다. 눈도 뜨지 않은 채로 종현이 신음

하며 꿈틀거렸다.

"추워. 이불……."

"그냥 자!"

구남은 종현의 신발을 벗겨 분노를 담아 던져 버렸다. 신발이 종현의 머리를 강타했지만 그는 손으로 쓱쓱 머리를 만지고는 곧 잠에 들었다. 새우처럼 등을 굽히고, 눈은 벌겋고 얼굴은 엉망인 종현을 구남은 한참이나 물끄러미 내려다보았다.

"너도 참, 불쌍한 새끼다."

***

알 수 없는 소리에 구남은 어렴풋이 잠에서 깨어났다. 누군가 소리를 지르다가, 대화를 나누다가, 느닷없이 음악이 들려오기도 했다. 미간을 찌푸리며 눈을 가늘게 떴다. 거실 천장 벽 위에 푸른 빛이 일렁였다가 네온사인처럼 다른 색으로 바뀌기도 했다. 머리가 띵했다. 구남은 상황 판단을 위해 간신히 몸을 일으켰다가 종현을 발견했다.

구남의 잠을 깨운 소리는 TV 소리였다. 종현은 불을 끈 거실에 두 무릎을 모으고 바닥에 앉아 소파에 기대어 있었다. 그의 한 손에는 맥주가 들려 있었고, 비어 버린 캔들이 바닥을 뒹굴었다.

"뭐 하는 거야?"

잠에서 덜 깬 목소리로 물었지만 종현은 대답하지 않았다. 그의 시선은 TV에 붙박여 있었다.

"이번엔 무슨 개지랄을 떨려고 술을 또 처마시고 앉았냐?"

다시 물었지만 이번에도 역시 종현은 대답하지 않았다. 뭘 그렇게 보나 싶어 구남은 종현의 옆으로 가 TV를 들여다보았다. 영화인 것 같았다. 배우 이선균이 화면 안에서 격앙되어 소리치고 있었다. 어디선가 본 장면이었다. 가만히 생각해보니 영화 〈화차〉였다. 구남도 본 적이 있는 영화였다. 약혼자가 어느 날 갑자기 사라지고, 자신이 알던 약혼자의 모습이 모두 거짓임을 알게 된 남자가 여자의 흔적을 찾아 뒤를 쫓는다는 내용이었다.

"동병상련의 아픔을 누리는 중이야?"

대답 대신 종현이 맥주를 들이켰다. 그는 비어 버린 캔을 옆에 내려놓고 새 캔을 또 집어 들었다. 구남이 그의 손을 막았다.

"그만 처먹어라. 뒤처리 더 시키면 나 진짜 돌아 버릴라니까."

종현은 대답 대신 구남의 손에서 다시 맥주캔을 빼앗았다. 단숨에 뚜껑을 따고 보란 듯이 꿀꺽꿀꺽 들이켰다. 구남은 포기한 듯 털퍼덕 종현의 옆에 앉았다. 그렇다고 딱히 할 말은 없어서 종현처럼 TV를 보았다.

영화는 종반을 달리고 있었다. 드디어 주인공 이선균은 기차역 에스컬레이터에서 여자를 찾아내는 데 성공한다. 그렇게 찾아낸 여자에게 이선균은 "네가 그런 거 아니지?" 부정했다가, "네가 사람이야?" 화를 냈다가 이내 묻는다.

날 사랑하긴 했냐고.

"병신 아냐!"

구남이 소리를 버럭 질렀다. 기껏해야 묻는다는 게 저런 말이라는 것을 이해할 수 없었다. 구남은 TV 속 주인공을 향해 있는 대로 비난과 욕설을 쏟아붓다가 문득 옆을 돌아보았다. 말도 아닌, 어떤 소리가 들려왔기 때문이었다.

"너 우냐?"

종현의 눈에서 쉴 새 없이 눈물이 흐르고 있었다. 구남은 그런 종현이 답답하다는 듯 보다가 차마 욕은 하지 못하고 깊은 한숨만 내쉬었다.

***

감은 두 눈 위로 햇살이 눈을 찔러댔다. 종현은 인상을 쓰다가 어렴풋이 잠에서 깨어났다. 눈앞이 몽롱했다. 그는 눈을 천천히 감았다가 떠보았다. 시야가 밝아질수록 두통이 엄습해 왔다. 속이 타는 듯이 쓰렸다. 종현은 인상을 찡그리고 자신에게 일어난 일에 대해 기억해 보려 애썼다. 어젯밤, 충격에 빠져 포장마차까지 간 것은 기억이 났다. 그리고는 술병을 들어 연거푸 마셨다는 것도 알았다. 구남이 말리려고 했지만 취하지 않고는 제정신으로 살 수 없을 것 같았다. 그래서 취했던 모양이었다. 두 병째 이후부터는 완전히 기억이 나지 않았다. 평소 종현의 주량은 소주 반 병 정도가 고작이었다.

"으."

그는 신음하며 상체를 일으켰다. 술에 떡이 되도록 취한 것까지는 알겠는데 목 뒤와 등이 왜 이렇게 아픈지 알 수 없었다. 꼭

해머에 맞은 것 같았다. 술에 취해 기억이 끊긴 것이 아니라 구남에게 목 뒤를 얻어맞고 기절한 것이라는 것과, 종현을 업었던 구남이 그를 떨어트리지 않기 위해 나무에 박은 것이라고는 상상하지 못했다.

종현은 깨질 것 같은 머리를 감싸 안고 신음을 흘렸다. 그때 종현의 머리를 때리고 떨어지는 것이 있었다. 눈을 떠 보니 둘둘 만 수건이 바닥에 떨어져 있었다. 어느새 왔는지 구남이 안방 문 앞에 서 있었다.

"뭐야."

종현이 인상을 구겼다. 하지만 속으로는 내심 다행이라는 생각을 했다. 어제 어떻게 돌아왔는지를 물으며 고맙다고 말하기엔 너무 어색했기 때문이었다.

구남이 말했다.

"뭐긴 뭐야. 빨리 일어나. 그 좆 같은 년 잡으러 가야지."

"야!"

현아를 욕하는 것에 대해 항의하려 소리 지르던 그때, 데자뷔 같은 뭔가가 머리를 스쳐 지나갔다. 바로 어제의 기억이었다. 현아를 저런 식으로 욕했던 것은 자신이었다. 차라리 그것뿐이면 다행이다. 종현은 바지를 벗으려 몸을 버둥거리던 자신의 모습까지 떠올렸다. 혐오스러운 것을 보는 듯한 손님들의 시선까지 고스란히 기억났다. 이 순간 누군가 자신의 기억을 빼앗아 버렸으면 좋겠다는 생각이 들었다. 종현은 풀썩, 도로 침대에 드러누워 버렸다.

"기억났구만."

"기억, 안 나는 게 좋았을 뻔했다."

"쪽은 좀 팔리겠지만 남자 새끼가 뭘 그 정도로."

"차라리 아무것도 기억 안 하고 싶다. 어제 그 집에 찾아갔던 것까지."

종현은 현아를 생각했다. 그리고 냉정하기 그지없던 그 부모들의 눈빛도 떠올렸다. 그런 집에서 현아는 어떻게 살았던 걸까. 왜 그런 식으로 살면서 그 사람들에게 인정받으려고 했던 걸까. 그들은 현아에게 대체 어떤 의미였을까. 마음이 아프면서도 답답했다.

종현은 천정을 올려다보며 말했다.

"내가 뭘 더 할 수 있을까? 난 그 여자에 대해 제대로 아는 게 하나도 없어."

구남이 한숨을 쉬었다.

"과거부터 뒤졌으니 나올 리가 없지. 그 여자가 속이려 했던 과거인데 거기서부터 찾는다고 나오겠어? 네가 알고 있는 여자는 이제 잊어."

"그럼 무슨 방법 있어?"

"모텔부터 찾는 거야. 구역은 서울, 경기권 내에서. 이미 고속도로며 국도 쪽에도 검문이 시작되고 있을 테니 두려워서 벗어날 생각을 못 할 거야. 아이를 데리고 들어가면 눈에 띌 테니 주인이 굳이 얼굴을 보려 하지 않는 여관이나 아예 마주치지 않는 무인텔일 가능성이 높아. 애가 울 수도 있으니 가급적 방음이 잘되어 있는 곳. 그러니까 신축 건물일 테지. 그러니까 찾아보자고, 샅샅이."

어느새 종현이 침대에서 일어나 앉아 있었다. 그는 조금 얼떨떨한 표정으로 구남을 응시했다. 구남이 어깨를 으쓱했다.

"나도 알아. 나 섹시한 거."

14

　용의자가 임산부라는 사실에 서태주는 아연실색했다. 한 번도 상상해 본 적 없던 일이었다. 그날 카페에서 그녀가 나가는 것에 아무런 문제의식을 느끼지 못했던 것은 그래서였다. 이 일이 상부에 보고되면 징곗감이었다. 하지만 그런 것 때문에 지금 그의 속이 어지러운 것만은 아니었다.

　임산부라니. 자신도 배 속에 아이를 가지고 있으면서, 그런 짓을 저지른다니. 서태주로서는 도저히 납득할 수가 없었다.

　어쩌면 자신의 배 속에 있는 아이에게도 일말의 정이라고는 없었을지도 모른다. 여자는 주도면밀했다. 카페에서 쓰인 컵이나 테이블에 대해 곧장 지문 검사를 실시했지만 아무것도 나오지 않았다. 어쩌면 이미 이런 상황을 예상하고 만반의 준비를 한 건지도 모른다.

　그렇지만 그날의 수사가 모두 수포로 돌아간 것은 아니었다. 이제 범인의 얼굴을 알게 되었다. 그것은 나름의 수확이었다. CCTV에도 얼굴이 찍혔지만, 무엇보다 서태주 자신이 그녀의 얼굴을 정확히 보았다. 서태주는 여자의 얼굴을 잊지 않으려 계속 곱씹어 머릿속에 박아 넣었다.

'임신한 여자가 유괴라는 잔인한 범죄를 저지르다니.'

서태주는 자신의 아내를 생각했다. 지금은 두 살인 아들 세현을 임신했던 아내는, 예쁜 것만 보고 예쁜 것만 먹어야 한다는 말을 입에 달고 살았다. 집에 들어온 파리도 쫓아내기만 했지 파리채로 때린 적이 없었다. 서태주 역시 아이가 생겨나고 나서는 더욱 일에 힘을 쏟았다. 아들에게 멋진 아빠로 남고 싶다는 생각이었다. 그런데 임신하고도 유괴를 저지르고, 아동을 살해까지 하는 사람이라면, 그런 여자는 부모가 될 자격도 없다고 생각했다. 용의자가 임산부라 하더라도 바뀌는 것은 하나도 없었다. 어떻게든 반드시 잡아넣을 것이었다. 여자가 수감되면 출산을 하더라도 일정한 시간이 지나면 아이는 분리되어야 한다. 아이에게는 안타깝지만 그런 여자가 엄마인 것보다는 없는 게 낫다는 생각까지 들었다.

"팀장님! 지문 나왔습니다."

사무실 문이 열리며 기연도 형사가 달려 들어왔다. 서태주는 한쪽 입술을 끌어올렸다. 속에서 뭔가 끓어오르는 것이 느껴졌다.

용의자는 컵과 테이블에 지문을 남기지 않는 데까지는 성공했지만, 일은 다른 곳에서 쉽게 풀렸다. CCTV 분석 결과 여자는 카페에서 오만 원권 지폐로 계산한 것이 확인되었다. 자신의 신분이 나타날까 두려워 카드를 쓰지 않은 것일 터였다. 경찰은 당장 가게의 금고에서 오만 원권 현금을 전부 회수해 지문 조회를 했다. 여러 지폐에서 다양한 지문이 나왔지만 '30대 중반의 여자'라는 조건을 달자 차현아라는 인물이 수면 위로 떠올랐다. 경찰청에 등록된 신분증 사진과 대조한 결과, 그 여자가 맞았다. 서태주는 단박에 알아볼 수 있었다.

기연도 형사가 뽑아온 차현아의 기록을 확인했다. 오래 걸릴 것도 없이 남편인 유종현이란 인물이 눈에 들어왔다. 유종현에 대한 조사를 주문한 지 얼마 지나지 않아 기연도 형사는 결과를 가지고 돌아왔다.

"업계에서는 나름 유명한 '태평'이라는 곳에 근무했던 손해 보험 사정사라고 하는데요. 의심스러운 건 얼마 전에 회사에 사직서를 냈다는 겁니다."

서태주는 주먹으로 책상을 가볍게 쳤다. 이제 됐다, 그런 생각이 든 것이다. 남편까지 사직서를 냈다면 어떤 식으로든 사건과 관련이 있다는 얘기였다. 공범일 수도 있었다.

"차현아 주소지 확보해서 잠복 들어가."

바로 잡을 수 있을 거라 생각했다. 하지만 그다음 날이 되고 3일째가 되어도 잠복 형사는 유종현의 집 근처에서 차현아의 모습을 발견하지 못했다. 웬 거구의 남자와 차현아의 남편인 유종현만 매번 보였다. 저 사람이 정말 차현아의 남편이 맞는지 다시 생각해 볼 정도로 그의 행적에서는 차현아의 존재를 확인할 수 없었다는 보고만이 들어왔다.

"계속 지켜봐. 절대 먼저 나서지 말고. 잘못하면 차현아가 도주할 시간을 벌어 주는 꼴이 돼."

차현아의 위치를 반드시 파악해야 했다. 집에 숨어 있는 것이라면 다행이지만 제3의 장소에 차현아가 있다면 섣불리 나설 일이 아니었다.

그러기를 나흘째, 이상한 움직임이 있다는 보고를 받았다. 유종현이 거구의 남자와 둘이서 계속 모텔을 들락거린다는 것이다.

"그, 그게 무슨……."

"아뇨, 팀장님 그런 의미가 아니라."

"난 아무 의미도 생각하지 않았다. 그래서?"

"하루 묵는 것 같지도 않고 특정한 한 모텔을 다니는 것도 아니에요. 그런데도 매일 모텔을 다니고 있어요. 여기저기 말이에요. 마치 뭔가를 찾는 것처럼."

'뭔가를 찾는 것처럼?'

서태주는 고민에 빠졌다.

15

경찰에서 자신의 존재를 알아낸 것은 상상도 못한 채 종현은 오늘도 구남을 따라 모텔 투어에 나선 참이었다. 현아는 아마 모텔에 있을 거라는 구남의 추리는 어느 정도 설득력이 있어 보였다. 친정에도 도움을 요청할 수 없고, 딱히 친구가 있는 것도 아니다. 현아는 어렸을 적부터 유학을 가서 성인이 된 후 돌아왔기 때문에 친구가 없다고 종현에게 말했다. 결혼식을 스몰 웨딩으로 치른 것도 현아의 그런 사정 때문이었다. 유학은 거짓말이겠지만 친구가 없다는 것은 사실일 터다. 그런 현아가 숨을 만한 곳은 역시 모텔뿐이다. 그래서 종현은 구남과 함께 온갖 모텔을 뒤지고 있었다. 처음엔 호기롭게 시작했지만 지금은 모래밭에 던져둔 소금 알갱이를 찾는 기분이었다. 대한민국에 이렇게나 많은 모텔이 있는 줄은 꿈에도 몰랐다.

"벌써 나흘째야. 언제까지고 무작정 이렇게 돌아다니는 게 맞는 거야?"

종현의 푸념에 구남은 눈 하나 깜짝 않고 받아쳤다.

"며칠 됐다고 이래?"

구남은 한쪽 눈썹을 스윽 밀어 올리며 얼굴을 들이댔다.

"이제 슬슬 네 아이를 포기하겠다는 거야?"

"그렇다는 얘긴 아냐!"

종현은 펄쩍 뛰며 부인했다. 하지만 지난 시간을 돌이켜보면 가슴이 무거워지는 것도 사실이었다. 앞으로의 일이 깜깜했다. 자신의 아이를 위해서라면 무슨 짓이든 할 수 있었고 어디라도 갈 수 있었다. 하지만 모텔을 돌아다니는 것은 고역이었다. 모텔 뒤지는 일만 하지 않을 수 있다면 무슨 짓이라도 할 수 있을 것 같은 기분이었다.

모텔 주인에게 푸대접을 받는 것은 둘째치고, 휴일을 맞아 모텔들에 빈방이 없어 후미진 골목에서 일을 치르는 커플도 만났다. 술 취한 여자와 부딪혔다가, 조직 폭력배가 아니고서는 직업을 가질 수 없을 것 같은 외양의 남자들에게 쫓겨 삼십육계 줄행랑을 치다가 길을 잃은 적도 있었다. 구남의 덩치라면 대응할 수도 있었을 테지만, 꼭 그럴 때는 구남이 어딘가로 사라지고 없었다. 싸움을 피해 도망간 것 아니냐는 종현의 의심에 구남은 '타이밍의 문제'라고 말했다. 종현은 영 의심의 눈초리를 거둘 수가 없었지만, 구남의 자백이 아니고서야 내막을 알아낼 길은 없었다.

두 사람은 모텔들을 돌아다니며 현아의 사진을 들고 수소문을 했다. 그러던 어제, 한 모텔에서 비슷한 여자가 투숙하고 있다는 말을 들을 수 있었다. 눈앞에 장막이 걷히고, 드디어 마라톤의 피니시 라인이 보이는 것 같았다. 외출을 한 것 같다는 말에 두 사람은 모텔 입구 쪽에서 기다림을 가장한 잠복을 하기 시작했다. 모텔 입구 좌측 전봇대 뒤의 쓰레기 폐기장에 몸을 숨기고 한참이나 현아를 기다렸다. 내내 악취가 풍겨 왔고, 쓰레기를 버리고 가는 사람들이 두 사람을 보고 화들짝 놀라거나, 의심스러운 눈초리를 보내기도 했지만 그곳이 최적의 장소라 어쩔 수 없었다. 계속 냄새를 맡고 있자니 점점 코도 둔감해지는 것 같았다.

그때 한 여성이 모텔 쪽으로 향했다. 긴 머리에 잘록한 허리가 돋보이는 원피스를 입고 있었다. 신고 있는 하이힐은 10센티미터도 넘어 보였다. 구남은 얼굴을 확인하겠다고 목을 길게 뺐지만 종현은 낮은 한숨과 함께 맥이 빠져 버렸다. 뒷모습만으로도 현아가 아니라는 것을 확신할 수 있었던 데다, 현아는 지금 임산부였다. 저렇게 허리가 잘록할 수도 없고 하이힐을 신을 수도 없는 것이다. 여자가 모텔 안으로 들어가고 잠시 후, 주인이 허겁지겁 나와 두 사람을 향해 열심히 수신호를 보내왔다. 모텔 주인이 말한 사람이 저 사람이라면, 두 사람은 헛고생한 것이나 마찬가지다. 반색하며 일어서는 구남을 보고 불끈 화가 치솟아 엉덩이를 걷어차 주었다.

"머리는 장식이냐?"

몇 시간의 잠복이 쓰레기통에 구겨져 던져 넣어지는 순간이었다. 몇 번이나 그런 일이 반복되니 오늘은 시작하기도 전에 맥이 빠져 버렸다. 하지만 구남의 말대로 그만둘 수는 없다. 내 아이가 있으니까.

그리고 종현은 반드시 현아를 찾아 물어볼 것이 있었다.

"오늘은 어디부터 시작이지?"

운전석에 앉은 구남이 말했다. 종현은 주머니 안에서 출력해 둔 리스트를 찾아 꺼냈다. 이미 위쪽의 상당수는 X자 표시가 되어 있었다. 리스트에 시선을 박은 채로 종현이 대답했다.

"월정 모텔."

"월.정.모.텔."

구남은 종현의 말을 되풀이 하며 내비게이션에 입력했다. 경기도 외곽에 있는 곳으로 여기서는 40분이 걸렸다.

"출발해 봅시다."

구남은 힘을 주어 말하며 액셀러레이터를 밟았다. 그런 두 사람은 자신들의 차에 뒤따라 붙는 검은색 차량의 존재는 눈치채지 못하고 있었다.

* * *

'어디서 들어봤더라?'

출발한 지 20분째. 종현은 기억 속을 헤집고 있었다. 월정 모텔의 '월정'이 어디선가 들어본 단어 같았기 때문이다. 게다가 그 단어는 종현에게 묘한 기분을 들게 했다.

"야, 여기도 꽝이면 다음은 어디냐?"

구남이 말했지만, 그 말은 종현의 귓속을 파고들지 못했다. 월정. 그제야 깨달았다. 월정은 제주도 월정리의 '월정'이다.

현아가 사라지기 몇 달 전, 두 사람은 제주도 월정리에 여행을 다녀왔다. 6월 초인데도 벌써 해수욕장 이용객이 많았다. 맑은 월정리의 바다에 반해 현아는 한참이나 모래사장에 앉아 있었다. 차분히 밀려들었다가 빠져나가는 바다와 돌에 부딪히는 포말에 반해 있었다. 인근에서 카페 인테리어를 하느라 들리는 공사 소음도 현아를 방해하지는 못했다.

"여긴 참 좋다."

다음 여행 코스로 꼭 타 보고 싶다는 요트 체험이 예약되어 있었지만 현아는 개의치 않았다. 여기라면 몇 시간이든 앉아 있을 수 있을 것 같다고 말했다.

"바다가 어떻게 이렇게 맑고 예쁠 수 있지?"

"그러게. 날씨도 좋고, 참 좋네."

"나중에 말이야. 난 이런 곳에 펜션 하나 지어서 살고 싶어. 손님 오면 청소하고 반겨 주고, 손님 없을 때는 우리 둘이 바다 보면서 살고."

"제주도 땅값이 얼만데."

종현은 웃음을 터뜨리며 말했다. 현아가 대답했다.

"꼭 제주도 아니어도 돼. 강이든 바다든 어디라도 상관없어. 이렇게 한참이나 멍하니 앉아 있어도 행복할 자연 속에 펜션 지으면 되지. 대신 이름을 월정 펜션으로 짓는 거야."

"그럼 월정리 바다에 있다고 느낄 것 같아?"

현아는 진심으로 고개를 끄덕였다. 종현은 그런 현아가 귀여웠다.

"응. 어디라도 상관없어."

그때를 떠올리면 현아의 어디라도 상관없다는 말 뒤에 차마 하지 못한 다른 말이 숨어있는 것 같기도 했다. '어디라도 상관없어. 그러면 행복할 것 같아.' 그런 것은 아니었을까. 부모에게도 부정 당하고, 그럼에도 다른 사람을 속인 돈으로라도 인정을 받기 위해 선물을 보내던 현아가 바란 것은 그게 아니었을까. 행복.

종현은 목록에 적혀 있는 월정 모텔의 주소를 보았다. 휴대폰 으로 주소지의 위성 사진을 보았다. 뒤로는 산이 있고, 앞으로는 꽤 큰 강이 흐르고 있었다. 왠지 오늘은 허탕 치지 않을 것 같은 예 감이 들었다. 그 예감은 종현을 불안하게 만들었다. 현아를 찾고 싶지만 찾는 상황을 맞이하는 것은 두려운, 아이러니한 기분이었 다. 구남이 잡고 있는 운전대를 비틀어 버리고 싶은 충동까지 들 었다. 이런 기분을 구남에게 뭐라고 설명하기는 어려웠다. 찾고 나서, 그 다음은 어떻게 해야 하는 걸까? 종현은 진실을 맞이하는 것이, 현아의 진짜 모습을 맞이하는 것이 두려웠다.

"저거 같은데?"

종현의 감정과는 상관없이 내비게이션은 목적지에 도착하였음 을 알렸다. 종현이 앞을 보니 바로 눈앞에 월정 모텔의 간판이 있 었다. 간판은 낡디 낡아 모텔의 ㄹ자가 떨어져 있었다. 간판만큼 낡은 모텔은 골목 안쪽에 있는 데다 주차장도 좁아 운영이 될까 싶을 정도의 위치에 있었다. 무인 모텔도 신축도 아니었지만 외 곽에 있기에 현아가 올 법한 장소로 골랐다.

"안 내려?"

주차장에 차를 세운 구남이 먼저 내리다가 허리를 숙여 차 안을 들여다보며 종현에게 말했다. 종현은 크게 숨을 들이쉬고는 눈을 매섭게 떴다. 마주하고 싶지 않은 것은, 결국 마주하지 않고는 아무것도 해결되지 않을 것을 알기 때문이다.

모텔의 문을 열고 들어가자 정체를 알 수 없는 쿰쿰한 냄새가 났다. 입구 왼쪽에 작은 창이 나 있었고, 그 안으로 방이 있어 주인이 거기서 접수를 받는 것 같았다. 접수 창 바로 앞에 음료수 자판기가 있었고 안쪽으로 들어가 양 갈래로 갈라지며 방이 있는 것 같았다. 2층으로 올라가는 계단도 있었다. 계단 앞에 놓인 몬스테라 화분은 갈색으로 변해 손을 대면 부서질 것처럼 말라 있었다.

구남이 성큼 들어가 접수 창구를 들여다보았다.

"어서 오세요."

몇 걸음 뒤떨어져 있는 종현에게 반색하는 남자의 목소리가 들렸다. 장사가 잘되지 않을 것 같다는 종현의 생각은 어느 정도 맞는 것 같았다. 그러니 저렇게 반가워하는 것일 테지. 종현은 자신이 손님이 아니라서 미안하다는 생각을 했다.

"숙박이요? 대실이요?"

"아뇨, 저희는 손님은 아니고요."

허리를 숙이고 접수창 안을 들여다보며 구남은 세상 순한 얼굴을 했다. 지금까지 계속 저런 얼굴을 보았지만 몇 번을 봐도 익숙해지지 않았다. "부탁하려면 당연히 공손해야지"라고 구남이 말했지만, 그는 자신에게 '공손'이 어울리지 않는다는 걸 잘 모르는 것 같았다.

구남은 주섬주섬 바지 안에서 지갑을 꺼내 사진 한 장을 꺼냈다. 종현이 구남에게 준 현아의 사진이었다. 사진 속에서 현아는 밝게 웃음을 짓고 있었다. 지금도 같은 얼굴일까? 종현은 문득 궁금해졌다.

"경찰이요?"

주인 남자가 경계심 가득한 말투로 물었다. 순간 종현은 심장이 굳는 것만 같았다. 보통 본 적 없는 사람이면 대충 '없다'고 말했다. 두 사람이 누구인지를 묻는다는 것은 반드시 확인해야 하는 경우에 가능한 일이다. 이를테면 손님이기 때문에 개인 정보를 아무렇게나 알려 줄 수 없는 사장일 경우 말이다.

종현이 급히 구남에게로 가까이 다가가자 경계하는 듯한 주인의 눈빛이 보였다. 구남이 말했다.

"제가 이 아이의 오빠인데요, 동생이 집을 나가 연락이 되질 않아요."

그 말에도 주인의 얼굴에서 의심의 빛은 사라지지 않았다. 구남이 말을 이었다.

"애가 임신까지 해서는……. 이제 애 낳을 때도 다가오는데 더 이상 바깥으로만 나돌면 안 되거든요. 꼭 찾아야 해서요. 혹시 보신 적 있으면 말씀 좀 해 주세요."

연습하지도 않았는데 구남의 입에서 술술 거짓말이 나왔다. 종현은 감탄했다. 만약 이 주인이 현아를 본 사람이라면 임신했다는 말에 구남을 정말로 현아의 오빠라고 믿어 의심치 않을 것이었다. 구남은 세상 순박하고 착한 남자, 말썽쟁이 여동생이 집을 나가 매일 밤 걱정에 잠 못 이루는 오빠의 얼굴 그대로였다. 여러모로 대단한 남자였다. 감탄하면서도 종현은 왠지 보고 있기가 거

북해 고개를 돌리고 말았다.

구남의 연기는 어느 정도 먹혀 들어간 것 같았다. 어느새 경계심이 누그러진 모텔 주인의 시선이 종현에게로 향했다. 멀뚱하게 서서 고개를 돌리고 있는 종현의 존재가 궁금한 것이었다. 그의 시선이 무엇을 말하는지 눈치챈 구남이 재빠르게 종현의 팔을 잡아당겨 옆에 세웠다.

"제 매제입니다. 동생의 남편이에요."

"아아."

주인이 종현의 얼굴을 훑었다. 세상에 둘도 없는 쓰레기를 보는 듯한 얼굴이었다. 집 나간 마누라를 찾는데 뒤에 멀찍하니 서서 와이프의 오빠가 하는 대로 보고만 있는 남편의 태도만 봐도 여자의 가출 원인이 어디에 있는지 알 것 같다는 얼굴이었다. 남편이 얼마나 못났으면 아내가 집을 나갔겠냐고 말하는 듯한 시선이다. 여태껏 몇 번이나 받아 온 시선이지만 익숙해지지 않았다. 억울하지만 설명할 수는 없었다. 현아를 찾는 데 방해가 되는 것은 둘째치고 구남이 공들인 연극에 초를 치면 그가 가만히 있지 않을 것이 분명했기 때문이었다. 여기서도 현아를 찾지 못하면 한동안 다시 돌아다녀야 할 텐데 얻어맞아 엉망진창이 된 얼굴을 들이밀 수는 없었다.

종현이 가만히 있는 태도가 수긍의 뜻이라고 결론 내린 모텔 주인이 잠깐 종현을 노려보고는 구남을 향해 고개를 돌렸다. 종현과는 말하고 싶지 않은 듯 보였다.

"어디 사진 한번 다시 봅시다."

구남은 얼른 사진을 모텔 주인에게 넘겼다. 모텔 주인은 눈을 가늘게 뜨고 한참이나 사진을 들여다보다가 입을 열고 "아" 소리를 냈다. 그 소리는 뭔가를 얻어 낼 수 있다는 강한 확신을 주는 것이었다.

"그 여자네! 202호."

"네? 진짭니까? 여기 묵었어요? 확실해요?"

흥분한 구남이 접수창을 양손으로 거세게 치며 얼굴을 바짝 들이댔다. 만약 주인 남자가 앞에 있었다면 멱살을 잡듯 어깨를 잡고 흔들 태세였다. 구남의 안광이 번들거렸다. 조금 전까지 걱정으로 어깨를 늘어트리던 동생 찾는 오빠의 모습은 온데간데없었다. 모텔 주인의 얼굴에 당황하는 기색이 역력해졌다.

종현은 '큼' 헛기침을 했다. 그 소리에 정신을 차렸는지 구남이 다시 비굴 모드로 돌아갔다.

"죄송해요. 제가 흥분을 해서."

순한 오빠의 얼굴이 돌아왔다.

"방금 202호라고 하신 거 맞죠?"

그는 연극이라도 하는 듯 젠틀한 목소리로 다시 확인했다.

"혼자 왔나요?"

종현이 물었다. 유괴된 아이와 함께 왔는지가 가장 먼저 확인해야 할 일이었다. TV에 출연하는 범죄 심리학자들은 유괴 아동이 현재 살아 있을 확률이 낮다고 평가하는 듯했다. 하지만 종현에게는 도저히 상상할 수 없는 것이었다. 현아가 사람을, 그것도 아이를 해치다니. 물론 자신이 알아 왔던 현아의 모습 대부분은 진짜가 아닐 것이다. 그래도 아이를 해쳤다고는 생각되지 않는다. 다른 사람을 속이고, 어떤 수를 써서라도 가족의 구성원으로 들어가고 싶어 했던 현아가, 그저 행복을 바랐던 현아가 아이를 해쳤을 리는 없었다.

"딸 하나를 데리고 있던데. 예닐곱 살 정도 되어 보이는."

종현은 안도의 한숨을 쉬며 주먹을 불끈 쥐었다. 그 사이 구남이 물었다.

"혹시 지금 방에 있어요?"

"아니, 3일 전쯤 이미 방을 뺐는데."

"아, 그걸 왜 이제!"

구남이 버럭 지르는 소리가 귓가에서 윙윙거렸다. 종현은 그만 무릎에 힘이 풀리고 말았다. 그는 차가운 모텔 벽에 기댄 채 주르륵 흘러내리듯 주저앉았다. 어느새 험악한 제 얼굴로 돌아온 구남은 다시금 접수 창에 붙어 물었다.

"혹시 어디로 갔는지 알아요?"

"투숙객한테 그런 걸 물어보는 모텔 주인이 어딨어요."

"혹시 그 여자가 체크아웃할 때, 혼자였어요? 데리고 왔던 딸을 봤냐고요?"

그 말이 날카롭게 종현의 머릿속을 파고들었다. 종현이 구남을 보았다. 저 물음 뒤에 구남이 어떤 의도를 가지고 있는지가 뻔히 보였다. 아이를 데리고 체크인했다가, 체크아웃할 때 혼자일 경우는 하나였다.

이미 골든 타임은 지났다고 말하던 뉴스 속 범죄학자들의 말이 떠올랐다.

"체크아웃할 때는 못 보죠."

"왜요?"

"체크인할 때는 얼굴 보고 열쇠를 주지만 체크아웃할 때는 엘리베이터 안에 있는 바구니에 열쇠를 넣어 두고 나가면 되거든요."

주인은 턱짓으로 엘리베이터를 가리켰다. 주인의 말대로라면 나갈 때 굳이 얼굴을 마주할 이유가 없긴 했다. 구남은 아랫입술을 질끈 깨물고 잠시 생각에 잠겼다. 그러고는 이내 주인에게 다시 물었다.

"방은 치웠어요?"

"물론이죠. 삼 일 전에 체크아웃했는데 아직 안 치웠을 리가."

"그럼 방에 시체는 없었다는 얘긴데."

"뭐요?"

모텔 주인은 잘 듣지 못한 것 같았다.

"아뇨, 아뇨. 됐어요."

구남은 사람 좋은 웃음을 지으며 손짓했다. 그러고는 돌아서다가 쭈저앉아 있는 종현이 자신을 빤히 바라보고 있는 것을 발견했다. 그 눈빛이 의미하는 바를 알지도 못하고 구남은 발로 종현을 툭 쳐서 일어나라는 신호를 보냈다.

"안녕히 계세요."

돌아보지도 않은 채로 구남은 종현을 밀며 모텔 밖을 빠져나갔다. 접수 창구에서 머리를 내밀어 두 사람의 뒷모습을 보던 모

텔 주인은 안됐다는 듯 혀를 끌끌 차고는 다시 방 안쪽으로 들어
갔다.

16

성큼성큼 주차장으로 나오던 구남이 차 앞에서 갑자기 멈추어
섰다. 그는 어딘가를 향해 고개를 휙 돌렸다. 그 시선을 따라가 보
니 모텔 건물의 옆쪽이었다. 모텔 건물 옆으로 사람이 한 명 지나
다닐 수 있는 정도의 골목이 보였다. 뒤쪽에도 공간이 있는 듯했
다. 앞마당은 주차장으로 쓰고 뒷마당은 잡동사니를 보관하거나
개인 용도로 쓰는 것이리라.

"왜?"

종현이 물었지만 구남은 대답할 생각도 없이 골목 쪽으로 향했
다. 그의 걸음이 점차 빨라졌다. 종현이 이제는 거의 달려가고 있
는 구남의 뒷모습을 보았다 알 수 없는 그늘이 종현의 얼굴 위에
드리워졌다.

구남은 골목 안으로 들어갔다. 예상대로 뒷마당에는 잡동사니
가 쌓여 있었고, 제대로 관리하지 않아 한때는 텃밭으로 사용되
었을 공간에 수풀이 우거져 있었다. 어디에 사용했는지 모를 리
어카와 겨울에 눈을 치우는 데 사용하는 플라스틱 삽이 벽 한쪽에

세워져 있었다. 구남은 잡동사니가 쌓여 있는 쪽으로 다가가 하나하나 치워 보았다. 뒤쪽에서 들려온 발걸음 소리로 종현이 따라왔다는 걸 알고 있었지만 굳이 뒤돌아보지 않았다. 잡동사니는 오랫동안 거기에 있었던 걸로 보였다. 붉은 대야와 사용하다 버려져 굳어 버린 페인트 통 사이사이에 거미줄이 쳐 있었다. 그래도 혹시 모른다는 듯 구남은 붉은 대야를 들춰 보거나 바닥을 발로 쿵쿵 굴러보기도 했다. 그러는 동안 종현은 물끄러미 구남을 바라볼 뿐이었다.

이번에 구남의 시선이 향한 곳은 수풀 속이었다. 구남은 아예 안으로 들어가 수풀 안을 뒤졌다. 그리고는 발끝을 세워 흙을 조금씩 파 보았다. 그는 흙의 색깔을 옆의 것과 열심히 비교해 보고 있었다. 종현이 물었다.

"뭘 찾아? 시체?"

"응. 아니면 시체 묻힌 곳."

구남은 이쪽을 보지도 않은 채로 찾는 일에 집중하며 대답했다. 그래서 그는 자신의 말이 종현의 인내심을 끊어 놓았다는 걸 눈치채지 못했다. 별안간 종현이 와락 달려들어 구남의 멱살을 잡고 벽으로 밀어붙였다. 구남의 커다란 덩치가 벽에 부딪히며 쿵 소리를 내었다. 평소의 힘은 구남이 훨씬 셌지만 부지불식간에 당한 일이라 어찌해 보지도 못하고 그대로 벽에 박힌 꼴이 되었다. 아니, 종현의 지금 힘은 평소의 것이 아니었다. 희번덕 돌아간 눈동자도 마찬가지였다.

"뭐 하는……."

구남이 소리치려는 그때 모텔 안쪽에서 달그락거리는 인기척이 났다. 뒷마당은 모텔 건물의 뒷문과 연결되어 있다는 걸 두 사람은 미처 깨닫지 못하고 있었다. 여기서 큰 소리를 내면 당연히 주인에게 들통날 것이고, 주인은 두 사람을 수상한 사람으로 여겨 경찰에 신고할지도 몰랐다. 두 명 모두 숨을 죽였다. 구남의 시선이 자연스레 뒷문 쪽으로 향하고 종현이 그를 따라 뒤돌아보려고 하는 순간이었다. 구남이 종현의 멱살을 잡아당겼다. 눈앞이 휙 크게 돌았다고 생각한 순간 정신을 차리고 보니 문 뒤의 잡동사니 사이에 두 사람이 서 있었다. 순간적으로 몸을 숨긴 것이었다. 모텔 주인이 나와도 들키지 않을 위치였다. 들키면 곤란했다. 조금 전까지 실종자의 선량한 가족 행세를 한 두 사람이 모텔 뒷마당을 뒤적이는 수상쩍은 상황을 설명해 내야만 했다.

잠시 숨을 죽이고 있었지만 달그락거리는 소리는 더 들려오지 않았다. 안에서 움직이는 사람의 생활 소음이었던 모양이었다. 종현은 안도하듯 큰 한숨을 내쉬었지만, 그 즉시 자신이 상당히 열세한 상황에 부닥쳤다는 것을 깨달았다. 들키지 않은 것까지는 좋은데 상황이 역전되어 버리고 말았던 것이다. 이제 그의 멱살은 구남의 손아귀에 제대로 잡혀 있었고, 꼼짝도 하지 못하도록 구남의 몸이 내리누르고 있었다. 종현은 구남을 노려보았다.

서로 격앙된 시선이 한참 계속되었다. 뒷마당에는 적막이 감돌았다. 종현이 구남의 손을 치우듯 밀쳐 내었다. 구남도 거부하지 않고 종현의 멱살을 놓아주었다. 그렇다고 두 사람의 싸움이 끝난 것은 아니었다. 종현의 안색은 파랗게 날이 서 있었으며, 구남은 인상을 쓰고 그런 종현을 노려보았다. 이번의 싸움은 종현이 먼저 걸어온 것이었다. 구남이 물었다.

"뭐냐, 너?"

"그렇게 쓰레기는 아니야."

"뭐?"

구남은 이게 무슨 소리인가 싶어 눈을 휘둥그렇게 떴다. 그리고는 아까 싸움 직전 두 사람의 대화를 떠올렸다. 구남의 눈이 가라앉으며 어이없다는 듯 피식 웃었다.

"지금 내가 잘못 들은 거지?"

"아니! 현아는 그럴 사람이 아냐!"

"뭐라는 거야. 유괴까지 한 년이 뭔들 못 하겠어."

"욕하지 마. 그래, 부모님께 인정받고 싶어서 여기저기서 돈을 끌어들이다가 벽에 부딪혀서 순간적으로 잘못을 저질렀겠지. 그건 두말할 필요도 없이 벌 받아야만 할 잘못이고 범죄야. 하지만 현아는 임신을 했어. 임신한 상태로 어린아이를 죽여서 매장까지 할 그런…… 그렇게까지 쓰레기는 아니라고!"

종현의 외침에도 상관없이 구남은 풋 웃어 버렸다. 기가 찬다는 듯한 웃음이었다. 곧 그의 눈이 칼날처럼 날카롭게 변했다.

"네가 그 여자에 대해 제대로 아는 게 있긴 있어?"

"뭐?"

정곡을 찔린 기분이었다. 안다고 생각했지만, 아는 것은 아무것도 없었다. 부모님도, 집안의 경제 상황도 모두 가짜였다. 종현이 아무 대답도 하지 못하고 있자 비웃음이 구남의 얼굴 위로 짙게 떠올랐다. 그것이 종현을 자극했다. 모텔 뒷마당을 나가기 위해 몸을 돌려 걷기 시작한 구남을 향해 종현이 말했다.

"알아, 난."

"어떻게 안다는 거야?"

환하게 웃던 현아는, 발기 부전에 걸려 침울해하는 종현을 안아 주던 현아는, 아침에 눈을 떠 침대에서 일어나지 않고 종현을 향해 팔을 벌리며 안아 달라고 칭얼대던 현아는, 자신만이 아는 그녀의 진짜 모습이었다.

"그냥, 난 알아."

픽, 웃으며 구남이 고개를 가로저었다. 명백한 비웃음이었다. 하지만 더 이상 반론할 말은 없었다. 사실 자신은 지금 고집을 부리고 있다는 것을 알고 있었다. 마음속 저 밑 구석에서 뱀이 머리를 내밀 듯, 그것이 진짜 현아의 모습은 맞느냐는 물음이 고개를 치켜들고 있었다. 그리고 종현은 거기에 대한 답을 알지도 못했다. 참담히 서 있는 종현에게는 관심도 없다는 듯 구남은 휘적휘적 걸어갔다. 종현은 고개를 숙인 채 더 이상 구남을 잡을 생각도 하지 못했다.

그때였나. 나가던 구남이 돌연 뒷걸음질을 치더니 급하게 뒤돌아섰다. 그는 종현에게 아무런 사인도 주지 않은 채 김장을 할 때 쓰는 걸로 보임직한 붉은색 고무 대야를 덮어쓰고 몸을 웅크렸다. 뒤집어 보지 않는 이상 저 안에 있는 구남을 누구도 찾을 수 없을 터였다. 하지만 종현은 이게 다 무슨 상황인지 알 수 없었다. 종현이 어리둥절해 있는 사이 세 명의 남자가 뒷마당으로 뛰어 들어 왔다.

"누, 누구……."

세 명의 남자는 마치 맞춰 입기라도 한 듯 각기 다른 색의 청바지에 점퍼를 입고 있었다. TV에서 어떤 배우가 형사 역을 맡는다면 이런 모습이지 않을까 하는 생각이 문득 들었다. 종현이 어리둥절해 있는 사이 세 명의 남자가 더 가까이 다가왔다. 그중 가운데 있던 남자가 종현을 발견하고는 앞으로 바싹 다가섰다. 마른 듯 보였지만 가까이서 보니 어깨가 종현보다 두 배는 넓어 보였다. 점퍼의 팔 부분도 근육으로 꽉 차 찢어질 듯했다. 목에는 퍼런 힘줄이 불툭 튀어나와 있었으며 각이 진 턱은 강인해 보였다. 위압감에 종현은 자기도 모르게 움츠러들었다. 남자가 주머니 안에 손을 집어넣었다. 종현은 침을 꿀꺽 삼켰다. 이런 사람이라면 둘 중 하나다. 형사거나 깡패.

남자가 주머니에서 꺼낸 것은 형사 신분증이었다. 다행이라고 해야 할지 말아야 할지 알 수 없었다.

"유종현 씨? 은파 경찰서 기연도 형사입니다. 잠깐 서까지 같이 가 주셔야겠습니다."

올 것이 왔다, 라고 종현은 생각했다. 결국 유괴한 범인이 현아라는 것을 알아챈 것이다. 그래서 그 남편인 자신을 찾아온 것이었다. 그렇게 생각하면서도 종현은 아무것도 모른다는 듯 물었다.

"무슨 일이시죠?"

기연도 형사가 물었다.

"아내 되시는 분이 차현아 씨 맞으시죠?"

종현은 천천히 고개를 끄덕였다.

"차현아 씨는 지금 박아영 어린이 유괴 사건의 용의자로 수배 중입니다. 남편이신 유종현 씨께 확인해야 할 것이 있습니다. 서로 같이 가 주시죠."

말은 아주 공손했다. 하지만 주변을 둘러보는 시선은 난폭했다. 기연도 형사는 모텔 뒷마당을 시선으로 쓱 훑어보고는 종현을 똑바로 응시하며 말했다.

"유종현 씨가 여기서 뭘 하고 계셨는지도 설명해 주셔야 할 겁니다."

종현이 멍하니 서 있는 사이 두 명의 형사가 종현의 옆에 바짝 붙어섰다. 종현은 마치 자신이 이 유괴 사건의 용의자라도 된 기분이었다. 두려움이 엄습했다. 경찰서에 가면 어떻게 될지 알 수 없었다. 그리고 어디까지 말해야 할지도 가늠되지 않았다. 아는 대로 모든 것을 말하면 좋을까? 구남에 대해 말해도 좋을까? 종현은 다급히 주변을 두리번거렸다. 그때 고무 대야를 살짝 들어 그 밑으로 밖을 내다보고 있는 구남의 눈과 순간 마주쳤다.

이제 어쩌면 좋지? 하고 눈짓으로 싸인을 보내려 하는 순간 고무 대야가 바닥으로 가라앉았다. 다시 구남이 몸을 숨겨 버린 것이다. 종현과 조금도 엮이지 않겠다는 단호한 거절이었다.

종현이 왜 망연자실해졌는지 모르는 형사들은 그의 걸음을 재촉했다. 종현이 힘 빠진 걸음으로 털레털레 그들과 함께 뒷마당에서 걸어 나갔다. 기연도 형사는 마지막까지 뒷마당 주변을 훑어보는 것을 잊지 않았다. 누군가 더 숨어 있을 가능성을 생각하는 것은 아니었다. 종현이 여기서 뭘 했는지가 궁금한 것이었다.

그들이 사라지고, 뒷마당에는 정적이 감돌았다. 그러나 구남은 한참이나 더 몸을 숨기고 있었다. 종현이 갑자기 마음을 바꿔 객기로라도 자신의 존재를 경찰에 알릴지 몰랐기 때문이었다. 숨이 막힐 만큼 지루하고 긴, 다리가 저릴 정도의 5분을 보내고 나서야 구남은 고무 대야를 들고 천천히 안에서 기어 나왔다. 그는 발소리를 죽인 채로 모텔 옆으로 난 골목 쪽으로 다가가 목을 길게 빼고 바깥을 보았다. 정말로 형사들이 전부 간 것인지를 확인하는 것이었다. 다른 움직임은 보이지 않았다. 그는 깊은 한숨을 내쉬곤, 아주 잠시 종현에 대해 생각한 후 자신의 머리를 벅벅 긁었다.

17

종현은 조사실에 덩그러니 앉아 있었다. 조사실은 생각보다 좁았다. 철제 책상 하나가 놓여 있을 뿐이었고, 책상을 사이에 두고 의자가 두 개 있을 뿐 별다른 물건은 없었다. 이렇게 좁고 살풍경한 곳에서 조사를 받는다면 눈을 돌리지도 못할 것 같았다. 할 수 있는 건 오로지 책상 맞은편의 형사를 보는 것뿐. 그래서 이렇게 좁게 만든 것인지도 몰랐다. 다행인 것은 드라마에서 보던 것과는 다르게 조사실 안이 훤하다는 사실이었다. 드라마에서는 불을 끈 어두운 공간에 형광 램프 하나 달랑 켜 놓던데, 여기는 그러지 않았다. 바깥에서 지체 높은 형사가 지켜보고 있을 것만 같은 매지미러도 보이지 않았다. 그래도 기본적으로 종현의 마음에는 두려움이 깔려 있었다. 그는 차라리 형사가 얼른 들어오길 바라며 목을 움츠렸다.

문득 몸을 숨기던 구남이 떠올랐다.

"개자식."

자기도 모르게 욕지거리가 나왔다. 형사가 온 것을 눈치챘으면 같이 숨지는 못할망정 자기 혼자 살겠다고 게딱지 뒤집어쓰듯 고무 대야 밑으로 들어가다니. 종현은 여차하면 구남의 이름을 반드시 터뜨리겠다고 다짐했다.

얼마 전 엉망으로 취하던 밤, 자신을 업고 집에 돌아와서도 구남이 양말을 벗기고 옷을 갈아입혀 줬던 것을 종현은 알고 있었다. 그날 이후 구남에게 마음이 조금 열렸다. 그것이 실수였다는 것을 지금에서야 깨달았다. 고구남이라는 작자는 현아를 잡아 돈을 돌려받고 싶은 사람일 뿐인 것이다.

그런 생각에 젖어 있을 때 조사실의 문이 열리고 한 남자가 들어왔다. 정장 셔츠를 입고 있지만 겉에는 점퍼를 걸쳐 활동적인 느낌을 주었다. 40대 초반 정도로 보였고, 머리가 단정하고 잘생긴 축에 속하는 얼굴이었다. 남자는 자신을 서태주 형사라고 소개했다.

서태주가 종현의 맞은편 자리에 앉았다. 종현은 어찌할 바를 모르다가 엉거주춤 일어나 묵례를 하며 인사를 했다. 그러고는 털썩 주저앉아 자기도 모르게 마른침을 꼴깍 삼켰다. 자리에 앉은 서태주가 종현을 뚫어지게 응시했다. 그 곧은 시선에 종현은 어쩔 줄 몰랐다. 그는 종현의 모든 것을 이미 파악하고 있다고 말하는 듯 보였다. 그가 자신을 응시하는 시간이 길어질수록 종현은 심장이 졸아붙는 것만 같았다. 종현의 심경 변화를 읽고 기회를 잡았다는 걸까. 서태주가 그제야 입을 열었다.

"차현아 씨, 어디 있습니까?"

"저, 그게 형사님, 저도 그걸 잘 모르겠습니다."

상당히 비굴한 목소리였다. 하지만 저도 모릅니다, 라고 단호하게 이야기했다가는 진짜로 의심을 살 것 같다는 생각이 들었다. 진정성을 드러내기 위해 최대한 불쌍한 표정으로 이야기해야 했다.

"아내가 어디 있는지 모른다. 그걸 믿으라고 하시는 말씀입니까?"

"진짭니다, 형사님. 저도 몰라요."

쾅!

서태주가 책상을 내리쳤다. 종현이 움찔하며 상체를 뒤로 물렸다. 그의 앞에서 지금 종현은 파르르 떨고 있는 생쥐에 불과했다.

"다른 것도 아닌 유괴 사건입니다. 여섯 살짜리 아동을 납치해서 돈을 요구했어요. 지금 아이의 엄마는 초주검 상태입니다. 뭔가 아는 것이 있으면 절대 감춰서는 안 됩니다."

"전 정말 아는 게 아무것도 없어요. 저도 피해자예요."

종현은 하나도 감추고 싶은 게 없었다. 차라리 이제는 모든 걸말할 수 있다는 사실이 기뻤다. 현아가 자신에게 속인 것들과 집문제까지, 한번 입을 여니 댐이 터지듯 쏟아졌다. 부모님도 모두가짜였다는 사실을 얼마 전에야 알았고, 현아가 자신의 보험금을노리고 이상한 약까지 비타민이라고 속이고 먹여 부작용에 시달리고 있다는 사실도 감추지 않았다.

"부작용이요? 괜찮으신 겁니까?"

"뭐…… 괜찮은 건 아니지만. 겉으로는 일단 멀쩡하긴 한데."

때려죽여도 발기 부전이라고 말하지는 못할 것 같았다.

"모텔에는 무슨 일로 갔습니까?"

"제가 거기에 간지 어떻게 아셨어요?"

서태주의 표정이 눈에 띄게 굳었다. 지금 물을 수 있는 것은 종현이 아니라 서태주 자신뿐이라고 말하는 것 같았다. 하지만 짧은 한숨을 내쉬고 서태주가 대답했다.

"차현아 씨 존재가 확인된 뒤, 남편분께 접촉이 있을 걸로 예상됐습니다. 그래서 유종현 씨에게 수사관을 붙였고요. 그러면서 그동안 유종현 씨가 몇 번이나 모텔을 찾아다닌 것을 알게 되었습니다. 숙박은 하지 않고 말이죠. 이유가 뭡니까?"

종현은 서태주의 날카로운 눈빛을 보며 섣불리 거짓말하는 것은 좋지 않을 거라고 판단했다. 어차피 서태주는 지금 말한 것보다 더 많은 것을 알고 있는지도 몰랐다.

"모든 것이 다 가짜였다는 것과 절 이렇게 만든 것까지 알게 되어서 너무 분했습니다."

"이렇게요?"

"아. 저기 부작용…… 말하기 힘든……. 아무튼 그래서 어떻게든 찾아내려고 했고, 갈 데도 마땅치 않을 테니 모텔로 갔을 거라 생각하고 무작정 찾아다닌 것입니다."

"왜 경찰에 제보하지 않으셨습니까?"

"사실은……. 아내가 궁지에 몰리면 어떻게 할지 모른다는 생각에……."

"유괴된 아이의 부모 심정은 생각하지 않았어요?"

서태주의 말에는 명백한 비난이 담겨 있었다. 종현은 고개를 숙였다.

"정말 잘못했습니다. 한순간에 잘못 판단했습니다. 어떤 벌이 든 달게 받겠습니다."

서태주에게 종현의 말은 거짓으로 들리지 않았다. 진심으로 괴로워하는 듯했다. 어차피 범죄를 저지른 가족을 숨겨 준 것은 법적으로 처벌되지는 않는다. 다만 서태주는 이 자리에서 그 이야기는 하지 않기로 했다. 진심으로 괴로워한다면 그게 벌이 될 거라고 생각했다. 그리고 그 죄책감은 수사에 도움이 된다.

"동행인이 있었다는데요? 그 사람은 누굽니까?"

종현은 마른침을 삼켰다. 모텔 뒷마당에서 경찰들이 들이닥쳤을 때 몸을 숨기던 구남을 떠올렸다. 얄밉기는 하지만 구남의 행태를 보면 그의 삶이 결코 형사 앞에서 떳떳할 것 같지는 않았다. 현아가 가지고 갔다는 돈도 경찰에 알려서는 안 된다고 했잖은가. 자신을 내버려 둔 것은 화가 나지만 혼자 숨은 것은 그렇게 생각하면 이해가 가기도 했다. 어쩐지 구남의 정체를 입에 올리는 것이 꺼려졌다.

"친구……."

"친구요?"

서태주가 몸을 앞으로 내밀며 물었다. 그 기세에 종현은 눌릴 것 같았다.

"친구 같은……."

"같은?"

서태주가 인상을 썼다. 종현이 말했다.

"친구 같은…… 지인."

당연히 믿는 얼굴은 아니다. 쓰읍, 소리가 날 것처럼 서태주가 노려보자 종현은 더듬더듬 둘러대었다.

"그냥 아는 사람인데, 혼자 모텔을 다니기가 껄끄러워서 같이 다닌 것뿐이에요."

이 지경까지 왔는데 왜 구남의 존재를 숨겨 주는지, 종현은 스스로도 알지 못했다. 서태주는 고개를 갸웃거리기는 했지만 다행히 더 이상 파고들려고 하지 않았다. 종현은 나지막이 한숨을 흘렸다. 구남의 존재는 그 정도로 넘어갔지만 아직 서태주의 질문은 끝나지 않았다.

"그런데 왜 신고는 하지 않으셨습니까? 보험금을 타내기 위해 약을 먹인 것도, 사기 결혼도, 집을 자가라고 속여 놓고 월세로 있는 것도 다 범죄이고 고소 가능한 것들인데, 왜 경찰에 신고하지 않으셨습니까?"

그 질문에 종현은 얼른 대답하지 못했다. 바짝 마른 입안이 타들어 가는 것 같았다. 자기도 모르게 아랫입술을 잘근 깨물었다. 그 모습을 보는 서태주의 얼굴에 의혹의 그림자가 점점 진해져 갔다. 눈동자에 서슬 퍼런 빛이 스치는 것을 종현은 알지 못했다.

"아내분이 유괴를 벌인 사실을 이미 알고 있었죠?"

종현은 심장이 떨어지는 충격을 느꼈다. 숙이고 있던 머리를 용수철이 튀어 오르는 것처럼 퍼뜩 들었다.

"처음부터 알고 있었던 건 아닙니다!"

"어쨌든 알고 있었다는 거군요."

종현의 입이 꾹 다물렸다. 서태주는 그런 종현을 지그시 노려보았다. 서태주는 종현의 입장에서 생각해 보았다. 처음부터 아내가 유괴범인 걸 알았던 게 아니라는 것은 아내가 사라진 이후와 모텔을 돌아다니기 이전 사이에 알았다는 것이다. 어떻게 알았을까? 당연히 용의자를 찾는 TV 뉴스를 본 것이다. 아내가 사라져 망연자실해 있던 도중 그는 TV에 나오는 유괴범이 아내인 것을 알아봤을 것이다. 그래서 모텔을 전전하며 아내를 찾으려 한 것이다. 그렇다 해도 궁금증은 남는다. 유종현의 행각은 일반적인 태도가 아니었다. 자신을 속이고 이용한 아내에 대해 분노해 있거나 실망한 남자라면, 유괴라는 엄청난 범죄 사실을 알았을 때, 경찰에 신고해 어떻게든 체포되도록 해야 했다. 그렇게 아내에 대한 분노와 억울함을 삭이는 것이 일반적인 남자의 반응이 아닐까. 하지만 유종현은 그러지 않았다. 혼자서 아내를 찾아다녔다. 경찰에 신고하지도 않고. 어째서일까. 단순히 아내를 너무 사랑해서?

그것은 아니라고, 서태주는 생각했다. 자신이 본 유종현은 사랑을 내세워 범죄를 감추는 맹목적인 사람으로는 생각되지 않았다. 그렇다면 왜……. 고심하던 서태주의 머릿속에 잠시 잊고 있었던 사실이 하나의 장면과 함께 떠올랐다. 카페에서 찍힌 차현아의 CCTV 영상. 그 영상 속 차현아의 불룩한 배. 그것을 떠올리자 서태주의 얼굴이 무섭게 일그러졌다.

"혹시 차현아 씨의 임신 사실을 알고 있었습니까?"

종현은 고개를 푹 숙였다. 긍정의 뜻이다.

"설마 아이 때문에 차현아 씨를 먼저 찾으려고 한 겁니까?"

이번에도 종현은 대답을 하지 못했다. 한층 더 긴장한 얼굴이 하얗게 질려 있었다. 서태주는 그 모습에 거대한 분노가 몸을 휘감는 것을 느꼈다. 소리를 지르지 않기 위해 이를 악물었다.

"경찰도 모르게 차현아 씨를 먼저 찾아서, 그다음엔 어쩌려고 했습니까?"

"……."

"몰래 데려다가 숨겨 놓고 아이를 낳게 하려고 한 겁니까?"

이번에도 종현에게서 대답은 들려오지 않았다.

"애를 낳게 한 다음엔, 그다음엔 어쩌려고 했습니까?"

종현은 허벅지에 올려놓은 손으로 바지를 꾹 움켜쥐었다. 할 말이 없었다. 이제 와 생각해 보면 자신도 어쩌려고 그랬는지 알 수가 없었다. 임신 사실을 안 순간 어쩌면 모든 판단 능력이 사라진 건지도 몰랐다. 배 속의 아이를 지켜야 하지 않겠냐는 구남의 말에 사로잡히고 말았다. 찬물을 뒤집어쓴 것처럼 이제야 정신이 들었다. 종현은 차라리 이렇게 경찰서에 와 있는 것이 다행이라는 생각마저 들었다.

서태주는 분노한 얼굴로 자리를 박차고 일어났다. 그가 앉아 있던 의자가 굴러 벽에 쾅 부딪혔다. 그는 곧장 바깥으로 나가버렸다. 느닷없이 혼자 남은 종현은 당황하여 안절부절못했다. 혼자 남은 조사실 안에서 그는 숨이 쉬어지지 않는 것 같았다. 앞으로 어떻게 되는 건지 어떻게 해야 하는 건지 알 길이 없었다.

다행히 서태주는 오랜 시간이 지나지 않아 돌아왔다. 그는 탁,

소리가 나게 테이블에 뭔가를 내려놓았다. 길쭉하고 네모난 기계에 달린 버튼을 서태주가 눌렀다.

〔여보세요?〕

녹음기인 모양이었다. 처음 들어 보는 목소리였지만 상당히 다급하게 들렸다. 종현은 긴장하며 녹음기를 내려다보았다. 서태주는 종현을 쳐다보지 않았다. 굳이 서태주의 설명이 있지 않아도 이것이 무엇인지를 종현은 알 것 같았다.

이어서 변조된 목소리가 들려왔다.

〔아이는 잘 있으니 걱정하지 마.〕

이어 낄낄거리는 웃음이 들려왔다. 소름이 돋았다. 이것은 실종 아동의 집에 전화를 건 유괴범의 협박 전화였다. 변조되어 있지만 분명 이 협박을 하는 것은 아내 현아일 것이었다. 자신을 향해 웃던 아내, 늘 위로해 주던 아내, 깨끗하게 정리했다며 뿌듯한 얼굴로 냉장고를 열던 아내. 자신이 알던 아내에게서는 알지 못했던 냉혈한의 목소리였다.

실종 아동의 엄마로 보이는 여자의 목소리는 더욱 절박해졌다.

〔제발 아이만 돌려주세요. 제발요.〕

그녀는 울부짖고, 사정하고, 급기야는 빌기까지 했다. 그런 처절한 비굴함에도 아랑곳없이 협박범은 아이를 바꿔 주지 않았다.

'이미 바꿔 줄 수 없는 거겠지.'

종현은 자신이 생각한 것임에도 흠칫 놀랐다. 구남에게 아내가 그럴 리가 없다며 죽이는 짓까지는 안 했을 거라고 항변하던 것은 불과 몇 시간 전의 일이었다. 그런데 협박범의 전화 앞에서는 그런 생각이 조금도 들지 않았다. 종현은 깨달았다. 지금까지는 TV 속 용의자와 사라진 아내를 자기도 모르게 분리해서 생각했다는 것을 말이다. 하지만 이제 이런 끔찍한 전화를 들으니 새삼 피부에 와닿았다. 아내가 어떤 사람인지, 그리고 자신이 무슨 짓을 했는지.

종현의 표정 변화를 보던 서태주가 냉정한 얼굴로 녹음기를 껐다.

"유종현 씨가 무슨 일을 하려던 건지 아시겠습니까?"

종현은 고개를 들 수 없었다.

"죄송합니다. 정말 죄송합니다."

서태주는 그런 종현을 물끄러미 보다가 일어섰다. 그리고는 벽에 붙어 있는 인터폰을 들었다.

"들어와."

얼마 지나지 않아 다른 형사 하나가 들어왔다. 서태주보다는 젊은 형사였고, 서태주를 향해 고개를 숙이는 걸로 봐서 그보다 아래 직급의 형사라는 것을 알 수 있었다. 그는 지금까지 종현이 진술한 내용이 담긴 USB를 건넸다.

"진술이 맞는지 확인해."

차현아가 사라졌을 때 실종 신고를 했다가 받아들여지지 않았다는 것과 경제적 문제, 그리고 종현의 진료 기록들이 다시 확인될 것이었다. 사실 서태주는 종현과 몇 시간 대화를 나눈 것만으로 그가 차현아의 공범은 아닐 거라고 생각하고 있었다. 하지만 진술에 거짓이 있을지도 모르는 가능성을 확실히 배제하기 위함이었다.

"그리고 유종현 씨 통화 기록 확인해."

길게 말하지 않아도 차현아와 연락을 하고 있었던 것은 아닌지 확인하려는 의도라는 것을 종현도 알 수 있었다.

"네."

USB를 건네받은 형사가 나갔다. 종현은 바짝 마른 입술을 한 번 핥고는 조심히 입을 열었다.

"제가 지금까지 말한 건 모두 사실이에요. 믿어 주세요."

"그건 확인하면 알게 될 일이죠."

서태주는 아주 냉정한 얼굴이었다.

그는 반대편 벽에 걸린 시계를 올려다본 후 책상 위에 늘어져 있던 자신의 물건들을 챙기기 시작했다.

"잠시 쉬시죠."

서태주는 짧게 이야기 한 후 자리에서 일어나 바깥으로 나갔다.

혼자 남은 종현은 살풍경한 조사실을 새삼 둘러보았다. 고개를 들자 천정에 둥근 모양의 CCTV가 붙어 있는 것이 보였다. 쉴 새 없이 자신을 계속 감시하고 있을 터였다.

종현은 한숨을 푹 내쉬었다. 동시에 어쩌다 자신이 이런 처지가 되었는지 새삼 회한이 몰려왔다. 생각은 점점 시간을 거슬러 올라갔다. 그리고 그 처음을 찾아냈다. 이 모든 것은 느닷없이 찾아온 구남으로부터 시작했다. 그 이전까지의 자신은 그저 갑자기 아내를 잃어버린 비운의 남자일 뿐이었다.

'아냐.'

종현은 고개를 저었다. 구남에게로 향한 것은 괜한 남 탓일 뿐이었다. 구남이 아니더라도 사라진 현아가 벌인 일들은 언제고 터질 일이었다.

유괴범의 남편이니 당연히 지금처럼 조사도 받았을 것이다. 다만 구남의 말에 설득되어 몰래 모텔을 뒤져 가며 찾아다니다가 의심받을 일은 없었겠지. 몰래 아내를 찾다 자신의 아이만 빼내려던 나쁜 마음을 먹지 않았을 테고, 유괴된 아이는 상관도 하지 않는 파렴치한 놈이 되지도 않았을 것이다. 종현은 유괴된 아이와 조금 전 들은 피해자 엄마의 목소리를 떠올리며 마음을 짓누르는 무게에 고개를 저었다.

'어?'

종현의 생각이 문득 예상치 못한 어딘가에 가닿았다.

구남은 종현이 먹던 약이 무엇인지 알고 있었다. 그리고 자신의 아랫도리로 향하던 고구남의 시선. 그는 그 약의 부작용이 뭔지 알고 있었던 것이다. 그리고 현아가 집을 매매라고 속이고 그 돈을 빼돌린 것과 종현이 재산이라곤 한 푼도 없는 거지가 되어 있을 거라는 것도 고구남은 알고 있었다. 그때 종현의 머릿속에 의혹이 일기 시작했다. 그가 생각해도 너무 늦게 든 의혹이다.

단순히 돈을 빌리려는 여자가 사채업자에게 그런 이야기까지 전부 하는 게 정상적인 상황인가?

종현은 벌떡 일어났다. 그리고는 CCTV 카메라를 향해 손을 마구 휘저었다.

"서 형사님!"

종현은 목소리를 높여 소리를 질렀다. 아까 서태주가 사용했던 인터폰의 수화기까지 집어 들고 서태주를 찾기 시작했다.

18

비밀번호를 미리 슬쩍 봐 두기를 잘했다. 구남은 비어 있는 종현의 집 문을 열며 생각했다. 비밀번호 잠금장치가 풀리는 소리와 함께 구남은 황급히 집 안으로 들어갔다. 어쩌면 종현이 벌써 경찰에 입을 열어 자신이 쫓기고 있을지도 모른다는 생각이었다. 정체 모를 의리로 종현이 구남에 대해 아직 말하지 않았다는 것을, 그러나 지금부터 말하려고 한다는 것을 구남은 꿈에도 생각지 못하고 있었다.

그는 거실로 올라서자마자 바닥에 널브러져 있는 자신의 짐을 챙기기 시작했다. 신세 한탄은 빠지지 않았다.

"그년 좀 잡아 볼까 하다가 괜히 큰일 나겠어. 잡든지 말든지 일단 벗어나는 게 상책이야. 그 뒤는 어떻게 되겠지."

물론 종현의 존재가 마음에 전혀 걸리지 않는 것은 아니다. 하지만 조사를 통해 구체적인 혐의점이 없는 게 밝혀지면 금방 나올 것이다. 그 전에 사라지는 것이 상책이다. 형사가 자신의 존재에 대해 알기 전에. 구남은 본능적으로 종현이 자신에 대해 함구해 줄 거라고는 믿고 있지 않았다.

가방에 대충 짐을 쑤셔 넣은 구남이 벌떡 일어섰다. 한시가 급하다. 그런데 현관문 쪽으로 향하던 그의 발이 우뚝 멈춰 섰다. 돌연 얼굴이 구겨졌다.

"씨발."

낮게 욕을 내뱉은 구남은 다시 뒤를 돌아 안방으로 쑥 들어갔다. 그는 거친 손길로 종현의 붙박이장 문을 전부 열어젖혔다. 그리고는 넥타이며 겨울용 목도리 같은 것들을 모두 꺼내 바닥에 던졌다. 그는 주변을 둘러보다 안방을 나와 주방으로 들어갔다. 그리고는 싱크대의 문을 전부 열어 종량제 봉투를 찾아내었다. 다음으로 그의 시선이 향한 것은 싱크대 선반에 놓여 있던 약통이었다. 현아가 종현에게 먹였다던 그 약이었다. 구남은 그것들을 모두 종량제 봉투 안에 쓸어 넣고는 안방으로 들어갔다. 방바닥에 널브러져 있던 목도리와 넥타이들 역시 모두 종량제 봉투 안에 쑤셔 넣었다. 거의 절반이 찼다.

이 정도면 됐다 싶은 얼굴로 구남이 쓰레기봉투를 들고 거실을 가로질렀다. 그는 신발을 대충 구겨 신고 황급히 현관문을 열었다.

"어머, 씨발 깜짝이야. 개새끼야!"

현관문 앞에는 종현이 떡하니 서 있었다. 경박스럽게 놀라는 구남과는 달리 종현의 표정엔 변화가 없었다.

"버, 벌써 조사가 끝났어?"

"왜? 조사가 일찍 끝나서 아쉬워?"

아무 감정 없는 어조로 종현이 되물었다. 구남은 왠지 척추 위로 땀이 흐르는 것 같았다.

"그럴 리가 있겠냐."

구남은 웃었지만, 아주 어색하다는 것은 스스로도 인지하고 있었다. 여전히 굳은 표정인 종현은 구남을 따라 웃지 않았다. 그런 종현의 시선이 쓰윽, 구남이 들고 있는 쓰레기봉투와 짐 쪽으로 옮겨갔다.

"어디 가?"

구남이 반사적으로 쓰레기봉투를 뒤로 감췄다.

"지, 집에 쓰레기가 많아서 좀 버리려고 하지."

당연히 거짓말이다. 그리고 그걸 종현은 알 것이다. 쓰레기라고 하기엔 옅게 불투명한 종량제 봉투가 안쪽에 담긴 것을 그대로 내보이고 있었다. 거짓말은 통하지 않을 것이다.

"쓰레기치고는 너무 내가 쓰는 물건인데?"

구남은 굳은 얼굴로 하하 웃었다.

"봤어?"

***

잠시 뒤, 두 사람은 소파에 마주 앉아 있었다. 소파 앞 테이블에는 구남의 짐과 쓰레기봉투가 올려져 있었다. 쓰레기봉투는 이미 입구가 벌어져 있었다. 종현이 열어본 뒤 뒤집어 쏟아버리려다 만 것이었다. 종현은 팔짱을 낀 채 여전히 아무런 감정이 없는 얼굴로 소파에 기대어 앉아 있었고, 구남은 두 손을 맞대고 비비다가 바깥도 보았다가 영 좌불안석이었다. 차라리 뭐라도 말을 해 주는 것이 나을 것 같았다. 구남은 종현이 지금 꾹 누르고 있는 화가 자신을 버리고 혼자 숨었기 때문인지, 아니면 종현이 조사받는 사이 집을 나가려 했기 때문인지, 아니면 둘 다인지 알 수 없었다. 내심 가능성 높은 것은 세 번째라는 것을 짐작하고 있지만.

침묵을 깨는 마찰음이 들려왔다. 바깥에서 끼익, 하고 오토바이를 세우는 소리가 났다. 이 시간대에 아파트 안에는 이런 소리가 많이 들린다. 식사를 배달시키는 사람들이 많아서다. 오토바이를 세우는 소리가 나자 구남이 벌떡 일어나 현관 쪽으로 성큼 걸었다. 종현이 쳐다보지도 않은 채 말했다.

"앉아."

"아 참, 나 짜장면 안 시켰지."

구남이 어색하게 웃으며 돌아와 뒷머리를 긁적이며 소파에 얌전히 앉았다. 매번 쩍 벌리고 앉던 두 다리가 얌전히 붙었다. 그리고 그뿐, 다시 침묵이 거실의 공기를 눌렀다. 째깍거리는 초침 소리만 컸다. 구남은 차라리 종현이 비난이나 욕이라도 하길 바랐다. 매는 빨리 맞는 게 낫다고도 하지 않았는가. 구남의 그런 바람은 얼마 지나지 않아 이뤄졌다.

"집 나가려고 했냐?"

구남은 펄쩍 뛰었다.

"네가 잡혀갔는데 내가 설마 그런 생각을 했겠어? 돌아와 보니 집이 너무 엉망이라서 정리 좀 하다가, 쓰레기가 많아서 그걸 좀 버리려고……."

"아까 얘기했잖아. 내 물건이 쓰레기로는 안 보여."

구남은 뭔가 다시 얘기하려다가 입을 다물었다. 이 상황에서 더 변명하려고 해봤자 통하지도 않을뿐더러 추접스럽기만 할 터였다. 그는 처분만 기다리겠다는 듯 입을 다문 채 종현의 시선을 피했다.

종현은 물끄러미 쓰레기봉투 안에 든 자신의 물건들을 응시했다. 넥타이, 허리띠, 목도리. 전부 끈으로 쓸 수 있는 것들이다.

"네가 나가고 나면 내가 다시 자살할까 봐 걱정됐냐?"

구남은 대답하지 않았고, 그것이 대답이 되었다.

종현이 자신의 안주머니에서 지갑을 꺼내었다. 눈을 돌리고 있던 구남은 슬쩍 종현이 하는 행동을 살폈다. 무슨 생각을 하는지는 모르겠으나 지갑 안에서 뭔가를 꺼내 구남에게 보라는 듯 테이블 위에 놓았다. 구남은 몸을 반쯤 튼 자세로 앉아 시선만 내려 그것을 보았다. 사진이었다. 사진 속에는 대여섯 살쯤 되어 보이는 어린 여자아이가 빨간 장미꽃 앞에서 말간 웃음을 짓고 있었다. 근 몇 년간 웃어 본 적이 언제인지 기억도 나지 않는 구남마저도 따라 웃고 싶은 웃음이었다.

"아역 탤런트야?"

종현이 피식 웃었다.

"너무 예쁘지? 얘가 아영이야."

"아영이가 누구……."

물으려던 구남의 입이 꾹 다물렸다. 이 사진 속 아이가 누구인지 알아챈 것이다. 실종된 어린이였다. 차현아가 데리고 간, 이미

180

이 세상 사람이 아닐지도 모르는, 아니 아마 90퍼센트 이상의 확률로 이미 죽었을 아이. 구남은 뉴스에서 아이의 사진을 본 적은 있지만 이렇게 가까이 보니 뭔가 다른 느낌으로 다가왔다. 뉴스에서 본 사진은 초등학교 입학 때 찍은 것으로 보이는 반명함판 사진이었다. 이렇게 보니 한참 웃고, 뛰어놀고, 모든 것을 신기해할 예쁘고 예쁘기만 한 어린이라는 것이 피부에 와닿았다. 난 살아 있었어요. 난 사람이에요. 라고 하는 느낌. 자신이 그동안 단순한 하나의 사건 그 자체로만 여겨 왔다는 것을 구남은 깨달았다.

하지만 그런 감정을 내비치지 않으려 구남은 말을 돌렸다.

"이걸 왜 나한테 보여 줘."

종현은 낮은 한숨과 함께 소파에 기댔던 상체를 일으켰다. 그는 표정과 행동에 슬픔과 구남에 대한 실망을 한껏 드러냈다. 사실 종현은 이 사진을 서태주에게 빌려 달라고 사정해서 가지고 왔다. 구남의 죄책감을 건드릴 수 있다는 생각이 들었다. 만약 구남이 현아에 대해 자신 모르게 아는 것이 있다면 입을 열어 주기를 기대했다.

"난 이 사진을 보고 정신을 차렸어. 처음부터 내 생각이 잘못됐던 거야."

구남이 둥그레진 눈으로 종현을 보았다.

"이 아이와 이 아이의 부모는 생각지도 않고 나만 생각한 거야."

슬픔이 가득한 목소리에 구남의 가슴속에 불안감이 일렁였다.

"너, 너도 아버지니까 그런 거겠지. 네 아이를 구하려고 그런 거잖아. 너도 어쩔 수 없지 않았냐. 그러니까 그런 생각 말고……."

구남의 말을 자르듯 종현이 고개를 내저었다.

"아이의 아버지가 되었으니 더 그러지 말았어야 했어. 아이를 잃은 부모의 심정을 나 몰라라 한 거야. 난 아버지 될 자격도 없어."

구남을 구슬리기 위해 하는 거짓말은 아니었다. 유괴범의 정체가 차현아라는 것을 알았을 때 경찰에 신고하지 않고, 만약 경찰보다 차현아를 먼저 찾으면 대체 어쩌려고 했냐고 서태주가 물었다. 그때 종현은 정신이 번쩍 들 만큼 충격을 받았다. 그런 종현을 보며 서태주는 몹시 경멸 어린 시선으로 종현에게 말했다. 아이만 낳게 해서 아이를 뺏고 교도소에 보내려고 했던 거냐고. 종현은 괴로웠다. 무의식중에 종현은 아주 철저히 자신만 생각했던 것이었다. 자신은 피해자니까, 그 여자는 아주 나쁜 여자이니까 그래도 된다고 생각했을는지도 모른다. 아니 그랬을 것이다. 그때의 자신은 유괴당한 아이나 그 부모, 차현아를 잡기 위해 고생하는 경찰들에 대한 생각은 조금도 하지 않았다. 자신의 아이만 무사히 손에 들어오면 된다고 생각했던 것이다. 자신은 피해자니까.

종현은 구남에게 서태주에게 들었던 이야기와 자신이 느꼈던 감정에 대해 그대로 이야기했다.

거기까지 말했을 때, 구남의 얼굴이 불쾌감으로 일그러졌다.

"그래서 뭐 어쩌자고? 어쩌자고 나한테 그런 얘길 하는데?"

종현은 침착했다.

"난 이제 경찰에 모든 협조를 다할 거야. 이미 늦었는지도 모르지만, 그것만이 되돌릴 수 있는 길이야."

"그렇게 결정했으면 알아서 하면 되지 왜 나한테 그런 말을 해?"

종현은 구남을 빤히 응시했다. 잠깐의 침묵이 흘렀다. 구남은 시선을 피하지 않았다. 이내 종현이 입을 열었다.

"니가 알고 있는 모든 걸 말해. 넌 대체 뭘 알고 있는 거야?"

예상치 못했던 말이었던 모양이다. 구남은 눈을 휘둥그렇게 뜨며 자리에서 일어섰다.

"무슨 소리를 하는지 모르겠네."

"앉아."

경고하듯 낮은 음성으로 종현이 말했다. 구남은 그를 노려보다, 할 수 없이 도로 자리에 앉았다. 하지만 구남의 얼굴은 어느새 무섭게 변해 있었다.

"내가 뭘 안다는 거야?"

종현은 물러서지 않았다.

"너와 현아의 관계가 단순한 채무 관계가 아닐 거라는 게 내 생각이야."

"웃기고 있네."

"네가 이 집에 처음 들어온 날 넌 내가 먹던 약에 대해 이미 알고 있었어. 그 부작용이 발기 부전이라는 것도. 그리고 현아가 나한테 모든 걸 속이고 재정적으로 문제를 일으킨 사실, 집이 월세라는 것까지 알고 있었지. 단순히 돈을 빌리려는 사람이 그런 것까지 얘기한다고?"

구남의 표정에는 변화가 없었다. 어쩌면 변화를 일으키지 않으려 애쓰는 것인지도 몰랐다.

"그래서?"

종현은 의문이 들었다고 말했다.

"CCTV 영상만 보고도 아이를 유괴한 사람이 현아인 건 어떻게 알았어?"

구남은 흐릿하게 찍힌 CCTV 영상 속 인물이 현아인 것도 단박에 알아채고 종현에게 알렸다. 그때는 아주 자연스럽게 받아들였는데 의혹을 품고 거꾸로 되짚어 보면 이상한 일이었다.

정확히 어떤 일을 하는지 모르지만 현아의 부모는 상당한 재벌가였다. 뉴스에 관심이 없을 리가 없었다. 그걸 보고도 자신의 자식인 것도 그들은 몰랐다. 자신은 현아를 사랑하는, 누구보다 잘 아는 사람이기에 가능했다. 아니 그렇다고 생각했다. 그런데 다시 되짚어 생각해 보면 구남이 현아라고 하지 않았어도 알아볼 수 있었을까 하는 의문이 들었다. 현아가 애초에 유괴를 할 수 있는 사람이라고 생각하지 않기 때문에 더했을 것이다. 그럼 구남은 어떻게 알아봤을까? 백번 양보해 사람을 잘 알아보는 예민한 사람이라도 한다 해도, '현아가 유괴를 벌일만한 사람이다'라는 사실을 알고 있다는 점 위에서나 가능한 것이 아닐까.

종현은 그런 점들을 차분히 말했다.

"말해. 너 뭐야? 대체 정체가 뭐냐고."

종현의 말투는 낮았지만 분노하고 있었고, 경고하고 있었다. 구남은 당황한 눈빛으로 종현을 응시했다.

그건 우연이었다. 차현아에게 돈을 빌려주고 난 뒤 어느 날, 집에 돌아가던 구남은 어느 놀이터에서 차현아를 발견했다. 아이들

세 명과 함께 소꿉놀이 장난감으로 놀아 주고 있었던 것 같았다. 그 모습을 보는 자신의 입가에는 다정한 미소가 걸렸던 듯도 하다.

"너희들 모르는 언니랑 놀면 안 돼."

가까이 다가가 장난처럼 말했었다.

"모르는 언니 아니에요. 어제도 놀았는데?"

아이들이 해맑게 웃었다. 그때 현아도 웃었다. 그 웃음의 의미를, 웃던 그 순간 눈의 반짝임을 알았어야 했다. 그 꼬맹이의 말이 차현아에게 어떤 영감을 주었는지 깨달았어야 했다. 뉴스를 보고, 그날의 일을 떠올렸었다. 그래서 차현아라는 것도 알았다.

그는 생각에서 빠져나와 어이없다는 듯 웃음을 터뜨렸다.

"도대체 무슨 말을 하는지 모르겠네. 애초에 내가 알기는 뭘 알았겠어. 너 조사받으면서 받은 죄책감을 나한테 덮어씌우려는 것 아니야?"

구남은 오히려 종현을 향해 비아냥거렸다.

"그래, 이제 경찰이 알아서 잡을 것 같으니까 이렇게 나온다 이거지? 좋아. 난 이제 필요 없는 것 같으니 사라져 줄게."

구남은 자리에서 일어섰다. 종현은 따라 일어서지 않았다. 단지 고개만 들고 경고하듯 말했다.

"너에 대해 경찰에 알릴 거야."

구남이 우뚝 섰다. 그는 종현을 노려보았다. 종현도 지지 않고 그 시선을 맞받았다. 두 사람의 시선이 강렬히 공중에서 부딪혔다. 구남은 종현이 제대로 마음을 굳혔다는 것을 느낄 수 있었다. 협박으로도 설득으로도 종현의 마음을 돌릴 수 없다는 걸 예감

했다.

"알고 있는 모든 걸 말해. 경찰에 도움을 주자고."

종현이 다시 한번 말했다. 구남은 아무런 대답을 하지 않았다. 못 박힌 듯 서서 그를 노려보기만 했다. 더 이상 구남을 움직일 수 없다고 생각했는지 종현은 눈을 똑바로 응시하며 휴대폰을 들고 번호를 눌렀다.

"거기 경찰이죠?"

퍽.

순식간에 구남이 종현을 덮쳤다. 휴대폰을 빼앗은 구남은 그대로 바닥에 내리쳤다. 액정 화면에 들어와 있었던 불빛이 사라졌다. 액정에 금이 간 것이 여실히 보였다.

"무슨 짓이……."

종현이 화를 내기도 전에 구남이 그의 멱살을 잡아 올렸다. 그는 이를 갈 듯 말했다.

"원하는 게 뭐야."

"현아를 찾아야 해. 아니 잡아야 해. 그래서 아이를 구해야 해."

"어차피 애는 죽었을 거야!"

구남이 고함을 내질렀다.

"네가 어떻게 알아?"

"알아!"

"어떻게 아냐고! 아직 살아 있을지도 몰라! 임신한 여자가 설마 애를 죽였겠어? 아직 살려뒀을지도 몰라!"

"아니! 이미 죽었어. 어떻게 아냐고? 내가 약을 줬으니까! 사람

죽이는 약을!"

19

뭔가 잘못 들은 게 아닐까. 순간적으로 머리가 멍해졌다. 큰 트럭에 치인 것 같기도 하고 쇠망치에 얻어맞은 것 같기도 했다. 구남이 현아를 찾으러 느닷없이 들이닥쳤을 때보다, 결혼 후 쌓아 올렸던 모든 것이 물거품이었다는 것을 알았을 때보다 충격적인 말이었다.

"뭐?"

종현은 거의 반사적으로 되물었지만 듣지 못한 것이 아니었다. 사람 죽이는 약을 줬다는 구남의 말이 머릿속에서 맴돌고 있다. 단지 현실을 부정하고 싶어서였다.

"들은 대로야."

구남이 나직한 목소리로 말했다. 순간적으로 화가 나서 말한 것이긴 하지만 실수는 아니었다. 이제는 말해야 한다는 걸 구남은 직감적으로 느끼고 있었다. 그동안의 시간 동안 종현을 믿게 된 것도 한몫했다. 그래서 더 자신이 쓰레기처럼 느껴졌다. 지금은 모든 것을 털어놓으면 뭔가 해결책이 나올 것 같은 알 수 없는 믿음마저 느껴지고 있다. 구남은 종현의 멱살을 놓고 소파로 가 털썩 앉았다.

"돈 때문에 만난 거긴 하지만, 어쩌다 보니까 한동안 알고 지냈어."

비를 쫄딱 맞은 차현아를 도와준 일에 대해 구남은 솔직히 털어놓았다. 그리고 그 이후로 아는 오빠 동생 사이처럼 지냈다. 우는 소리를 하며 찾아올 때도 귀찮아하지 않고 받아 주었다. 그것이 전부 거짓말인 줄은 알지 못했다.

"남편한테 하도 맞는다고 해서 줬어, 내가."

그때 보여 줬던 상처와 멍들이 어떻게 해서 생긴 것인지, 아니면 어디서 분장이라도 받고 온 건지 구남으로서도 알 수는 없었다.

"그럼 그 약이……."

"시름시름 앓다가 결국엔 죽는 약이야. 부검으로도 안 나오고. 근데 너한테는 제대로 약이 듣지 않았어. 부작용이 생겼지."

종현은 벌떡 일어나 구남의 멱살을 잡아 올렸다. 그리고 그대로 뒤편 벽에 구남을 밀어붙였다. 퍽, 소리가 났지만 구남은 인상을 찡그리지도 피하려고 하지도 않았다. 구남이 변명처럼 말했다.

"네가 나쁜 놈인 줄 알았어."

"그렇다고 사람 죽이는 약을!"

"걜 남편한테서 벗어나게 해 주고 싶었어. 나도 속은 거야. 지금 생각해 보니 네가 죽기를 바란 게 아니라 네가 죽어서 얻을 보험금을 바란 것 같지만."

마치 전자 제품의 사용법을 설명하는 서비스 기사처럼 말하는 구남의 무심한 얼굴에 종현은 온몸에 소름이 돋았다. 이 사람은 지금 자신이 하는 말이 뭔지 알고 있는 걸까. 사람을 죽이는 일이다. 아무리 나쁜 남편인 줄 알았다손 치더라도, 사람을 죽이는 일이란 말이다.

"근데 생각해 보니까, 그 아이에게도 그 약을 쓰지 않았을까 싶어."

여전히 무덤덤하게 말하는 구남을 보며 종현은 어이가 없어 몸에 힘이 빠졌다. 구남의 멱살을 쥐었던 손을 놓고 그는 바닥에 털썩 주저앉아 버렸다. 현아가 그렇게까지 엄청난 사람인 것은 지금까지도 상상하지 못했다. 이미 너무나 큰 충격을 받았음에도 더 큰 충격을 줄 진실이 숨겨져 있었다는 게 신기할 정도였다. 대체 얼마만큼이나 바닥인 건가, 당신이라는 사람.

"그럼 이제 수배가 내려진 상황에서, 갈 곳 없는 현아가 어떻게 할 것 같아?"

종현이 물었지만 구남은 대답하지 않았다.

"당신은 알 거 아냐. 나보다 더 내 아내를 잘 알잖아?"

구남은 뭔가 말을 하려는 듯 입을 들썩이다가, 머뭇거리며 다시 입을 다물었다. 종현은 그 모습에 벌떡 일어나 테이블에 올려져 있던 아영의 사진을 가져와 구남에게 들이밀었다. 구남이 고개를 돌렸다. 하지만 종현은 집요하게 구남의 눈앞에 사진을 보였다.

"지금 애는……."

종현이 말하는 순간 구남은 포기하듯 한숨과 함께 종현의 손을 밀쳐냈다.

"경찰의 추적이 시작됐고 자기 신분도 들통났다는 걸 차현아도 알 거야. 맹한 애가 아니니까. 이런 상황에서 걔가 선택할 수 있는 건 하나뿐이지."

종현은 계속하라는 듯 구남을 노려보았다.

"신분 세탁하고 국외로 내빼는 방법."

사실 현아는 구남에게 국외로 도피하는 방법에 대해 자주 물어 왔었다. 신분 세탁이나 국외로 나가는 문제는 도피처와 그 루트까지 모두 구남이 가지고 있던 개인 연줄로 가능한 것이었다. 대충 알려 주기는 했지만 차현아가 그 루트를 구남 몰래 이용할 수 있을 리 없다. 밀항은 아무나 이용할 수 있는 방법이 아니다. 그들에게도 정보는 생명과 같기 때문이다. 잘못 비밀이 새어 나갔다가는 구속되는 것은 둘째치고라도 평생의 목숨줄이 사라지는 것과 같다. 게다가 구남은 자신의 뒤통수를 친 현아를 찾을 때부터 인맥을 이용해 이미 그 루트를 다 차단해 놓았다. 현아가 그 루트에 접근하는 즉시 구남의 사람들이 그에게 연락을 취해 올 것이었다.

하지만 그런 사정을 구남은 종현에게 말하지 않았다.

"해외로 도피한다고 했어."

"어떤 식으로? 밀항이야?"

"몰라. 그런 건 잘 얘기하지도 않았고 나도 잘 몰라."

구남은 시선을 밑으로 깔았다. 여차하면 자신이 그 루트를 이용해야 할지도 모른다. 일이 재미없게 돌아가면 언제라도 뒤돌아 도망갈, 무너진 하늘의 솟아날 구멍 정도는 만들어야 한다고 구남은 생각했다.

종현은 구남의 멱살을 다시 한번 쥐어 벽에 밀쳤다.

"그걸 믿으라고?"

구남이 종현의 손을 홱 밀쳤다.

"그럴 거면 왜 물어봤어? 믿지도 않을 걸 왜 자꾸 물어봐? 아주 내 목에 전세를 놨냐? 걸핏하면 멱살질이야?"

"어쨌건!"

종현이 히죽 웃었다.

"돕겠다고 한 거다?"

"내가 언제?"

종현은 다시 아영의 사진을 구남의 눈앞에서 팔랑팔랑 흔들었다.

"뱀 같은 새끼."

그는 나직이 뇌까리고는 다시 종현을 똑바로 응시했다.

"넌 나를 믿냐?"

종현이 눈을 둥그렇게 뜨고는 당연하지 않냐는 듯 대답했다.

"안 믿어."

"근데?"

"대신 날 믿어."

"뭐래."

"네가, 너라는 사람이 그렇게까지 쓰레기는 아닐 거라고 믿는 나 자신을 믿는다고."

"뭐라는 거야."

구남이 멋쩍은 얼굴을 했다. 종현이 어깨를 으쓱했다.

"아직 네가 모든 것을 솔직히 말하고 있지 않다는 걸 알아. 하지만 곧 그것마저도 다 말할 거야. 난 그걸 믿어."

"그렇게 똑똑한 새끼가 왜 차현아한테는 그렇게 속았대?"

혼잣말이었는데 생각보다 너무 큰 목소리로 나왔다. 구남은 아차, 하는 얼굴로 종현의 눈치를 보았다. 종현은 이미 도끼에 정곡이 찍힌 얼굴이었다. 서슬이 퍼렇게 선 종현의 얼굴은 처음 보았다.

"그게 아니고……."

순간 종현이 씨익 웃었다. 제대로 된 웃음이면 좋았을 테지만 그렇지 않았다. 입은 웃는데 눈이 웃지 않았다. 누군가가 에어컨을 튼 것처럼 피부에 서늘한 기운이 닿았다. 종현이 말했다.

"참 당당하네. 언제까지 당당한가 볼까?"

무슨 뜻이지? 구남이 생각하기도 전에 초인종이 울렸다. 인터폰 화면에 누군가가 보였다. 공동 현관에서 벨을 누른 모양이었다. 누가 올 거라는 걸 예상했다는 듯 종현이 여유롭게 그쪽으로 다가갔다. 구남이 물었다.

"짜장면 시켰냐?"

"짜장면 같은 소리 하네."

종현은 버튼을 눌러 공동 현관문을 열어 주었다. 구남은 재차 누가 오느냐고 물었지만 종현은 미소를 지을 뿐이었다. 구남은 그 미소가 왠지 불안했다. 언젠가부터 이 자식은 자신의 예상에서 벗어난 짓을 하고 있다.

현관문을 열어 주고 돌아선 종현이 친절한 목소리로 말했다. 입은 웃고 있었지만 여전히 눈은 웃고 있지 않았다.

"생각해 보니까 내가 깜박하고 말 안 했는데 손님이 오기로 했어."

"손님? 누구?"

"이 사건 담당 형사님."

구남의 얼굴에 핏기가 가셨다. 도와줄까 말까 하던 생각은 날아갔다. 반사적으로 그는 현관문 쪽을 향해 몸을 날렸다. 하지만 종현이 더 빨랐다. 그의 트레이닝 바지 허리춤을 부여잡고 종현이 외쳤다.

"이거 놔! 깜박한 거 좋아하네! 이 사기꾼 새끼야!"

"도망가지 마!"

"놔!"

"한 번쯤은 남의 인생에 도움이 되는 일 좀 하라고!"

종현은 필사의 힘을 다해 매달렸다. 놓치지 않을 자신이 있었다. 조금만 버티면 형사님이 올 것이다. 하지만 종현이 예상하지 못한 지점이 하나 있었다. 구남이 입고 있는 바지가 하필 고무줄로 된 트레이닝 바지라는 것이었다.

"바지 내려가, 이 새끼야!"

그렇다고 해도 놓칠 수는 없었다. 온몸에 체중을 실어 매달렸다. 그 통에 바지가 흘러내려 가기 시작했다.

"이것 놔!"

흘러내려 가지 않도록 사력을 다해 바지를 잡아당기며 악을 쓰는 구남에게 종현이 소리쳤다.

"한번 해!"

물론 그 말은 좋은 일을 한번 하라는 뜻이었다. 워낙 다급해 앞 뒷말을 자르고 나온 소리라는 게 문제였다. 하필 그때 현관문이 벌컥 열리고 서태주가 들어올 줄 몰랐다. 놀란 구남의 손에 힘이 빠지고 종현이 잡은 바지가 획 내려갔다. 구남의 바지를 쥔 채로 종현이 바닥에 널브러졌다. 당황한 서태주의 눈이 구남에게로, 다시 그의 아랫도리로, 종현에게로 향했다.

구남은 지금 자신의 처지를 군이 재확인하지 않아도 알 수 있었 다. 거실 한가운데에 엉거주춤한 자세로 서 있는 팬티 차림의 남 자. 내려간 바지. 들어오자마자 들린 외침. "한번 해!" 서태주에게 그것이 어떻게 받아들여질지는 뻔했다.

"무, 문이 열려 있어서. 이것 참……. 실례했습니다."

꾸벅 인사하고는 서태주가 나가려 했다. 구남이 그의 뒷머리를 잡아채듯 다급히 외쳤다.

"실례해! 그냥 실례하라고!"

*　*　*

잠시 후 식탁을 가운데 두고 세 남자가 앉아 있었다. 구남의 옆 엔 종현이, 그리고 그 맞은편엔 서태주가 앉았다. 그들의 사이에 는 어색한 공기가 흐르고 있었다. 종현이 미안하다는 듯 구남에 게 속삭였다.

"현관문도 열었다는 걸 깜빡했어."

"말하지 마. 넌 한마디도 하지 마."

"저……."

서태주가 입을 열었다. 두 사람의 얼굴이 맞은편에 앉은 서태주에게로 돌아갔다.

"와 달라고 하셔서 왔습니다. 하실 말씀이 뭔가요."

종현이 나섰다.

"네, 우선 이쪽 소개부터 할게요. 고구남 씨입니다."

"거구남이요?"

"고. 구. 남입니다."

구남이 끼어들어 말했다. 그리고는 인상을 쓴 채 종현에게 낮게 으르렁거렸다.

"일부러 발음 그렇게 하는 거지."

크흠, 종현은 헛기침을 했다.

"고구남 씨는 저와 같이 모텔에 동행했던 사람입니다. 제 아내를 찾기 위해서요."

아, 하며 서태주가 구남을 봤다.

"아! 그 친구인 듯 친구 같은 친구 아닌 지인분이시군요."

이게 무슨 소린가 싶은 얼굴로 구남이 종현을 봤다. 왠지 감동한 목소리로 종현에게 말했다.

"친구라고 했냐?"

"뒷말은 안 들었냐? 지인이라고 했다."

종현은 서태주에게로 시선을 돌렸다.

"정확히 말하자면 이쪽은 제 아내였던 차현아가 갑자기 사라지고 나타난, 아니 사라지기 전부터 그 여자를 잘 알았던……."

구남이 놀라 종현을 보았다. 나에 대해 어디까지 말하려는 거야! 그 외침이 표정으로 발산되었다. 그런 상황은 모르고 서태주가 종현의 말에 집중했다. 종현이 결심했다는 듯 말했다.

"내연남입니다."

"내연…… 네?"

"내가?"

구남이 소리를 질렀다. 서태주의 표정이 눈에 띄게 흔들렸다. 종현이 생글생글 웃으며 구남을 보았다. 또다. 입은 웃고 있는데 눈은 웃지 않는다. 거기다 이번에는 눈에 힘이 꽉 들어가 있었다. 서슬 퍼런 안광이 번쩍하고 구남을 향해 쏟아졌다. 착한 사람이 화나면 무섭다더니 종현이 딱 그 짝이었다. 그 표정이 "그럼 뭐라고 할래?" 하고 묻고 있다.

"네, 접니다. 제가 내연남이에요. 제가 그 여자랑…… 했죠. 했습니다."

종현이 구남을 탁, 쳤다.

"그런 인정까지는 안 해도 돼."

속삭이는 종현을 맞은 편에 앉은 서태주는 경외로운 눈빛으로 보았다. 정의 구현을 위해 아내의 내연남과도 손을 잡는 모습. 그것이 서태주의 눈에 비친 종현의 모습인 것이다. 반면 구남을 보는 눈은 가늘고 차가웠다. 악의 무리를 보는 눈이라면 차라리 낫다. 악이 싼 똥. 딱 그걸 보는 눈이었다. 차라리 대놓고 더럽다고 말하는 편이 낫겠다, 고 구남은 생각했다.

"그런데 이런 사람이 뭘 할 수 있다고 부르신 거죠?"

'이런 사람'이라는 말이 구남의 신경을 긁었지만 일단 참기로 했다. 상대는 형사다.

"아내의 내연남을 상대하는 것은 저로서도 싫은 일이지만 알고 보니 이 사람에게 아내가 많은 이야기를 한 것 같더라고요. 그때 는 범죄와 연결 짓지 못해서 이 남자도 몰랐지만 유괴를 벌인 걸 알고 보니 그때 아내가 한 이야기가 범죄와 관련된 이야기라는 걸 알게 됐다고 합니다."

말을 마친 종현은 깊은 한숨을 내쉬었다. 남자로서 그런 이야 기는 하고 싶지 않지만 아내에 대해서는 남편인 자신보다 더 이 남자가 많이 알고 있다고 이야기하는 셈이었다. 구남은 이를 악 물고 종현에게 얼굴을 가까이 들이밀었다. 종현이 손바닥으로 그 런 구남의 얼굴을 밀었다. 구남이 나직하게 속삭였다.

"지금 나한테 이런 식으로 복수하는 거지. 나 갖고 노니까 재밌 냐?"

"그럼 이거 말고 어떻게 설명할 건데?"

종현이 조용히 속삭였다. 구남은 과연, 하는 생각과 함께 무릎 을 탁, 칠 뻔했다. 그렇게 되면 대충 이야기가 맞는다. 차현아가 왜 처음 구남을 찾아갔는지, 구남이 무슨 일을 하는 사람이었는 지, 밀입국을 포함해 구남이 많은 것을 알고 있어도 덜 부자연스 럽다. 그래서 내연남이니 뭐니 한 것이다. 구남은 새삼 감탄했다.

하지만 문제는 여전히 존재한다. '많이 알아도 이상하지 않은 남자'의 자리를 꿰차긴 했어도 차현아가 붙잡힌다면 자신의 존재 에 대해 경찰에 진술할 것이었다. 뭐라도 하나 걸고 들어가면서 자신의 형량을 줄일 수 있다고 생각할, 아주 교활한 여자니까. 아무래도 중간중간 기회를 봐서 자신의 앞날도 챙겨야겠다고 구남은 생각했다. 모두 다 까놓는 것보다 자신이 살길을 열어 두고 까겠다는 계획이었다.

"괜찮으시겠습니까?"

서태주가 종현에게 물었다.

"나한테는 왜 괜찮은지 안 물어요?"

"괜찮습니다. 다만……."

구남의 말을 무시하는 건지 못 들은 건지 종현이 대답했다.

"다만 제 프라이버시도 있으니 고구남 씨와는 제가 이야기하고 형사님께서 아셔야 하는 사안이 있으면 전달하겠습니다."

"알겠습니다. 그럼 기다리겠습니다."

서태주가 일어섰다.

"너무 무리는 하지 마십시오."

"알겠습니다."

종현이 웃으며 대답했다. 표정만으로는 천사도 그런 천사가 없었다. 구남이 비쭉거렸다.

"여기 지금 나 없어? 나 영혼이야? 둘만 있어?"

"그럼 연락 기다리겠습니다."

서태주가 현관 쪽으로 향했다. 종현이 따라 일어나며 그 뒤를 배웅했다.

사이좋게 인사를 나누는 두 사람을 보며 구남은 흥, 하고 코웃음을 쳤다. 구남을 소개하겠다는 것 때문에 굳이 여기까지 서태주를 부른 종현의 계략을 알 것만 같았다. 어차피 구남이 합세한다 해도 무슨 성과가 있을지 도움이 될지 말지도 모를 일이라 전화로 했어도 되는 일이다. 종현이 서태주를 여기까지 불러들인 것은 자신을 붙들어 놓으려고 한 협박 차원의 일이다. 허튼짓을 하면 경찰이 널 좇을 것이라는.

차현아보다 용의주도한 놈, 이라고 생각하며 구남이 중얼거렸다.

"뭐 내가 크게 도움이 되겠냐마는."

구남도 일어서며 서태주에게 악수를 청했다. 그러나 두 사람은 어느새 나란히 현관문 밖까지 나가 있었다. 구남은 어이가 없었다.

"난 누구랑 얘기해?"

비쭉거리며 구남이 방으로 들어가려 할 때 휴대폰 벨 소리가 울렸다. 누구 것인가 싶어 돌아보자 서태주가 주머니 안에서 휴대폰을 꺼내고 있었다.

"뭐?"

서태주의 격앙된 목소리가 아파트 복도에 울렸다. 종현이 걱정되는 얼굴로 서태주를 지켜보았다. 구남도 들어가지 못하고 선 채로 서태주의 얼굴을 살폈다.

"상태는? 아, 그래……. 어디 병원이라고?"

드디어 통화가 끝났는지 서태주가 휴대폰을 귀에서 뗐다. 그런 그의 얼굴이 심상치 않았다. 무슨 전화였는지 함부로 묻기도 어렵다는 듯 종현이 걱정스러운 얼굴로 서태주를 보았다. 서태주가 종현보다 한층 심각한 얼굴로 말했다.

"정순정 씨가, 박아영 어린이 어머니가 자살을 기도했답니다."

20

범인이 들려준 목소리는 아영의 목소리를 녹음한 것이었다. 돈을 주는 현장에서 범인을 체포하려는 경찰의 계획은 철저히 실패하였다. TV에 나오는 범죄 전문가들이 아영의 생존에 회의적이었다. 아영이 살아 있을 거라고 매달리는 정순정의 마음은 확신이 아니었다. 그렇게라도 믿지 않으면 자신이 버틸 수 없을 것 같았다. 그러나 점점 시간이 흐를수록 그녀는 자신의 마음속에서 믿음이 무너지는 것을 깨달았다. 믿음보다 견고한 것이 정체를 내밀자 그녀는 스스로를 포기하기로 했다.

"빨리 가 보셔야 하는 것 아닙니까?"

미간을 찡그리고 있는 서태주에게 종현이 말했다. 서태주는 입술을 깨물며 말했다.

"오늘 하필 비번인데다 개인적인 용무로 나온 거라 차를 끌고 오지 않았어요. 택시를 잡아야 하는데······."

"그럼 저희 차를 타고 가시죠!"

종현이 구남을 보았다. 구남이 손가락으로 자신의 얼굴을 가리키며 "나?"하고 물었다. 종현은 차가 없었다. 그마저도 현아가 내집 마련을 할 때까지는 사지 말자고 했다고 했다. 내집 마련은커녕 차를 살 돈까지 현아의 주머니로 들어갔을 것은 굳이 따져 보지 않아도 알 수 있었다.

급한 일이기도 하고 이왕 이렇게 된 것 운전해 주는 건 구남에게 어려운 일이 아니었다. 하지만 피해 아동의 모친 자살이라니. 거길 가기에는 어쩐지 꺼림칙했다.

"괜찮아요. 택시 잡아 볼게요."

구남이 머뭇거리는 것을 눈치챘는지 서태주가 휴대폰을 꺼내 들었다. 그렇지만 얼굴에는 조급함이 짙게 어려 있었다. 종현이 원망과 거센 비난이 섞인 얼굴로 구남을 보았다. 구남은 인상을 확 구겼다가 펴면서 외쳤다.

"내 차 타고 가십시다!"

종현이 반색했다. 행여 구남의 마음이 바뀌기라도 할까 싶은지 거실 테이블 위에 있던 자동차 키를 집어 들어 구남에게 던졌다. 반사적으로 구남이 그것을 한번에 잡자 종현이 외쳤다.

"빨리 현관 앞에 차 대!"

강아지에게 명령해도 저거보다는 나을 것이다.

"완전히 종 취급이구만."

구남이 중얼중얼 불평하며 바깥으로 나갔다. 엘리베이터 하향 버튼을 눌렀지만 안타깝게도 엘리베이터는 모두 1층에 가 있었다. 어느새 따라나온 종현이 상황을 보고는 소리쳤다.

"뛰어!"

구남은 계단을 뛰어 내려가면서 자신이 어쩌다 이 꼴이 됐는지 모르겠다고 생각했다.

***

구남의 차가 은파 종합병원 응급실 앞에 굉음을 내며 달려와 급정거했다. 안으로 걸어 들어가던 행인 하나가 화들짝 놀라 걸음을 멈춰 세웠지만 항의를 할 생각은 없는 듯했다. 응급실은 '응급'한 사람들이 모이는 곳이므로.

차가 서자 거의 반사적인 몸짓으로 서태주가 스프링처럼 튀어 달려들어가고 그 뒤를 따라 종현이 급하게 내렸다.

"야! 데려다만 주는 거 아니었어?"

종현이 걸음을 멈추고 뒤돌아보았다. 그에게서 대답을 기다리는 사이 누군가 달려와 구남이 앉은 운전석 쪽으로 상체를 굽혔다.

"응급실 앞에 차 대시면 안 됩니다."

구남은 어쩌라는 거냐는 눈빛으로 종현을 보았다. 종현이 다시 응급실 안으로 뛰어 들어가며 외쳤다.

"주차장에 주차하고 따라 들어와."

항의할 시간도 기회도 없었다. 종현은 어느새 안으로 들어가 버렸다. 어이가 없어진 구남은 확 돌아가 버리고 싶다고 생각했다.

"주차장으로 올라가세요."

"니에. 니에."

구남은 브레이크에서 발을 떼고 후진을 해 차를 돌렸다. 그리고는 좌회전을 해 병원 본관 앞에 있는 주차장에 차를 세웠다. 정신을 차리고 보니 응급실을 향해 걷고 있었다. 몸이 저주에 걸린 기분이었다.

그 시각 응급실로 들어간 서태주는 너스 스테이션 앞을 지나던 간호사를 잡았다. 종현이 그의 뒤로 와서 섰다.

"정순정 씨 어디 있습니까?"

간호사가 손을 들어 한쪽을 가리켰다.

"B 구역으로 가 보세요."

일렬로 늘어서 있는 침대 위 천정에 구역별로 나누어진 아크릴 판이 보였다. 서태주와 종현은 정순정이 있는 곳을 어렵지 않게 찾을 수 있었다. 한 침대를 둘러싸고 간호사 대여섯 명과 의사 두 명이 붙어 있었다. 모두 분주했고 다급해 보였다. 종현의 눈에 '긴급 중환자 처치 구역'이라고 적힌 빨간색 푯말이 보였다. 파란색 푯말에 '응급 구역'이라고 적힌 구역과는 분위기가 사뭇 달랐다. 그들이 있는 곳에서 심상치 않은 분위기가 느껴졌다.

종현이 이마를 짚으며 주변을 둘러보다가 한 남자를 발견했다. 긴급 중환자 처치 구역에서 조금 뒤에 있는 대기 의자에 한 남자가 양 손바닥에 얼굴을 묻고 앉아 있다. 양복바지에 흰 셔츠를 입고 있었지만 며칠을 입었는지 주름도 많고 후줄근했다. 그 어깨가 무척이나 작고 약해 보였다.

"정순정 씨 남편이에요."

소리가 난 곳으로 돌아보니 어느새 서태주가 옆에 와 있었다. 긴급 중환자 처치 구역에서는 아직도 처치가 계속되고 있었다.

어떻게 되어 가고 있는지 물어볼 수 있는 분위기가 아니어서 물러난 것 같았다.

"뉴스에서는 엄마와 단둘이 산다고……."

"이혼한 전남편이요. 이혼했어도 아영이의 아빠긴 하니까요."

그렇게 말한 서태주가 그쪽으로 다가갔다. 인기척을 느끼고 아영의 아빠가 고개를 들었다. 이미 너무나 지쳐 보이는 얼굴에 눈이 충혈되어 있었다. 그의 시선이 뒤에 서 있는 종현에게도 닿았지만 그냥 같은 경찰이라고 생각하는 듯 물어보지는 않았다. 아영의 아빠는 처절한 고통이 배인 목소리로 설명을 시작했다.

"식사하러 데리고 갔어요. 억지로. 애를 찾을 때까지 어떻게든 살아야 하지 않겠냐고 설득해서."

벌써 사흘째 정순정은 아무것도 먹고 있지 않았다. 물도 마시지 않아 입술이 가뭄의 밭처럼 갈라졌다. 해골 같은 몰골은 도저히 눈뜨고 볼 수 없을 정도였다. 그래서 간신히, 아영의 아빠가 설득에 설득을 거듭해 인근의 죽 집에 데리고 갔다. 죽이 나오고 첫 술이 그녀의 입술을 적시기도 전에 뉴스가 나왔다. 아이의 유괴에 대한 보도였다. 새로운 소식도 없는 뉴스에서는 계속 같은 정보만 쏟아 내고 있었다. 그는 채널을 변경하려고 했다. 그런데 그때 그 일이 생겼다.

"쯧쯧쯧. 저건 죽었다고 생각해야지."

"맞아. 저 엄마는 지금 뭐 하고 있을까? 나 같으면 밥은커녕 그 자리에서 죽을 거야. 자식 잃고 어떻게 살아. 도저히 못 살지."

부부로 보이는 남녀였다. 나쁜 뜻에서 한 말이 아니라는 것은 알고 있었다. 뉴스에 나오는 유괴 사건의 당사자들이 자신들과 한 가게에 앉아 있을 거라는 것도 상상치 못했을 터였다.

하지만 그 말이 당사자에게는 찢어지는 고통이었다. 나라면 밥은커녕 그 자리에서 죽을 거라는 말이, 그런데 나는 밥을 먹으러 왔다는 자책과, 자신은 여전히 죽지 않고 살아 있다는 비난으로 정순정에게 변질되어 받아들여졌다. 결국 아무것도 먹지 못하고 돌아왔다.

하지만 그때까지만 해도 괜찮았다. 아니, 상처는 받았겠지만 더 이상 무슨 일이 벌어질 거라고 아영의 아빠는 생각지 못했다. 별다른 표정이 없었기에 괜찮은 줄 알았다. 자신을 걱정하며 바라보는 그에게 침대에 누운 정순정은 그만 돌아가라고 했다. 그로부터 몇 시간 후 정순정은 쥐약을 먹었다. 주말농장 근처에 사둔 별장에 놓으려고 사뒀던 쥐약이었다. 사흘째 굶던 정순정이 처음으로 먹은 것이었다.

"좀 더 주의 깊게 봤어야 해요. 다 내 잘못입니다."

"그런 말씀 마세요. 누구라도 예상 못 했을 겁니다."

서태주는 차분히 그를 위로했다. 종현은 몇 걸음 떨어진 곳에서 안타까운 마음으로 두 사람을 지켜보고만 있을 뿐이었다.

그때 주차를 하고 올라온 구남이 응급실 안으로 들어섰다.

"위세척을 시작할 겁니다."

간호사가 다가와 아영의 아빠에게 한 그 말은 구남에게까지 전해졌다.

위세척이 시작됐다. 1미터가 안 되어 보이는 길이의 관이 정순정의 입안으로 끝도 없이 들어갔다. 정순정의 목에서 꺽꺽거리는 소리가 났다. 의사들은 물 같은 투명한 액체를 관을 통해 부었다. 정순정의 가슴께가 고통스럽게 들썩거렸다. 간호사들이 그녀의 다리와 팔을 붙잡았다. 반대쪽 관 끝을 바닥으로 내려 액체를 빼고, 다시 액체를 넣는 일이 반복했다. 정순정의 몸이 발작하듯 점점 격렬하게 몸을 버둥거렸다. 철제 침대가 들썩이며 흔들릴 정도였다.

아영의 아빠는 차마 볼 수가 없다는 듯 얼굴을 가린 채로 오열했다. 그의 울부짖음은 포효에 가까웠다. 서태주와 종현은 그저 못 박힌 듯 서서 지켜볼 수밖에 없었다. 보고 있는 것만으로도 모든 고통이 전달되는 것 같았다. 문득 종현이 뒤를 돌아보았다. 구남이 선 채로 굳어 있었다. 입을 살짝 벌리고, 눈은 황황히 처치 구역 쪽을 보고 있었다. 크게 충격을 받은 듯 보였다.

***

응급실을 빠져나온 뒤에야 숨을 쉴 수가 있었다. 신선한 공기를 맡는 것만으로도 죄책감이 고개를 들었다.

"같이 와 주셔서 고맙습니다."

서태주가 두 사람을 향해 돌아서서 말했다. 그는 잠시 머뭇거리다 다시 입을 열었다.

"아영이 아버님께 두 분을 소개해 드리지 못했습니다. 두 분을 누구라고 밝히는 것이 그분을 어떻게 자극할지, 어떻게 힘들게 할지 모르니까요. 오늘 상황도 그렇긴 하지만, 전 앞으로도 두 분에 대해 아영의 아빠나 정순정 씨께 이야기하고 싶지 않습니다."

"제 생각도 그렇습니다. 배려해 주셔서 감사합니다."

종현은 허리를 굽혀 진심으로 인사했다. 아내였던 사람이 벌인 일이다. 이혼했어도 아영의 아빠임이 변하지 않던 그 남자처럼 아내였던 사람이 벌인 일임에 종현은 자신도 죄인이라고 생각했다. 아내가 그런 사람이고 그런 일을 저질렀다는 것을 몰랐던 것 자체도 자신의 죄였다.

"제가 아직 회복도 못 한 두 분 앞에 나타나면 오히려 상처가 깊어지기만 하겠죠. 저는 아주 나중에 일이 마무리 된 후, 만에 하나 두 분께 용서를 구할 수 있을 때, 그때 나서겠습니다."

"알겠습니다."

서태주는 팔의 셔츠를 걷어 올려 시간을 확인했다.

"저는 이만 경찰서로 돌아가야 할 것 같습니다."

그 말에 종현이 구남을 돌아보았다. 이번에도 구남이 운전을 해서 서태주를 데려다줬으면 하는 마음이었다. 그런데 구남은 어쩐지 깊은 생각에 빠진 듯했다. 굳은 얼굴로 종현이 자신을 보고 있다는 것조차 눈치채지 못하고 있었다.

"걱정 마세요. 병원 앞 정류장에 택시 많습니다. 어서들 들어가세요."

종현이 난감해하는 것을 눈치 챈 서태주가 손을 내저으며 말했다.

"죄송해서 어쩌죠."

"그런 건 신경 쓰지 마세요."

"또 연락드리겠습니다."

종현의 인사를 받으며 서태주가 구남 쪽으로 시선을 돌렸다. 구남은 선 채로 바닥만 노려보고 있었다.

'왜 저러지?'

서태주는 구남에게까지 인사하려던 것을 포기하고 택시 승강장 쪽으로 걸음을 옮겼다.

구남이 이상하다는 것은 종현도 느끼고 있었다. 왜 그러는지 물어보려다가 입을 다물었다. 조금 전 일이 구남에게도 충격적으로 다가왔는지 모른다.

"이제 가자."

종현의 말에 구남이 퍼뜩 고개를 들고 이리저리 얼굴을 돌렸다. 서태주가 먼저 간 사실을 이제야 깨달은 듯했다.

"가자."

종현은 주차장을 향해 앞서 걸었다. 다시 멍한 얼굴로 구남이 그 뒤를 따랐다. 차에 올라탔지만 구남은 여전히 말이 없었다. 차가 출발하여 도로로 합류할 때까지 한마디도 하지 않았다. 이따금 종현이 분위기를 바꾸려 길이 좀 막힌다는 둥, 날씨가 좋지 않다는 둥, 인도 블록이 멀쩡한데 새로 깔고 있다는 둥 이야기를 했지만 구남에게서는 역시나 대답이 돌아오지 않았다.

"무슨 일 있어?"

아무래도 안 되겠다 싶어 종현이 물었다.

구남은 정면만 응시할 뿐이었다. 도로의 빛들이 구남의 얼굴을 연신 스치고 지나갔다. 결국 구남은 한마디도 하지 않은 채 종현의 아파트까지 도착했다.

엘리베이터를 타고 올라가 집 안으로 들어갔다. 아무 말 없이 종현은 안방으로 들어갔다. 옷을 갈아입고 나오자 구남은 베란다 창밖을 쳐다보며 서 있었다.

종현은 주방으로 가 저녁을 준비했다. 호박을 썰어 넣고 된장찌개를 끓였다. 김치를 새로 꺼내고 계란 프라이도 만들었다. 식사를 다 차렸을 즈음 부르지도 않았는데 구남이 와서 자리를 잡고 앉아 식사를 시작했다. 된장찌개에는 호박이라던 구남은 정작 호박을 보고도 아무 말 하지 않았다. 이제는 종현도 말을 걸지 않았다. 음식을 씹는 소리와 숟가락이 밥그릇을 긁는 소리만 오갈 뿐이었다.

식사를 마친 구남은 다시 베란다로 나가 섰다. 밥을 잘 먹었다는 인사도 없었다. 그는 또다시 밖을 응시했다. 종현은 설거지를 하고, 뒷정리를 마칠 때쯤 베란다 쪽을 보았는데, 동상이라도 세워놓은 것처럼 구남은 여전히 거기에 서 있었다.

종현은 안방으로 들어갔다. 침대에 누워 눈을 감았지만 이런저런 생각들이 끼어들었다. 가장 종현을 괴롭히는 것은 정순정이 위세척을 받는 모습이었다. 울부짖는 아영 아빠의 모습도 그를 괴롭혔다. 이 시간 현아는 무엇을 하고 있을까. 이런 일이 벌어지고 있을 거라는 예상은 하고 있을까? 그녀의 마음은 어떨까? 편할까? 밥은 먹었을까? 진짜로 아영을 죽였을까? 아니라면 어떻게 데리고 다니고 있는 걸까.

이런저런 생각을 하는 사이 그는 까무룩 잠에 빠져들었다.

눈을 떴을 때 아직 방은 어둠으로 가득했다. 머리맡을 더듬거려 휴대폰을 찾아냈다. 시간을 보니 새벽 3시가 넘어 있었다. 워낙 많은 생각에 괴로워서 악몽이라도 꿀 줄 알았는데 아무런 꿈도 없이 몇 시간을 잠들었다. 편한 잠을 잤다는 것만으로도 자신이 싫어졌다. 갑자기 목이 탔다. 그는 일어나 주방으로 향했다.

주방으로 들어가던 종현의 시선 끝에 그림자가 걸렸다. 그는 놀라 베란다 쪽을 보았다. 구남이 여전히 거기에 서서 생각에 잠겨 있었다. 구남은 단 한숨도 자지 않은 것 같았다. 그가 서 있는 베란다 바닥에 담배꽁초가 수북이 떨어져 있었다.

말을 걸까 하다가, 가만히 내버려 두는 게 낫겠다고 생각해 안방으로 발길을 돌렸다.

아침 7시, 종현은 다시 방을 나섰다. 그사이 잠이 더 오지는 않았다. 다시금 쏟아지는 많은 생각들이 그를 잠들지 못 하게 했다. 구남이 어쩌고 있는지 궁금하기도 했다. 대체 그의 머릿속에서는 어떤 생각들이 오가는 건지 들어 보고 싶었다.

구남은 여전히 베란다에 서 있었다. 하지만 이번에는 베란다 바깥을 내다보고 있지 않았다. 거실 쪽을 바라보고 서서는 무슨 전쟁을 앞둔 장군처럼 다리를 벌리고 허리에 손을 얹고 있었다. 어제는 내내 굳은 얼굴이던 구남은 종현을 발견하고는 활짝 웃었다.

"이제 일어났냐?"

"응, 뭐…… 거기서 뭐 해?"

구남이 히죽 웃었다.

"하자."

"뭘?"

"그년 잡는 거."

역시, 라고 종현은 생각했다. 어젯밤 아영의 모친이 자살 기도를 한 것을 직접 본 충격이 상당했던 모양이었다. 어제까지의 구남은 종현이 재촉할 때마다 사건에 억지로 개입했다면 지금은 다르다. 자신의 선택으로 사건에 발을 들이기로 한 것이었다. 구남이 겉모습과는 달리 따뜻하고 인간다운 면도 있다고 생각했었는데 그 믿음이 틀리지 않았다. 종현은 내심 감동하면서 구남의 결단에 반색하는 얼굴로 말했다.

"알았어. 근데 그 담배꽁초는 니가 치워."

"뭐야? 할 말이 그것뿐이야?"

"그럼 뭐 엉덩이라도 두드려 줄까?"

구남이 어이없다는 듯 씩씩거렸다. 종현은 봐주지 않겠다는 얼굴로 바닥에 쌓인 담배꽁초를 가리켰다. 돌아서는 종현의 얼굴에 만족스러운 웃음이 가득했다.

21

"정순정 씨는 괜찮습니다. 심리적으로도 안정되었고요, 지금은 남편분이 옆을 지키고 계세요."

"정말 다행이네요. 알려 주셔서 감사합니다."

통화를 하는 내내 구남이 종현을 뚫어져라 응시했다. 어떻게든 둘의 통화를 들으려는 듯 바짝 붙어 앉아 있었다. 구남은 다행이라는 말에 정순정의 상태를 알아챘는지 안도의 한숨을 내쉬었다. 전화를 끊던 종현은 그런 구남의 모습에 자기도 모르게 미소가 지어졌다. 지금껏 어떻게 살아왔든지 간에 구남은 인간적인 사람이었다. 그런 자신의 판단이 틀리지 않았다.

"이제 괜찮다니 정말 다행이다."

종현은 일부러 들으라는 듯 구남에게 말했다. 구남은 짐짓 아무 상관없다는 듯한 얼굴을 했다.

"들었지?"

"그러거나 말거나."

종현은 피식, 웃고 말았다. 진심이 아님을 알고 있었다.

"그럼 이제 뭘 하면 돼? 무슨 계획 있어?"

종현의 얼굴이 대번에 진지해졌다. 한시라도 빨리 현아를 찾아야만 했다. 언제까지고 어딨을지도 모를 현아의 뒤를 쫓아 봐야 시간만 갈 것이었다. 고구남이 제 가슴을 주먹으로 팡, 소리가 나게 쳤다.

"아무 계획도 없이 내가 밤새 그러고 서 있었겠냐? 이 고구남이?"

"어. 움직이지도 않아서 고구마가 된 줄 알았지."

"이게!"

구남이 주먹을 들어 보였다. 종현은 맞기라도 할 것처럼 유난스럽게 양손을 허우적거렸다. 진짜로 구남이 무서운 것이 아니라 놀리려는 것임이 뻔히 보였다. 구남은 어이가 없어서 입을 벌린 채 손을 내렸다. 구남의 얼굴이 사뭇 진지해졌다.

"내 계획을 말할 테니까 입 다물고 들어 봐."

종현의 얼굴에서도 장난기가 사라졌다. 구남은 생각을 정리하려는지 잠시 머뭇거리다가 이야기했다.

"지난번엔 다 얘기하지 않았지만, 사실 내가 갖고 있는 도피 루트가 있어."

종현의 눈이 휘둥그레졌다.

"근데 왜 미리 말 안 했어? 그걸로 현아가 미리 도망갔으면 어쩔 거야?"

구남은 고개를 저었다.

"절대 나도 모르게 그럴 수는 없어."

구남의 설명은 이랬다. 그 루트라는 것은 브로커부터 배로 옮기는 선장까지 모두 구남의 인맥으로 이루어져 있다고 했다. 그러므로 구남을 배신한 차현아가 그들에게 접근할 리는 없었다. 게다가 이미 구남이 그들에게 혹시라도 차현아가 접촉해 오면 연락을 하라고 지시를 해 놓은 터라고 했다.

"밀입국이라는 게 그렇게 아무나 할 수 있는 거였어?"

"아무나가 되겠냐? 나니까 되는 거야."

"자랑이다."

핀잔을 준 종현은 문득 든 생각에 고개를 갸웃했다.

"넌 대체 뭘 하던 사람이었냐?"

지금까지 이야기로 미루어 봐서는 단순한 사채업자가 아니었다는 것만은 알 수 있었다. 구남은 어깨를 으쓱하며 흥, 콧바람을 불었다.

"내가 좀 스케일 크게 놀기는 했지."

"자랑이다."

"근데 너 언제부터 나한테 반말을 했냐?"

분명히 처음 만났을 때는 존댓말을 썼었다. 그런데 이제 와서 깨달았다. 내내 반말을 하고 있다는 걸.

"네가 존댓말을 쓰면 써 주지."

구남은 쩝, 입맛을 다셨다. 이제 와 존댓말이라니. 그 무슨 낯간지러운 짓인가. 종현은 구남이 포기했다는 것을 알고 말을 이었다.

"어쨌거나 현아 역시 그 루트라는 게 막힌 걸 알았다면 그걸 이용할 리가 없잖아."

"물론 아직 차현아가 접촉했다는 소식이 없는 걸 보면 개도 눈치는 있는 거지. 누구에게라도 접근하는 즉시 나한테 통보가 될 거라는 사실을 알고 있는 거야."

"그럼 우리의 문제는 또 어디 가서 현아를 찾느냐는 것 아냐?"

종현의 물음에 구남이 고개를 저었다.

"신원도 확인됐고 얼굴 사진이 떡하니 박힌 전단이 전국에 배포된 이상 차현아가 도망칠 수 있는 길은 그 루트밖에 없는 것 역시 사실이야."

"그러면 너한테 연락이 갈 걸 알고 있다면서……."

종현은 도무지 알 수 없다는 얼굴을 했다. 하지만 구남은 예감할 수 있었다. 차현아는 반드시 자신의 인맥 중 누군가에 접근할 것이었다. 그러면서도 구남을 속일 계략을 세울 것이다. 자신이 가장 잘하는 방법으로. 구남은 자신의 인맥 중 가장 여자에 홀릴 만한 인물을 떠올려 보았다. 너무 많은 수가 떠올라 고를 수가 없었다.

"대체 어쩔 생각인 건데."

구남의 대답을 기다리지 못하고 종현이 물었다. 구남은 그저 의미심장하게 웃을 뿐이었다.

***

고속도로를 달리는 차 안에서 종현은 머리 위로 지나가는 표지판을 창밖으로 멍하니 보았다. 곧 인천인 모양이었다. 구남은 어제 이후로 종현에게 더 설명해 주지 않았다. 그리고 오늘 아침, 무작정 따라 나오라고 선언했다. 그 길로 차에 올라타 여기까지 온 길이었다. 인천이라니, 도무지 현아와 무슨 상관인지 알 수 없었지만, 밀입국을 바다를 통해서 한다는 것쯤은 알고 있어서 자신이 아는 인맥 중 누군가를 만나러 가는 길이라고 예상만 할 뿐이었다.

종현의 주머니 안에서 휴대폰 벨 소리가 울렸다. 신경이 쓰이는 듯 구남이 힐끗 보았지만 다시 얼굴을 정면으로 하고 운전에 집중했다. 종현은 휴대폰을 꺼내 액정 화면을 확인했다. 곧장 인상이 구겨졌다. 전화를 걸어온 것은 서태주 형사였다. 종현은 차마 받지 못하고 머뭇거렸다.

"서 형사님이야. 니가 현아에 대해 이야기를 해 줘서 실마리를 줄 것처럼 해 놓았으니 뭔가 이야기를 하긴 해야 하잖아. 뭐라고 해? 지금 우리가 어디로 가는지 말이라도 좀 해 달라고!"

구남은 대답이 없었다. 답답해진 종현이 소리를 질렀다.

"밀입국 루트를 네가 갖고 있다고 말해 버린다?"

이번엔 구남이 아예 휘파람을 불었다. 종현의 답답한 마음 따위야 날아가는 휘파람 소리보다 못하다고 말하는 것 같았다. 종현이 다시 한번 소리를 지르려는 사이, 다행히도 전화가 끊겼다. 하지만 이게 끝일 리가 없다.

"다시 전화가 올 텐데 뭐라고 말해?"

구남은 어깨를 으쓱거렸다.

"네가 싼 똥은 네가 알아서 처리해. 너, 날 코너에 몰려고 수작

부린 거잖아. 그 수습은 알아서 하라고."

종현이 울상을 짓는 사이, 어느새 내비게이션에서 목적지에 도착했다는 안내가 나왔다.

"내려."

안전벨트를 풀며 구남이 말했다. 종현도 벨트를 풀고 구남을 따라 차에서 내렸다. 그제야 주변의 모습이 눈에 들어왔다. 구남이 차를 세운 곳은 버려진 땅이라고 불러도 이상치 않을만한 공간이었다. 여기저기 관리 안 된 수풀이 우거져 있고, 규칙 같은 것은 없이 오래되고 녹슨 컨테이너들이 던져진 듯 늘어서 있었다. 바다에서는 비릿한 냄새가 올라왔다. 종현은 조금 앞으로 걸어 나갔다. 저 멀리에는 질서 정연하게 쌓인 색색의 컨테이너가 보였다. 그쪽은 부두 하역장이라고 구남이 설명해 주었다.

"여긴 하역장에서 훨씬 떨어진 곳이야."

"이런 데를 왜 왔어?"

구남은 주변을 두리번거리며 대답했다.

"그년 잡자며."

뭘 찾는 걸까? 구남의 시선을 따라 종현도 주변을 두리번거렸다. 뭔가 생각이 떠올랐다.

"혹시 현아가 여기에 와서 기회를 엿보는 중일까 봐 온 거야?"

"정답과 비슷해."

말과는 다르게 구남은 종현의 말에는 별로 관심이 없는 것 같았다.

종현은 도무지 구남의 생각을 읽을 수가 없었다. 제대로 말해 주면 좋으련만. 아무리 물어도 저 상태일 것 같아 포기했지만 답답한 마음은 사라지지 않았다. 어쨌든 지금은 무작정 따라다니는 수밖에 없다.

그때 구남이 버려진 컨테이너 중 한 개 쪽으로 다가가 문을 벌컥 열고 단숨에 들어갔다. 문이 열렸다고 놀랄 일은 아니었다. 그곳에 버려진 컨테이너들은 하나같이 잠금쇠가 걸려 있지 않았다. 그도 그럴 것이 어차피 버린 건데 누가 열고 들어가든 말든 상관이 없는 것이다. 종현은 구남을 따라 안으로 들어갔다.

먼저 들어선 구남은 휘파람을 불며 컨테이너 안을 살폈다. 먼지가 가득했고 안은 무척이나 어두웠다. 열린 문에서 들어오는 빛이 아니었다면 한 치 앞도 가늠하기 어려웠을 것이다. 한 걸음을 뗄 때마다 얼굴에 거미줄이 들러붙었다.

종현이 목소리를 낮춘 채 말했다.

"한동안 누가 사용했던 것 같지는 않은데. 너 혹시 현아가 이런 곳에 숨어 있을 거라고 생각하는 거야?"

"거참. 되게 종알거리네. 좀 조용히 해."

종현은 멋쩍어져 입을 다물었다. 그런 종현을 보고 흡족한 듯 씨익 웃은 구남은 주머니에서 휴대폰을 꺼냈다. 그러고는 소시지만큼 두꺼운 손가락으로 어딘가에 문자를 전송했다. 종현이 얼른 옆에 들러붙어 문자 내용을 확인했다. 하지만 알 수 있는 것은 없었다. 구남이 찍고 있는 문자는 알 수 없는 숫자만 가득했다. 종현이 그것이 뭐냐고 물으려는 찰나, 어딘가에선가 턱턱 하는 둔탁한 소리가 들려왔다.

"무슨 소리지?"

구남이 의미심장한 미소를 지었다.

"뒤로 두 발만 물러서."

종현은 인상을 구겼다.

"무슨 속셈이야?"

"물러서. 아주 중요한 일이야."

이번에는 상당히 진지한 얼굴이었다. 어느새 장난기는 보이지 않고 잔뜩 굳은 구남의 얼굴에서는 긴장감마저 흐르고 있었다. 종현은 침을 꿀꺽 삼키며 뒤로 두 발 물러섰다.

"왼쪽으로 두 발짝."

말 그대로 따라 옮겼다.

"아니, 아니. 반 발짝만 다시 오른쪽으로."

숨이 막힐 것 같다. 종현이 조심스레 조금 걸음을 옮겼다. 그때였다.

"형님!"

사람의 목소리가 들리는 것과 동시에 종현은 땅이 뒤집히는 듯한 충격을 느끼며 뒤로 나뒹굴어졌다. 미리 예상치도, 마음의 준비를 하지도 못하고 나가떨어진 종현은 한참 동안이나 일어나지 못했다. 진짜로 땅이 뒤집힐 리가 없는데, 하는 생각이 들었지만 정신을 차리고 보니 진짜로 땅이 뒤집히긴 했다. 바닥에 보이지 않던 뚜껑이 열려 있었다. 뚜껑 안으로 끝이 안 보이는 계단이 있었다. 보이지 않는 통로가 있었던 것이다.

"야, 그렇게 놀랐냐?"

구남이 낄낄거리며 웃었다.

"무슨 사람이 종이비행기처럼 날아가냐. 펄럭펄럭."

구남이 넘어지던 종현의 모습을 과하고 흉측하게 따라하기까지 했다. 그럼에도 종현은 너무 놀라서 화를 낼 생각도 하지 못했다. 그는 벌렁거리는 심장을 애써 누르며 상황을 파악하려 애썼다. 그제야 뚜껑이 열린 바닥 통로에서 위로 올라온 남자를 발견했다. 그는 아주 반갑게 구남의 손을 잡고 인사를 하다가 뒤늦게 종현을 발견했다. 넘어져 있는 종현을 보더니 인상을 썼다.

"저 새끼는 뭐야? 누가 세탁기에서 꺼내 와서 널어놨어? 왜 저기 저러고 있어?"

구남의 패거리라는 것만은 확실히 알 것 같았다. 무례하기 그지 없는 걸로 봐서 종현은 발끈하지도 못한 채 눈만 껌벅거렸다. 앞으로 여기서 무슨 일이 벌어질 건지 예상도 되지 않았다. 구남이 남자의 어깨에 팔을 둘렀다.

"이러고 있을 시간이 없어. 일단 들어가서 이야기하자."

"그럽시다."

남자는 아직 바닥에 주저앉아 있는 종현을 돌아보았다.

"들어오쇼."

남자가 먼저 바닥 통로로 들어가고 구남이 그 뒤를 따랐다. 몇 계단 내딛던 구남이 뒤를 돌아보았다. 아직도 멍하니 앉아 있는 종현을 보며 답답하다는 듯 외쳤다.

"빨리 따라 들어와!"

그제야 퍼뜩 정신을 차린 종현이 허겁지겁 따라 들어갔다.

종현이 계단을 내려갈수록 다리, 허리, 어깨, 그리고 이내 머리까지, 그의 몸이 지상에서 사라졌다. 완전히 종현이 안으로 들어서고 모습이 사라지자 끼긱거리는 소리를 내며 뚜껑이 닫혔다. 다시 컨테이너 안은 조용하고 더러운 모습으로 어둠을 가두었다. 그 바닥에 지하로 이어지는 길이 있을 거라고는 누구도 상상하지 못할 것이다. 적막이 어둠 속으로 스며들었다.

***

두 사람을 놓칠세라 빠른 걸음으로 따라 들어가면서도 종현은 감탄을 금치 못하며 내부를 둘러보았다. 긴 복도를 한참이나 걸어 들어가니 복도 중간에 사무실 같이 차린 방이 하나 나왔다.

"나름 벙커처럼 만들어 놓은 거야."

구남이 종현에게 속삭였다.

남자가 사무실의 문을 열자 구남이 먼저 안으로 들어섰다. 남자는 종현도 들어가길 기다렸다가 문을 닫고 함께 들어왔다. 종현은 사무실 안을 둘러보며 감탄하지 않을 수 없었다. 햇빛만 없을 뿐 어느 회사의 사무실이라고 해도 이상하지 않을 것 같았다. 사양 좋은 컴퓨터와 책장에 잔뜩 꽂힌 서류들, 화사한 조명과 화려한 장식품에 시선을 빼앗기지 않을 수가 없었다.

"파도 치는 소리가 들리는 것 같은데."

"귀가 좋네."

남자가 씨익 웃었다. 설명은 구남이 했다.

"아까 우리 걸어오던 복도 있지? 그대로 쭉 걸어 내려가면 바로 바다로 통해."

"바다로 통하는 길이 왜 필요해?"

"실어 나르기 위해서지."

"뭘 실어 날라?"라는 물음이 나오려고 했지만 묻지 않았다. 어차피 뻔하다. 그들이 실어 나르는 것은 사람들. 대부분 누군가에게 씻지 못할 상처를 준 범죄자들일 것이었다. 이 두 사람은 범죄자들을 도피시키면서 상상치도 못할 돈을 받아 왔을 것이었다. 종현은 새삼 구남이 그런 범죄자라는 것을 깨달았다. 예상치 못한 일은 아니지만 왠지 생경한 기분이 들었다.

"참새야."

구남이 남자를 불렀다. 당연히 이름은 아닐 것이고 자기들끼리 부르는 별칭일 테다. 참새가 종현을 가리켰다.

"이번엔 저 샌님을 보내는 거야?"

"그게 아냐. 나 지금 실자 찾고 있다. 김실자."

현아에 대한 이야기였다. 종현이 온 신경을 두 사람에게로 기울였다. 참새도 현아에 대해 알고 있는지 금세 배를 잡고 낄낄거렸다.

"아 맞다. 형님 그년한테 발렸다면서?"

구남이 인상을 쓰고 있다는 것도 모르는지 참새는 더욱 소리를 높여 웃었다. 어찌나 어깨가 들썩이는지 잡아 눌러 주고 싶은 심정이었다. 구남은 못 들은 척하지만 자존심에 상처가 난 것이 명확히 얼굴에 드러나 있었다. 꾹 참는 듯, 구남은 눈썹을 쓰윽 밀어

올리며 말했다.

"그 일 때문이야. 차현아, 아니 김실자가 언제라도 여기에 오면⋯⋯."

"잡아 족쳐 줘?"

종현의 어깨가 흠칫 떨렸다.

"아니, 너는 나랑 싸우고 등을 졌다고 말하고 밀입국시켜 준다고 하면서 시간을 좀 벌어. 그리고 나한테 연락을 주면 돼."

"잡기는 하되 족치지는 말라?"

"맞아."

"착해졌네, 우리 형. 근데 그년이 아무리 간이 부었대도 여긴 안올 거 같은데. 형님 뒤통수를 치고 여길 오겠어?"

"넌 뉴스도 안 보냐? 지금 전국 수배 중이잖아. 체포될 위험 때문에라도 언제까지고 숨어 다닐 수만은 없을 거야. 밀입국하기 위해서라도 여긴 아니어도 이 바닥을 얼씬거리긴 할 거다."

종현 역시 나쁘지 않은 생각이라고 여겼다. 자신이 생각해도 현아는 더 이상 도망갈 데가 없었다. 국내에서 숨어 다니든, 구남에게 잡힐 각오를 하고 이쪽을 접촉하든 불지옥이냐 물지옥이냐의 차이일 뿐이었다. 아이를 낳을 때도 다가오고 하니 큰맘 먹고 이쪽으로 접촉할 가능성도 커 보였다.

"근데."

참새는 궁금해 못 살겠다는 듯 히죽거리며 책상 위에 걸터앉았다.

"그년 잡아서 담그려고?"

담근다는 말은 무엇을 말하는 걸까. 너무 일상적으로 나오는 그 말에 종현은 몸을 떨었다. 구남은 고개를 가로저었다.

"그럼 찾아서 어쩔 생각인데?"

구남이 문 쪽으로 고개를 돌렸다. 거기에 뭐가 있기 때문은 아니었다. 단지 참새와 눈을 마주치지 못해서인 것 같았다. 아랫입술을 지그시 깨물던 구남이 대답했다.

"경찰에 넘길 거야."

"허!"

갑자기 구남과 참새 사이에 냉기가 돌았다. 장난기 어린 참새의 얼굴은 어디 가고 파리하고 서늘한 안색으로 변해 있었다. 그의 눈이 날카롭게 구남을 쏘아보았다. 종현으로서는 그 이유를 알지 못해 어리둥절했다. 곧 참새의 항의로 이유를 알 수 있었다.

"지금 그게 무슨 의미인 줄 알아? 여기를 드러내겠다는 거야. 형님이 이곳의 숨구멍을 다 틀어막겠다고 하는 거라고."

범죄자를 붙잡는 데 경찰이 개입하지 않을 수 없었다. 그러면 자연히 이곳은 노출된다. 불법의 온상지니 더 이상 그들은 영업을 할 수 없다. 그 정도로만 끝나면 다행인지도 모른다. 일부는 분명 경찰에 체포될 것이었다.

"너희들한테 피해 안 가게 할 거야. 내가 약속한다."

"그게 될 법이나 싶은 이야기야?"

참새는 반발을 멈추지 않았다. 말도 안 되는 이야기라며 일언지하에 거절했다. 협상이 결렬된 것이다. 종현은 좌절했지만 구남은 오히려 날 선 눈을 차갑게 빛냈다.

"그럼 할 수 없지. 여기에 경찰을 직접 보낼 수밖에."

구남이 말을 마치자마자 참새가 구남에게 와락 달려들어 멱살을 잡았다.

"갑자기 왜 이러는 거야!"

"김실자가 아이를 유괴했어. 애 목숨이 걸린 일이야."

참새의 말문이 막혔다. 그는 아랫입술을 잘근 깨물다가 헛웃음을 뱉었다.

"천하의 고구남이 회개라도 했어?"

"그렇다고 쳐. 이왕이면 너도 회개 좀 하고."

"만약 일이 잘못되면 형님들이 가만두지 않을 거야."

종현은 두 사람 사이에 개입할 수 없었다. 참새의 말에 구남을 걱정스레 보았다. 이건 종현이 예상할 수도 없을 만큼 구남에게 치명적인 일이 될지도 몰랐다. 그렇다고 구남을 말릴 수도 없다.

"……내가 모두 책임지지."

"정신이 나갔어."

"8년 전에 네 목숨 내가 살려 준 거 기억하지? 그 빚 갚아라."

"…… 씨팔."

참새가 욕지거리를 뱉었다. 그의 얼굴에 고민하는 기색이 역력했다. 언젠가 구남이 참새의 목숨을 구해 준 일이 있는 것 같았다.

참새가 갑자기 한숨을 푹 내쉬더니 문득 종현 쪽으로 고개를 돌렸다. 어느새 참새의 얼굴에 날 선 기운이 사라졌다. 그는 종현을 턱짓으로 가리켰다.

"근데 저 빨래는 뭐야?"

"빨래라뇨!"

"김실자 남편이야."

항의는 들은 척도 하지 않고 구남이 종현을 소개했다. 그러자 처음 들어올 때부터 내내 종현을 노려보기만 했던 참새의 얼굴이 누그러지고 동정이 넘쳤다. 그는 찢어져 올라간 눈 끝을 아래로 축 내리며 종현의 어깨를 두드렸다.

"아, 진작 말하지. 크흡. 누군가 했더니 그 불쌍한 양반이었구만."

그 손을 내치지도 못하고 종현이 멍하니 있자, 혼자 코를 들이킨 참새는 냉장고로 성큼 걸어가 정체 모를 병을 가지고 돌아왔다.

"자, 이거 가지고 가요."

참새가 냉장고에서 꺼내 준 것은 꽤 값비싸 보이는 양주였다. 이걸 왜 주는지 몰랐지만 왠지 기분이 나빴고, 하나도 고맙지가 않았다. 아무래도 자신이 어떤 처지가 되었는지 이 바닥 사람들은 다들 아는 것 같았다.

"내가 도울 일 있으면 언제라도 나한테 연락 줘요."

"어떤 일이요?"

종현이 묻자 참새가 어깨를 으쓱했다.

"밀항이라던가."

"그럴 일은 없을 거 같은데요."

"나 말고도 김실자 남편이었다고 하면 우리 조직 사람들은 다 빨래 씨를 도울 거에요. 세상에서 제일 불쌍한 남자니까. 그러니 곤란한 일 있음 연락하라고."

"난 빨래 씨가 아니에요."

"몸 잘 챙겨요. 크흡."

"내 말을 듣고는 있어요?"

종현의 물음에도 참새는 구남 쪽으로 고개를 홱 돌렸다.

"어쨌든 형님 제안은 생각을 좀 해 볼게."

구남은 탐탁잖은 얼굴이었지만 결국 고개를 끄덕였다. 계속 다그칠 수만은 없는 일이었다. 구남과 종현은 일단 집으로 돌아가 연락을 기다리기로 했다. 두 사람은 참새와 악수를 하고 사무실을 벗어났다. 복도로 나가 종현은 큰 숨을 들이켰다. 문득 걸어왔던 반대편 복도 끝을 보았다. 거기에 바다가 있다고 생각하니 더욱 파도 소리가 크게 들리는 것 같았고 물비린내도 새삼 느껴지는 것 같았다.

"고생했다."

종현은 구남의 어깨를 툭툭 쳤고, 구남은 바퀴벌레라도 본 표정으로 그 손을 쳐 냈다. 종현과 구남이 왔던 길을 되돌아 지하 벙커에서 빠져나갔을 즈음, 사무실에 혼자 남아 있던 참새가 어딘가로 전화를 걸었다.

"형님, 참새입니다."

* * *

종현은 구남과 함께 차에 올라탔다. 이미 익숙해진 듯 구남이 운전석, 종현이 보조석이었다. 종현은 자리에 앉기 무섭게 새삼 자신이 참새에게 얻은 양주를 소중하게도 끌어안고 왔다는 사실을 깨달았다. 그것은 곧장 구남의 놀림거리가 되었다. 구남이 낄낄거리며 말했다.

"밤마다 한 잔씩 먹고자."

종현은 왠지 솔깃해졌다.

"이거 뭔데? 먹으면 좋아지는 거야?"

"그럴 리가 있냐, 위로주다!"

"확 버려 버릴까."

구남이 마구 웃어대었다. 그런 구남의 모습을 종현은 물끄러미 보았다. 지금 그의 웃음은 왠지 온몸을 휘감는 걱정을 모르는 척 하고 싶은 발악으로 보였다.

"어쩔 생각이야?"

"뭐가?"

"내가 생각해도 참새 말이 맞는 거 같은데."

현아가 나타나면 형사를 불러야 한다. 그런데 문제는 그 장소가 밀입국 벙커라는 것이었다. 벙커의 존재를 안다면 형사들이 현아를 잡는 선에서 일을 마무리 할 리가 없었다. 종현은 '형님들이 가만히 안 둘 것'이라는 참새의 말을 떠올렸다.

구남이 말했다.

"경찰에는 연락하지 않는다. 우리 둘이 해."

그것이 구남의 계획이었다. 두 사람이 현아를 잡아 제3의 장소에서 경찰에 넘긴다. 얼핏 보면 괜찮은 계획인 것 같다. 하지만 경찰을 배제시켰다가 잘못해서 현아를 놓치면? 더 이상 아무 방법이 없다. 자신이 딛고 선 땅이 절벽이라고 느낀 현아가 극단적인 선택을 할 수도 있었다. 게다가 만약 두 사람의 계획을 서태주가 눈치채면 현아를 빼돌리려 한다고 오해할지도 몰랐다. 오해가 두려운 것이 아니다. 의심을 하기 시작하면 서태주는 두 사람을 미행할 것이었다. 그렇게 되면 벙커의 존재가 드러나고 구남은……

"그것 말고 방법이 있어? 없지? 그럼 하는 거야."

물론 그것 말고는 다른 방법이 없었다. 그러니 해야 한다는 구남의 말도 맞았다. 유괴당한 아이와 산산조각 난 가정을 생각해서라도 해내야만 한다. 게다가 종현의 아이까지 걸려 있는 일이었다. 하지만 생각할수록 이 계획은 완벽하지 않다는 생각이 들었다. 종현은 그것을 입 밖에 낼 수 없었다. 그것은 구남에게 이 계획을 포기하라는 말이 될 것만 같기 때문이었다. 종현은 도저히 구남에게는 꺼낼 수 없는 말을 가슴에서 되뇌었다.

'아무리 경찰이 너에 대해 모르더라도 차현아가 잡히면 너에 대해 진술할 텐데.'

22

참새를 만난 지 사흘이 지났다. 아직 그로부터는 아무런 연락도 오지 않았다. 시간이 갈수록 종현의 초조함은 더해져만 갔다. 반면 구남은 무슨 생각을 하는지 평범히 하루하루를 보내고 있었다. 손가락 하나 까딱하지 않고 있다가 종현이 차려 낸 밥을 먹고는 그대로 일어나 소파로 가 버리고, 온종일 TV나 보다가 이따금 발가락 사이에 낀 뭔가를 긁어 손가락으로 튕겨 내기도 했다. 문득 종현은 구남이 이 집에 와서 씻는 걸 본 적이 있는가 하는 생각을 하고는 정신이 아득해졌다.

휴대폰 벨이 울릴 때마다 종현은 나쁜 짓을 하다 걸린 사람처럼 흠칫흠칫, 어깨를 떨었다. 이번에 울린 벨 소리는 종현의 것이었다. 서태주로부터 걸려 온 전화였다.

"고구남 씨에게 별달리 들은 이야기는 없나요?"

종현은 아차, 싶었다. 구남에게 차현아에 대해 이야기를 듣고 정보를 알아내는 대로 연락을 준다고 했었다. 사실 그날 서태주를 불렀던 것은 구남을 압박하기 위해서였다. 현아에게 사람을 죽일 수 있는 약을 주고, 경찰이 알아서는 안 되는 돈을 빌려줬다는 구남을 경찰 앞에 내세웠다. '이제 경찰이 네 얼굴을 알고 있으니, 내 말을 잘 들어라'라는 뜻으로. 하지만 그것이 이제는 자신의 목을 죄고 있었다.

서태주에게 뭔가 설명이라도 해야 하는데 말해 줄 건더기가 없었다. 그렇다고 참새 이야기를 하며 거기서 연락이 올 때까지 기다려야 한다고 상황을 전할 수도 없었다. 새하얗게 질린 얼굴로 우물쭈물 대고 있는데 구남이 다가와 휴대폰을 확 채 갔다. 말릴 새도 없이 구남이 휴대폰에 대고 소리를 질렀다.

"형사들이 뭘 어찌해 볼 생각도 안 하고 다 내 입술만 보고 있는 거야? 뭐, 뽀뽀라도 해 줄까?"

종현이 화들짝 놀라며 구남에게서 휴대폰을 빼앗으려고 했다. 하지만 구남은 요리조리 피하며 휴대폰을 돌려주지 않았다. 종현은 어쩔 줄 몰랐다. 정보를 준다던 구남이 하는 비아냥거림은 서태주의 입장에서는 이런 것이다. 뭘 준다고 오라고 해서 받으러 갔더니 거지 취급하는 꼴.

"산부인과는 다 뒤져 봤어?"

구남이 전화기에 대고 말했다.

"임신한 상태고 하니 진료를 받지 않겠냐?"

전화기 너머에서 서태주의 목소리가 들려왔다. 정확히 들리지는 않았지만 그 부분을 아예 생각 못 한 것은 아닌 것 같았다. 구남이 전화를 스피커 폰으로 돌렸다.

"전국 산부인과에 차현아 씨 사진을 첨부한 공문을 다 돌렸고,

서울·경기권 산부인과를 다 뒤졌지만 아직 아무런 흔적을 찾지 못했습니다. 무엇보다 차현아 씨가 바보가 아닌 이상 병원을 가지는 않을 겁니다. 진료 기록이 남는 걸 걱정하겠죠."

경찰로서도 최선을 다하는 것 같았다. 당연한 일이다. 여섯 살 어린아이의 목숨이 걸려 있고, 전 국민의 시선이 몰린 사건이었다.

구남은 잠시 뭔가를 생각하는 듯하더니 말했다.

"진료 기록이 남을 걸 차현아가 알고 있을 거라는 말은 맞겠지만 산달이 다가오는 것도 사실이잖아. 경찰 눈을 피해 출산할 수 있는 곳을 찾을 거야."

"저희 생각도 그렇습니다. 하지만 음지에 퍼져 있는 불법 의료 시술자들을 전부 파악하기란 쉽지 않습니다."

종현은 구남을 보았다. 왠지 구남이라면 알 것 같았다. 역시나, 그 생각이 맞아떨어졌다는 건 금방 알 수 있었다.

"내가 지금 문자로 이름과 주소를 보내 주지."

"누구 겁니까?"

"차현아가 언젠가 그 사람에게 불법 치과 치료를 받은 적이 있어."

종현으로서는 처음 듣는 이야기였다.

"그때 들은 이야기로는 낙태 같은 산부인과 진료부터 피부 쪽까지 못 하는 기술이 없는 의료 아줌마래. 혹시 그 여자를 찾아갈 수도 있으니 조사해 보라고."

"……들은 이야기라면서 주소까지 압니까?"

"그동안 말하지 못했던 건 의료 아줌마의 이름이나 정보를 전혀 기억 못 하다가 뒤늦게 메모를 찾았기 때문이야! 알려주면 고맙게 받아 챙길 것이지 뭘 따져?"

"일단 알겠습니다."

"일단 알겠다는 뭐야? 기분 나쁘게!"

구남이 전화를 확 끊어 버렸다. 그리고는 물끄러미 서서 자신을 응시하고 있는 종현에게로 시선을 들었다. 구남은 씨익 웃었다.

"됐지?"

구남은 자신이 종현을 구해 줬다고 생각하는 듯 보였다. 종현은 어색한 미소를 지으며 고개를 끄덕였다. 아무래도 지금 생각났다는 말은 거짓말이 분명해 보였다.

"그 의료 아줌마라는 거, 정말 있는 사람이야?"

"지금 한 말 모두 사실이야. 경찰 놈들이 그쪽을 조사하다가 운 좋게 차현아가 잡히면 참새 쪽도 위험을 감수할 필요가 없어서 대박인데."

구남이 쩝, 입맛을 다셨다. 종현은 고개를 끄덕였다.

"수고했어."

그는 소파에서 일어서 화장실로 향했다.

"이따 만나."

구남이 장난스럽게 인사를 했지만 종현은 돌아보지 않았다. 그런 그의 마음속에는 커다란 물음표가 하나 걸려 있었다.

'산달이라는 건 어떻게 안 거지?'

***

전화를 끊은 서태주는 다른 형사 하나를 대동하고 구남이 보내 준 문자의 주소로 즉시 향했다. 가 보니 의외라서 놀랄 만큼 서울 도심 한복판에 있는 오피스텔이었다. 인근에 대단지 아파트가 있어서인지 상권이 잘 이루어져 있었고, 학원들이 밀집한 곳이었다. 이런 곳에서 불법 의료 행위가 벌어지고 있다니, 여러 의미에서 대단하다는 생각이 들었다.

구남이 보내 준 주소는 이 오피스텔의 806호. 서태주는 머뭇거릴 새 없이 즉시 올라가 초인종을 눌렀다. 잠깐 긴장한 상태로 대답을 기다렸지만 안에서는 아무런 인기척도, 대답도 없었다. 서태주는 기연도와 눈빛을 교환한 다음 몇 번 더 초인종을 눌렀다. 역시 이번에도 응답은 없었다.

"안에 불이 꺼져 있는 것 같습니다."

기연도가 복도 쪽으로 면해 있는 방 유리창 안을 유심히 들여다보며 말했다.

"경비실로 가 보지."

두 사람은 1층으로 내려갔다. 로비 층 한구석에 작게 난 사무실이 있었다. 책상 하나와 의자가 들어가면 가득 찰 만큼 아주 작은 사무실 안에 70대로 보이는 노인이 앉아 신문을 읽고 있었다. 두 사람이 다가오자 자신에게 볼일이 있는 사람들이라는 걸 알아챘는지 신문을 내렸다. 서태주가 먼저 다가가 경찰 공무원증을 내보였다.

"여기 806호에 거주하는 사람을 찾고 있습니다. 혹시 어떤 사람인지 아십니까?"

경비원은 고개를 대번에 저었다.

"여기 입주민이 얼마나 많은데. 들고 나는 사람도 많아서 일일이 알지도 못해."

분명 입주자 명부 같은 것이라도 있을 텐데 그는 찾으려는 생각도 없는 듯했다. 알지 못해서라기보다는 괜한 일에 끼어들고 싶지 않다는 뉘앙스가 짙게 느껴졌다. 모른다고 잡아떼 봐야 공문 한 장이나 영장을 받아 오면 해결되는 일이다. 하지만 그럴 시간이 없다는 게 문제였다.

서태주는 경비실에서 나와 806호로 다시 올라갔다. 여전히 안에는 불이 꺼져 있었다. 서태주는 복도에 풀썩 주저앉았다. 그 모습을 보고는 기연도가 웃더니 서태주의 옆에 앉았다. 이제부터는 기다림의 시간이었다. 두 사람에게는 아주 익숙한 일이었다.

여자가 나타난 것은 기다리기 시작한 지 세 시간 반쯤 되었을 때였다. 구두 소리에 고개를 돌렸더니 어떤 여자가 검은 케이스를 들고 걸어오고 있었다. 나이는 60대 초반쯤으로 보였고, 얼마나 깡말랐는지 주름진 목에 뼈가 툭 불거져 나와 있었다. 긴 원피스를 입고 있었고, 들고 있는 검은 케이스는 여자의 몸보다 훨씬 커 보였지만, 전혀 무게감을 못 느낀다는 듯한 표정이었다. 머리에 서부터 발끝까지 풍기는 분위기가 묘한 여자였다. 여자는 806호를 향해 걸어오다가 복도에 앉아 있는 서태주 일행을 발견하고 의혹의 시선을 보냈다. 잠깐 느려진 그녀의 걸음이 다시 빨라지고 이내 806호 앞에 섰다. 여자는 아주 익숙한 태도로 비밀번호를 눌렀는데 조급해 보이거나 할 것 없이 평정을 유지하고 있었다.

"임옥분 씨?"

비밀번호를 누르는 여자의 손이 멈췄다. 그녀는 천천히 뒤를 돌아다보았다. 조금 전까지만 해도 복도에 앉아 있던 남자 두 명이 자신의 뒤에 바짝 붙어 서 있었다. 두 남자의 풍채가 예사롭지 않았다. 형사다! 여자는 황급히 문을 열고 안으로 들어가려 했다. 하지만 문이 닫히기 전 둘 중 나이가 많아 보이는 형사가 문 사이로 발을 끼워 넣었다.

서태주는 기연도의 긴 발이 다치지 않도록 문을 더욱 힘주어 벌렸다. 임옥분은 닫으려고 하고 서태주는 열려고 하는 씨름이 계속되었다. 그 순간 임옥분은 들고 있던 케이스를 놓쳐 버렸다. 케이스는 바닥에 떨어지자마자 뚜껑이 벌컥 열렸다. 서태주는 열린 문 사이로 쏟아진 내용물들을 볼 수 있었다.

안에 들어 있던 것들은 주사기와 약품들이었다. 용처를 알 수 없는 이상하게 생긴 기구는 한눈에 보기에도 불법 의료 시술을 위한 용품이라는 것을 알 수 있었다. 저렇게 깡마른 여자가 들고 다녔다고는 상상도 못 할 만큼 쏟아진 물건들의 양이 많았다. 서태주가 말했다.

"문 여시죠."

그 말에 임옥분이 몸을 떨었다.

"이, 이건……."

"변명하셔도 이미 다 알고 있습니다. 하지만 오늘은 이 문제로 온 것이 아닙니다."

"……."

"물론 이것도 불법이지만 저희한테 협조하시면 일단 한번 봐 드리죠. 두 번 다시 이런 일은 하지 않는다는 조건으로."

"뭐, 뭘 도와드리면 되는데요."

임옥분은 여전히 문을 잡고 서 있었다. 하지만 닫으려는 힘이 훨씬 줄어 있었다.

"차현아 씨 아시죠?"

임옥분의 이맛살이 살짝 구겨졌다. 집을 잘못 찾아온 것 아니 냐는 듯 어이없는 눈으로 서태주를 보았다. 서태주는 아차 싶었 다. 차현아가 한동안 가짜 이름을 사용했다는 것을 종현으로부터 들었기 때문이다.

"아니, 김실자 씨요. 김실자 씨 아시죠?"

이제야 임옥분의 시선이 바닥으로 내려앉았다. 그녀는 주름진 입술을 살짝 깨물었다. 잠시 머뭇거리더니 이내 고개를 끄덕였 다. 서태주가 회심의 미소를 지었다.

"안으로 들어가서 자세한 이야기를 해 볼까요?"

임옥분이 천천히 문을 잡고 있던 손을 놓았다. 서태주와 기연 도가 임옥분을 따라 안으로 들어갔다. 문이 닫히고 복도에는 정 적이 감돌았다.

그 모습을 보고 있는 사람이 있었다. 엘리베이터 승강장의 안 쪽으로 조금 들어간 공간에 몸을 숨기고 있던 여자가 복도에 인기 척이 사라지자 앞으로 걸어 나왔다. 차가운 얼굴의 여자는 검은

원피스를 입고 있었다. 만삭인 듯 배가 무척 부풀어 있었다. 차현아였다. 세 사람이 사라진 806호 쪽을 쓰윽 본 차현아가 다시 엘리베이터 안으로 들어갔다. 차현아는 임옥분의 집으로 들어간 두 사람 중 한 명의 얼굴이 낯익었다. 지난번 돈을 받으려던 카페에 들이닥쳤던 형사였다.

***

"뭐라고요?"

서태주의 목소리가 높게 차고 올랐다. 그는 경악한 얼굴로 임옥분의 얼굴을 뚫어져라 보았다.

임옥분의 오피스텔 안은 작은 병원처럼 꾸며져 있었다. 환자용 침대와 각종 용품은 물론 수술대까지 자리를 차지했다. 음지에서 이런 일이 벌어지고 있다는 것도 기가 막힌데 임옥분이 한 말은 더욱 기가 막혔다. 차현아가 곧 오기로 되어 있다고 하는 것이다.

출산 문제로 임옥분을 찾기로 한 것이 분명했다.

"차현아 씨가 지금 무슨 혐의를 받고 있는지 알고 계시죠?"

"난 그런 건 몰라."

"일반 병원도 있는데 여기에 와서 애를 낳겠다고 하는 게 정상이 아니란 것쯤은 아실 텐데요?"

임옥분은 코웃음을 쳤다.

"여기 이렇게 차려진 건 정상이야? 우리는 일일이 안 물어봐. 그건 영업상 지켜져 되는 규칙이지. 난 실자가 왜 병원에서 아이를 낳지 못하는지 몰라."

서태주는 잠시 고민했다. 조금만 늦었다면 차현아의 눈에 띄었을지도 몰랐다. 아니, 차라리 이 집에서 상담을 받고 있을 때 들이 닥쳤다면 좋았을 것이었다. 서태주는 고개를 흔들었다. 지금은 그런 후회나 하고 있을 때가 아니었다. 곧 올 차현아를 체포하는 것이 우선이었다. 그는 기연도에게 한쪽 방문을 가리키며 말했다.

"일단 우리는 이쪽 작은방 안에 들어가서 차현아가 오기를 기다리지."

"네."

고개를 끄덕인 그가 작은 방의 문을 열었다. 의약품들을 정리해 놓은 방이었다. 서태주는 그를 따라 들어가다가 임옥분을 돌아보았다.

"허튼짓할 생각은 마세요. 차현아, 아니 김실자 씨를 빼돌리려했다가는 바로 당신부터 경찰서로 끌고 갈 테니까."

임옥분은 헛웃음을 지었다.

"내가 왜? 무슨 의리라도 있다고."

임옥분의 말과 같이 그녀는 전혀 차현아를 숨겨 줄 마음이 없어보였다. 업계에 암암리에 생긴 규칙상 고객에게 일일이 캐묻지는 않지만 여차해서 자신에게 피해가 올라치면 당연하게 등을 돌리는 게 이 바닥의 생리인 모양이었다. 서태주는 방 안으로 들어가 문을 닫았다.

그는 차현아를 기다렸다. 형사 일을 하면서 잠복하는 일은 허다했지만, 이번엔 유난히 더 숨이 막혔다. 긴장이 뱃속에서 울렁거렸다. 그는 혹시나 싶어 틈틈이 방문을 조금씩 열어 보았다. 그때마다 눈이 마주친 임옥분은 고개를 저었다. 오히려 임옥분이 당황하는 듯했다.

"온다고 했는데……."

임옥분은 도저히 모르겠다는 얼굴이었다.

'설마.'

서태주는 곧장 방 밖으로 나갔다. 현관문을 빠끔히 열고 밖을 내다보았다. 아무도 없었다. 그는 다급한 걸음으로 엘리베이터로 향했다. 뒤에서 기연도가 무슨 일이냐고 물었지만 그 물음이 머릿속에 제대로 입력되지 않았다. 그는 엘리베이터를 타고 곧장 경비실로 향했다.

"경찰입니다. 공무 집행 중입니다. CCTV 좀 확인해야 되겠습니다."

단호한 얼굴로 경찰 공무원증을 내보이자 경비원은 곤란한 얼굴로 일어섰다. 그러고는 어딘가로 전화를 걸었다. 관리 회사일 것이었다. 사정을 설명하는 전화는 생각보다 길어졌다. 이내 전화를 끊은 경비원이 서태주에게 말했다.

"따라오시죠."

그는 1층 안쪽 제일 끝방으로 걸어갔다. 방제실이라는 팻말이 있었다. 경비원은 노크도 없이 문을 열었다. 안에는 사람이 없었다. 따로 방제실 직원이 없고 필요할 때 경비원이 확인시켜 주는 모양이었다.

"원하시는 게?"

"엘리베이터 영상이요. 한 시간 전부터 봅시다."

경비원은 화면에 영상을 띄웠다. 마우스 버튼을 눌러 시간을 앞으로 당겼다.

"제가 좀 보겠습니다."

서태주의 말에 경비원이 자리를 비켜 주었다. 서태주는 임옥분이 엘리베이터에서 내리는 장면부터 재생시켰다. 임옥분이 내리자 엘리베이터가 닫히고 1층으로 내려갔다가 다른 입주민을 태웠다. 그들은 4층에서 내렸다. 그렇게 몇 번을 엘리베이터는 사람을 태우고 내리기를 반복했다. 잠시 후 1층으로 내려간 엘리베이터 안으로 한 여자가 올라탔다. 불룩한 배가 바로 눈에 띄었다. 검은색 임부복을 입고 있었다. CCTV가 엘리베이터 천정에 달려 있어서 얼굴은 보이지 않았지만 그것만으로도 서태주는 누구인지 알 수 있었다. 온몸이 전율했다.

영상 속 여자는 8층에서 승강기 문이 열리자 내리려고 했다. 그런데 문득, 무엇을 봤는지 엘리베이터 안으로 몸을 숨겼다. 그러고는 열림 버튼을 누른 채 내려가지도 않고 가만히 있었다. 엘리베이터 버튼 옆 벽에 바짝 붙어서서 어딘가를 보고 있었다. 아마도 임옥분과 입씨름하고 있던 자신을 보았던 거라고, 서태주는 생각했다.

서태주는 등허리에 식은땀이 흐르는 것을 느꼈다.

잠시 뒤 화면 속 차현아는 닫힘 버튼을 누르고 내려갔다. 그리고는 유유히 사라졌다.

"젠장!"

서태주는 신음하며 머리를 움켜쥐었다. 또 놓치고야 말았다. 이제는 자신에게 형사의 자격이 없다고까지 생각됐다.

더 이상 임옥분의 집에 있을 이유가 없었다. 철수해 경찰서로 돌아온 서태주는 고민하다가 할 수 없이 종현에게 전화를 걸어 결과를 알려 주었다. 종현은 무척이나 실망하는 목소리였지만, 알겠다며 수고했다는 말을 잊지 않았다. 그 목소리 너머로 고래고래 소리 지르는 목소리가 들려왔지만 신경 쓸 것이 없다는 듯 종현은 전화를 끊었다. 옆에서 결과를 들은 고구남이 분기탱천하여 욕을 내뱉는 것이 눈앞에 보이는 것만 같았다.

서태주는 턱을 매만지며 생각에 빠져들었다. 그는 고구남에 대해서 생각했다.

자신의 어깨를 두드리는 손길에 서태주는 생각을 끊고 고개를 들었다. 기연도 형사였다. 서태주가 돌아보자 그는 씨익 웃어 보였다.

"무슨 생각을 그렇게 하세요? 혹시 차현아를 놓쳐서 이렇게 처져 있는 거예요?"

그는 서태주를 걱정해 애써 밝은 미소를 짓고 있었다. 그 마음이 고마웠다.

"그런 게 아냐. 있잖아."

종현은 잠시 숨을 몰아쉬었다.

"고구남이라는 그 남자 어떻게 생각해?"

"고구마요?"

그러고 보니 서태주는 고구남에 대해 동료들과 공유할 시간이 없었다.

"오늘 우리가 찾아간 불법 시술 업자를 알려 준 사람이야. 차현아의 남편 유종현 씨와 지금 같이 있어. 이름이 고구남이라고, 차현아의 내연남이었대."

"네?"

기연도 형사는 크게 놀라는 얼굴을 했다.

"유종현 씨는 부처님인가요?"

서태주는 대답 없이 쓴웃음을 지었다. 그는 구남에 대해 의혹을 갖고 있었다. 물론 그가 가진 정보가 도움은 됐지만 그냥 내연남 정도가 이렇게 많이 알까? 불법 시술받는 것을 알고 있어도 시술자의 주소와 이름까지 메모해 놓는 것이 일반적인 일일까. 그는 정말로 차현아의 내연남이 맞는 건가? 아무리 생각해도 고구남의 존재는 많은 의문을 불러일으켰다.

"암튼, 그 사람에 대해 확인을 한번 해 보면 좋겠어. 근데 이름 말고는 다른 인적 사항은 몰라. 대비 차원에서 비밀로 해야 하는 거라 직접 물어볼 수도 없고."

"이름이 독특하니까 뭐든 찾을 수 있을 겁니다. 범죄자면 기록도 있을 거고."

서태주는 고구남의 인상을 떠올렸다. 절대 범죄와 무관해 보이는 얼굴은 아니었다.

"나올 거야."

서태주가 나직이 중얼거렸다.

23

"대체 그놈은 뭐 하는 놈이야? 밥을 떠서 입에 처넣어 줘도 삼키질 못하면 무슨 소용이란 말이야! 대체 형사는 어떻게 된 거야? 뒷돈 주고 자리 딴 거 아니냐고, 얼빠진 놈!"

분기탱천하는 고구남의 목소리가 얼마나 거세게 덮쳐 오는지 종현은 귀를 막고 싶은 심정이었다. 게다가 중간중간 입에 담지 못할 욕설이 귀에 거슬리기도 했다. 하지만 눈앞에서 현아를 놓쳤다는 이야기를 들으니 종현으로서도 너무 아깝고 안타까웠다. 애써 중요한 정보를 알려 준 고구남이 분기탱천할 만도 하다. 얼빠진 놈이라는 말을 들어도 어쩔 수 없는 일이다. 그래도 고구남의 편을 들어주기는 싫었다. 왠지 그랬다.

"그러니까 너 같은 놈도 돌아다니는 거지."

"뭐라 그랬냐?"

"중얼거렸는데 들렸냐?"

"중얼거림이 크다?"

"귀가 밝은가 보네."

고구남이 뭔가 대꾸를 하려 인상을 일그러트리며 다가왔다. 종현이 얼른 표정을 바꿨다.

"밥 먹을래?"

"된장찌개."

구남은 말 돌리기 참 쉬운 타입이었다. 종현은 저런 단순한 사람이 범죄에 가담하며 살았다는 사실이 전혀 믿기지 않았다. 구남의 휴대폰 벨이 울린 것은 종현이 된장찌개를 하기 위해 주방으로 들어가던 그때였다. 종현은 걸음을 멈추고 구남이 전화를 받는 것을 지켜보았다. 근래 구남의 휴대폰에 걸려 오는 전화는 종현과 무관한 건이 전혀 없다고 봐도 무방했다.

"그래, 나다."

전화를 받은 구남은 상대편의 말에 귀를 기울이는 듯했다. 별로 대답을 하지 않아서 무슨 통화를 하는 것인지, 전화를 건 상대가 누구인지 종현은 가늠되지 않았다. 하지만 재촉하지 않고 차분히 기다렸다.

"뭐?"

구남의 눈이 돌연 커다래졌다.

"알았어. 갈게. 고맙다."

드디어 구남이 전화를 끊었다. 무슨 일인지 알려 달라는 듯 종현이 구남을 보았다.

"참새야. 차현아가 접촉해 왔대."

참새는 지난번 만남 이후 결국 구남을 도와주기로 결정한 모양이었다. 종현은 구남의 말을 듣자마자 재빨리 재킷을 입고 모자를 눌러썼다. 혹시라도 현아가 자신을 알아보면 도망갈지도 모른다는 생각이 들었기 때문이다. 그러고는 빠른 몸놀림으로 거실에 나와 테이블 위에 놓여 있는 차 키를 집어 구남을 향해 던졌다. 구남은 거의 반사적으로 차 키를 받아들었다.

"운전!"

종현이 외치자 구남이 입술을 일그러트리며 구시렁댔다.

"아주 운전기사네. 기사야."

그러면서도 구남은 말과는 다르게 재빨리 앞서 나가는 종현의 뒤를 따랐다. 두 사람은 주차장을 향해 달렸다.

***

그 시각, 서태주는 종현의 아파트 단지를 향해 우회전해 들어오고 있었다. 그는 곁눈질로 조수석에 올려져 있는 조사 파일을 보았다. 그런 그의 얼굴이 단단히 굳어 있었다.

"고구남? 알지. 걔 전과가 한 3범쯤 되던가? 그렇다고 잔잔바리는 아니야. 범죄 조직인 은사파와의 고리를 찾지 못해서 수사가 더 진척되지 않았을 뿐이지. 증거는 없지만 분명 그놈들과 상생 관계거든. 그렇잖아도 내가 한 번만 걸려라 하고 있던 중이야."

그렇게 알려 준 것은 고구남의 이력에 사기 전과가 한 건 더 추가될 당시의 담당 형사였다. 서태주는 고구남이 너무나도 수상했다. 유종현의 말에 따르면 그런 사람이 차현아와 내연 관계였다고 한다. 정말 단순한 내연 관계였을까? 서태주는 처음 박아영

어린이 유괴 사건을 맡았을 때 어린이를 유인해 납치해간 CCTV 속 여자에게 남자 공범이 있을 것으로 예상했었다.

혹시 그것이 고구남일 수는 없을까? 그렇게 생각하면 머리가 복잡해진다. 고구남이 공범이라면 왜 지금 종현의 집에 머물며 차현아를 찾는 것을 도와주겠는가? 말이 안 된다. 서태주는 그렇게 생각하면서도 고구남에 대한 의혹이 가시지 않았다. 정확히 뭐라 말할 수 없는 의혹이었다. 서태주는 고구남에 대해 더 알아보아야겠다는 생각이 들었다. 그래서 그를 만나기 위해 종현의 집에 오기로 한 것이었다.

서태주가 아파트 단지 안으로 차를 몰고 들어갔을 때, 그는 동 입구에 서 있는 종현을 발견했다. 뭐 하는 거지, 생각하는 순간 지하 주차장에서 나온 차 한 대가 그 앞에 멈춰서고 종현이 조수석에 올라탔다. 운전자는 고구남이었다. 종현이 올라타자 차가 빠르게 출발했다. 서태주는 휴대폰을 꺼냈다. 유종현의 전화번호를 찾은 서태주의 손가락이 통화 버튼 위에서 머뭇거렸다. 그는 휴대폰을 내려놓았다. 그리고 곧장 종현이 탄 차를 쫓았다. 생각해보면 그동안 자신은 종현이 이 사건에서 마냥 피해자라고만 여겼다. 하지만 그게 사실이 아닐 수도 있었다. 서태주는 다급히 종현이 탄 차의 뒤를 쫓아 아파트 단지를 벗어났다.

"도대체 어디를 가는 거야."

서태주는 아랫입술을 잘근 깨물었다. 종현과 고구남의 뒤를 쫓은 지 벌써 한 시간째였다. 혹시 자신이 뒤쫓는 것을 들킨 것은 아닐까 하는 생각을 했다. 그래서 목적지 쪽으로 가지 않고 다른 곳으로 방향을 튼 것은 아닐까. 그때 전화벨이 울렸다. 발신자를 확인하고 곧장 전화를 받았다.

"팀장님, 차현아의 휴대폰이 켜졌습니다!"

"어디야?"

서태주의 목소리는 크고 성말랐다.

"인천 부두 쪽 기지국이 잡히는데요."

"인천?"

서태주는 정면을 보았다. 그런 그의 몸에 순간적으로 소름이 돋았다. 그의 머리 위쪽으로 인천이라는 표지판이 지나가고 있었기 때문이었다. 앞서 있던 종현의 차가 인천 방향으로 빠졌다.

"인천 부두 쪽으로 지원 병력 보내."

그는 곧장 전화를 끊었다. 그러고는 앞서 달려가는 종현의 차를 무서운 눈으로 노려보았다.

이윽고 인천 부두에 도착했다. 부두 쪽으로 들어가는 차량이 많지 않아 구남과 종현이 눈치챌까 싶어 속도를 줄였더니, 다른 차들이 끼어드는 통에 놓치고 말았다. 서태주는 부두를 조심스럽게 한 바퀴 돌았다. 그는 한참 만에 종현의 차를 발견했다. 멀찍이 차를 세워 놓고 조심스럽게 다가갔지만, 이미 종현과 구남은 보이지 않았다.

***

종현과 구남은 참새의 지하 벙커에 들어가 있었다. 종현은 초조히 휴대폰을 켜 시간을 확인했다.

"조바심치지 마."

그렇게 말하는 구남도 초조하기는 매한가지였다. 계속 휴대폰
화면을 켜는 종현의 어깨너머로 구남도 시간을 확인하고 있었다.

참새가 차현아와 만나기로 한 시각은 오전 10시 30분이라고 했
다. 아직 10분이나 남았지만 긴장이 되어 자꾸 시간을 확인하게
되었다.

구남이 벌떡 일어섰다.

"지금 무슨 소리 들리지 않았어?"

구남은 긴장한 얼굴이었다. 종현도 덩달아 숨을 죽였다. 가만
히 기다리고 있자니 더 이상 아무런 소리도 들리지 않았다.

"똥 마려운 것처럼 안절부절못하지 말고 가만히 앉아서 기다려
요, 형님."

참새가 헛웃음을 지었다. 구남은 멋쩍은 얼굴로 다시 자리에
앉았다. 여전히 종현은 안심하지 못하는 얼굴로 바깥을 내다보려
했다. 종현 역시 분명히 소리를 들은 것이다. 그런 종현의 옷소매
를 구남이 당겨 자리에 앉혔다.

"가끔 빈 컨테이너를 열어 보는 노숙자들도 있어서 이런 소리
가 들려요. 김실자가 도착하면 신호가 올 테니 걱정 말고요."

"네."

참새의 설명에 종현이 머쓱하게 자리에 앉았다. 구남은 마치
자신은 조바심을 치지 않았던 것처럼 종현을 향해 혀를 끌끌 찼
다. 종현이 그를 노려보며 한마디 하려던 그때, 구남이 무슨 생각

이 들었는지 인상을 무섭게 구겼다.

"잠깐. 너 김실자랑 무슨 신호 주고받기로 했냐."

노크한다고 열어 주는 벙커가 아니었다. 정해진 사람만 들어올 수 있어서 약속을 했다 해도 비밀 신호를 보내야지만 문을 열어 줬다. 처음 구남을 따라 이곳에 왔을 때, 어딘가로 문자를 보내던 모습을 종현은 떠올렸다. 아마 휴대폰으로 약속된 문자를 보내는 방식인 것 같았다.

"알면서 뭘 물어요. 내가 정한 숫자를 문자로 보내는 거지."

"이 멍청아!"

구남이 벌떡 일어서며 소리를 질렀다. 참새는 어리둥절하게 그를 보았다. 종현도 구남이 왜 화를 내는지 감이 오지 않았다.

"차현아, 아니 김실자는 수배를 받는 사람이고, 이쪽 계통으로는 나 없이는 아는 사람이 없어서 대포 폰도 구하지 못했을 거란 말이다!"

구남의 말을 들은 참새가 입을 벌렸다. 종현은 얼른 알아듣지 못하다가 뒤늦게 구남의 생각을 읽을 수 있었다. 대포폰을 구하지 못한 현아가 문자를 보내려면 잠깐이라도 자신의 휴대폰을 켜서 문자를 보낼 것이다. 그렇게 되면 다시 휴대폰을 끈다고 해도 마지막 위치가 대번에 경찰에게 신호로 잡힌다. 위치가 들통나서는 큰일이었다.

구남이 참새에게 말했다.

"김실자한테 연락할 방법 없어? 연락되면 여기 말고 다른 곳에서 만나야 해. 경찰에 걸리면 여기까지 다 들통나는 건 알지?"

참새는 얼떨떨한 얼굴이었다.

"이미 문자가 왔었어. 10시 30분에 만나기로 했다니까? 그걸 뭘로 했겠어. 문자로 했지."

참새는 문자를 보여 주었다. 종현도 구남의 어깨로 문자의 내용을 확인했다. 숫자만 가득하지만 아마도 시간 약속을 하는 내용일 거였다. 종현은 자신의 휴대폰으로 시간을 확인했다. 이미 10시 30분이었다.

"문자 보냈는데 안 읽어."

참새가 초조하게 말했다.

"멍청아, 당연히 휴대폰 꺼 놨겠지."

구남이 퉁박을 줬다. 그는 다급히 사무실을 벗어났다. 그리고는 위로 올라가는 계단을 통해 컨테이너 안으로 들어섰다. 구남은 출입구 쪽 벽에 몸을 바짝 붙이고 섰다. 살짝 문을 열고 바깥을 내다보았다. 조금 떨어진 부둣가에서 사람들이 움직이고 있었다. 수출품 때문에 움직이는 인력들은 늘 저렇게 있다. 구남은 좀 더 찬찬히 주변을 살폈다. 이곳과는 어울리지 않는 승용차들이 몇 대쯤 눈에 띄었다. 하지만 배에 선적하는 일꾼들도 출퇴근을 위해 차를 이용한다. 무조건 경찰들 것이라고는 보기가 힘들었다. 구남은 다시 아래로 내려갔다.

"상황은 어때?"

참새가 묻자 구남이 고개를 저었다.

"아직 잘 모르겠어."

"하긴. 형님보다는 내가 여기 분위기를 더 잘 알아. 짭새 깔렸는지 내가 보고 올게."

참새가 벙커를 빠져나갔다. 구남은 한숨을 쉬며 자리에 앉았다.

"경찰보다 차현이랑 먼저 연락이 닿아야 해. 무슨 수 없냐?"

"……."

대답이 돌아오지 않자 구남이 종현을 보았다. 종현은 뭔가 생각에 잠겨 있었다. 구남이 이맛살을 좁혔다.

"너 무슨 생각하냐?"

"차라리 다 걸려 버리는 게 나아."

참새와 구남의 말처럼 현아의 위치는 휴대폰을 켠 순간 경찰들에게 드러났을 것이었다. 그녀는 어차피 인천 부두에 들어서는 이상 경찰에게 잡힌다. 그러면 그걸로 끝일까? 종현은 자신에게 도움을 주던 이 장소가 새삼 무서웠다. 유괴를 하는 사람도 이곳을 통해 해외로 도피할 수 있다. 그렇다면 앞으로 어떤 사람들이 이곳을 찾아올까? 이전에는 어떤 사람들이 이곳을 통해 나갔을까?

종현이 말을 이으려 구남 쪽으로 고개를 돌린 순간 그는 그대로 벽에 처박혔다. 구남이 종현의 멱살을 잡고 벽에 밀어붙인 것이었다. 벽에 부딪힌 등이 아팠다. 구남의 이런 표정은 처음이었다. 간담이 서늘하다, 라는 말을 체감할 수 있을 만큼 싸늘한 표정이었다.

"오냐오냐하니까 끝도 없이 기어오르냐?"

종현은 서글픈 표정을 지었다.

"너도 이제는 알았잖아. 이런 곳을 통해 도망가는 사람들이 피해자들에게 어떤 상처를 입히는지."

구남은 입술을 깨물었다. 말은 하지 않았지만 그의 머릿속에 많은 장면이 스쳤다. 위세척하던 정순정의 모습이 가장 처음이었다. 두 번째는 수년 전의 일이었다. 자신에게 사기당한 중소기업 사장이 목을 매어 자살을 한 일이 있었다. 그때까지만 해도 범죄의 성공 뒤에 피해자의 삶은 생각해 본 적이 없었다. 자살한 중소기업 사장의 영결식에서 아이의 눈물을 보았다. 자식을 위해 사업을 꼭 성공시켜야 한다던 사장의 모습이 떠올랐었다. 그때 일이 이번 사건에서 마음을 옭아매고 있는지도 몰랐다. 십 년이 넘도록 은사파와 동맹 상태로 일을 해 왔지만 그때 이후로 조직의 일에서 손을 떼고 사채를 하며 살았다.

"이제 그렇게 사는 거 너도 지겹지 않냐. 나쁜 사람 되는 거 싫지 않아?"

구남은 대답을 하지 못했다. 마음을 다잡듯 다시 한번 종현의 멱살을 쥔 손에 힘을 주지만 아니라고 말하지는 못했다. 종현이 그런 그를 재차 다그치려고 하는 그때, 빠르게 달려오는 발소리가 들려왔다. 구남은 종현의 멱살을 놓았다. 문이 열리고 참새가 들어왔다.

"씨발, 좆됐어! 차현아가 왔어. 그 근처에 이상한 남자들이 있는데, 백퍼 형사야. 차현아 년 먼저 건지는 건 그만 포기해, 형님."

말을 하면서도 참새는 성마른 손으로 서랍을 열었다. 그가 꺼낸 것은 배낭이었다. 그러고는 뒤이어 차례차례 서랍을 열어 서류와 물건, 그리고 돈다발을 가방에 쓸어 담았다. 일단 일이 어떻게 될지 모르니 몸을 피하려는 것 같았다. 종현은 그를 그냥 둘 수

없었다. 맞아 죽는 한이 있어도 붙잡아야 한다. 참새를 향해 다가
가는 순간 구남이 종현의 어깨를 잡아 자신의 뒤로 제쳤다. 구남
이 참새에게 성큼 다가갔다.

"여기에 있어."

"뭐요?"

"그게 더 안전해."

"그러다 차현아가 잡혀서 다 불면 어쩌라고?"

"…… 여기는 노출되지 않게 해 주겠다고 했잖아. 나한테 다 생
각이 있어. 걱정 마."

역시 통하지 않았다. 구남의 말에 종현은 아랫입술을 깨물었
다. 그에게 크게 실망하는 자신을 느꼈다. 아마 정의의 편에 설 거
라는 일말의 기대감은 있었던 모양이었다. 역시 쓰레기는 어쩔
수 없다,라는 생각이 들었다. 구남은 여전히 참새와 대화하고 있
었다.

"너 결혼했냐?"

"엥? 갑자기 그건 왜 물어? 가긴 했었죠. 금방 돌아오긴 했지만."

"그럼 애새끼는?"

"아기?"

되물은 참새가 의미심장하게 씨익 웃었다. 그러고는 구남의 어
깨에 팔을 둘렀다.

"형님이 결혼을 안 해 봐서 잘 모르겠지만, 몇 번 좀 한다고 금방
애가 생기는 건 아냐."

"그럼 됐어."

"뭐가?"

"여기는 쉽게 드러나지 않겠지만, 어쨌거나 잠잠해지려면 며칠 조용히 있어야 할 테니까. 애랑 와이프가 있으면 숨어 지내기가 힘들지 않겠냐."

참새는 흥, 코웃음을 쳤다.

"우리 형님, 나이가 들었나. 왜 갑자기 따뜻해지고 그래? 별 고민을 다 하네."

참새의 비웃음에도 구남은 참새를 끌어안았다.

"일을 이렇게 만들어 미안하다."

참새가 인상을 구겼다.

"이렇게?"

"귀찮게 해서 미안하다고."

푸, 하고 참새가 웃었다.

"형님! 우린 피만 안 나눴지 친형제나 다름없는 사이잖아! 그런 말 하지 마슈."

참새의 어깨를 두드리며 구남이 포옹을 풀었다. 그러고는 종현을 돌아봤다.

"올라가자."

종현은 두 사람을 혐오스러운 눈을 하고 노려보았다. 구남은 별로 개의치 않아 하는 듯 먼저 벙커를 나섰다. 맘에는 들지 않지만 일단은 종현도 그의 뒤를 따라나서기로 했다. 현아에게 한 발짝 다가섰음을 종현은 느끼고 있었다.

24

배가 선착되어 있는 부둣가가 보이니 마음이 더욱 졸아들었다. 안정을 하려 해도 쉽지는 않았다. 짙게 선팅되어 있는 운전석 쪽 창을 살짝 열었다. 비릿한 바다의 냄새와 함께 시원한 바람이 밀려 들어왔다.

차는 훔친 신분증으로 렌트했다. 신분증은 머물고 있던 여관의 카운터에서 훔쳤다. 직원인지, 여관 주인의 딸인지 모를 30대 여자를 눈여겨봐 오다, 잠시 자리를 비운 사이 지갑에서 신분증만 꺼내 온 것이다. 렌트회사 직원은 신분증을 받고 흘깃 현아를 보긴 했지만 그다지 의심하는 것 같지는 않았다. 어차피 대부분 신분증 사진과 실물이 달라서 이지도 모른다.

그녀는 경계를 늦추지 않으며 차를 부둣가 쪽으로 가까이 몰았다. 예전에도 와 봤지만 그때보다 수출 작업을 하는 인력이 더 많은 것 같았다. 그들을 지나쳐 부둣가의 외진 곳을 향해 차를 몰았다. 차현아이기도 한 그녀는 김실자를 기다리는 참새와 만나기로 되어 있었다.

드디어 저 멀리 약속된 컨테이너가 눈에 띄었다. 그녀는 차를 한적한 곳에 세웠다. 여기서부터는 걸어 들어가야 한다. 다른 사람 눈에 띄기 쉽게 컨테이너 앞에 차를 세웠다가는 참새에게 무슨 욕을 들을지 몰랐다. 시동을 끄고 운전석 쪽 차 문을 열었다. 내리기 위해 다리 한쪽을 차 바깥으로 빼내는 순간 누군가 다가섰다.

"차현아 씨?"

낯선 남자의 목소리였다. 사람이 있는 것도 알아채지 못했다. 숨어 있다가 나타난 게 분명했다. 컨테이너가 눈에 들어오자 경계를 늦춘 탓인지도 몰랐다. 현아는 남자를 올려다보았다. 각진 얼굴에 스포츠형 머리. 사나워 보이는 눈매가 그녀를 훑고 있었다.

"누구요?"

"차현아 씨 맞죠?"

"아닌데요. 사람 잘못 보신 것 같네요."

통하지 않으리라는 것은 이미 알고 있었다. 도망갈 기회가 필요했다. 현아는 다시 다리를 안쪽으로 들이며 문을 닫으려 했다. 하지만 운전석 쪽 문을 잡는 형사의 손이 더 빨랐다. 힘으로는 이길 재간이 없었다.

"경찰입니다. 잠깐 내리시죠."

신분증을 내보이는 형사의 입가에 미소가 걸렸다. 그 정도 거짓말에 속아 넘어갈 리가 있겠느냐는 비웃음에 가까웠다. 현아는 살짝 고개를 내저으며 한쪽 팔로 운전석 문의 손잡이를 지지하고 한 손으로는 배를 감싸 쥐며 차에서 일어났다. 크게 부풀어 있는 배에 형사가 살짝 뒤로 물러섰다. 현아는 그때를 놓치지 않았다.

온 힘을 다해 형사의 몸을 힘껏 밀어냈다. 형사가 뒤로 주춤하는 사이 현아는 무작정 달리기 시작했다.

그 모습을 멀리서 달려오고 있던 차량 속의 서태주가 보았다. 서태주는 속도를 더욱 높였다. 만삭인 차현아가 아무리 달린다 해도 차의 속도를 이길 수는 없을 터였다.

"안돼!"

서태주가 다급히 브레이크를 밟았다. 반사적으로 핸들을 돌렸다. 굉음을 내며 차 머리가 크게 한 바퀴 돌았다. 뒷바퀴가 들썩이며 간신히 차가 멈췄다. 서태주는 거친 숨을 내쉬며 앞을 노려보았다. 양팔을 벌린 종현이 차의 앞을 막아 세우고 있었다.

종현은 서태주의 차 앞으로 뛰어들지 않을 수가 없었다. 막무가내로 달리고 있는 만삭의 현아가 너무나 위험해 보였다. 이런 식으로는 안 된다는 생각밖에 들지 않았다.

같은 시각 급브레이크 소리에 컨테이너 안에 있던 구남이 밖을 내다보았다. 난데없이 종현이 누군가의 차를 막고 신경전을 벌이고 있었다. 얼마 지나지 않아 구남은 도망치고 있는 현아를 발견했다. 그녀는 다른 컨테이너 구석에 몸을 숨기고 몰래 바다 쪽으로 향하고 있었다. 구남은 불길한 기운을 감지했다.

"보트장 개방해."

"뭐요?"

구남의 말에 참새가 소스라치듯 놀랐다. 지하 벙커에 연결되어 있는 보트는 정말 위급할 때 사용하기 위해 있는 것이었다. 무엇보다 이렇게 경찰들이 운집해 있을 때 지하 벙커를 통해 보트가 나가면 경찰들에게 잡아 달라는 이야기나 다름이 없다. 그런 상황을 참새가 말했지만, 그 정도는 이미 구남도 알고 있었다.

"내가 다 방법이 있다고 했잖아."

구남이 참새의 어깨를 두드렸다. 참새는 인상을 구긴 채로 아랫입술을 깨물었다. 구남을 믿어도 될지 아닐지 확신하지 못하는 얼굴이었다. 구남은 참새의 머리를 마구잡이로 헝클어트렸다. 그리고는 보트장 게이트를 향해 몸을 돌렸다. 순간 옆구리에 불덩이 같은 고통이 쑤시고 들어왔다.

비명도 지르지 못했다. 너무 급작스러운 일이라 순간적으로 구남은 자신에게 벌어진 일이 무엇인지 몰랐다. 그는 믿을 수가 없는 듯 황황한 눈으로 자신의 옆구리를 내려다보았다. 자신의 옆구리에 박힌 칼의 자루를 따라, 그걸 잡고 있는 손을 따라 참새의 얼굴을 보았다. 참새가 비릿한 웃음을 흘렸다.

"형님 지시야. 방법이 있다고? 웃기고 있네. 너 고스란히 경찰 손에 우리 조직을 넘길 생각이었잖아."

"너……"

"뭐야. 그 사이에 무슨 일이 있었던 거야? 우리 구남이 형님이 이런 사람이었던가? 혹시 김실자한테 넘어가기라도 한 거야?"

하고 싶은 말은 있었지만 입 밖으로 소리가 나와 주지 않았다. 신음을 흘리는 구남의 무릎이 꺾였다.

"여길 아는 김실자도 경찰에 잡히고 너는 죽고. 그 사이 우리 조직은 여길 떠난다. 이 벙커 따위는 버려도 된다는 지시야. 이미 우리 조직이 이 벙커와 관련 있다는 문서는 다 날렸어. 이젠 들통나도 좋으니까, 넌 죽어. 이 변절자 새끼야."

참새가 구남의 옆구리에서 강한 힘으로 칼을 뽑아냈다. 사방으로 적지 않은 양의 피가 흩뿌려졌다. 고통으로 구남의 허리가 굽어졌다. 양팔로 땅을 짚고 있는 것이 고작이었다. 참새는 싸늘한 얼굴로 다시 한번 구남의 옆구리를 찔렀다. 기어이 구남이 쓰러졌다. 그걸로 끝이 아닌 모양이었다. 칼을 뽑은 참새의 팔이 다시 허공으로 높이 솟아올랐다. 하지만 공격은 거기서 멈췄다. 바깥이 소란한 것을 참새도 들었다. 그는 황급히 벙커를 빠져나갔다.

쓰러져 있던 구남은 참새가 나가기 무섭게 이를 악물었다. 그는 몸을 일으키려 했다. 바닥에 쏟아져 있는 흥건한 피에 간신히 지탱하고 있던 팔이 미끄러지면서 넘어졌다. 상당한 고통이 그의 온몸을 휘감았지만, 그는 이를 악물고 참았다. 비틀거리며 그는 겨우 몸을 일으켜 세웠다.

구남은 벙커의 맞은편 벽 쪽으로 다가갔다. 구남의 발길을 따라 피가 점점이 떨어져 내렸다. 눈앞이 약간 흐려지는 것도 같았지만 벽에 붙은 그림을 떼어 내는 데는 무리가 없었다. 그림에 감춰져 있던 버튼 하나가 모습을 드러냈다. 구남은 마치 그걸 부숴 버리기라도 하는 듯 주먹으로 온 힘을 다해 버튼을 쳤다. 우르릉 소리와 동시에 벽이 갈라지며 작은 통로가 열렸다.

***

"이게 무슨 짓이에요! 위험하잖아요!"

운전석에 앉아 있던 서태주는 종현에게 극렬히 고함을 질렀다.

"이런 식으로 쫓으면 안 돼요!"

"뭐가 안된다는 거예요, 비켜요!"

"배 속에 아이가 있잖아요!"

서태주가 인상을 찡그렸다. 곧 그의 얼굴이 싸늘하게 변했다.

"그럼 유괴당한 아이는요?"

"하지만 안전하게 잡을 방법이……."

그렇게 대답하면서도 종현의 목소리는 곧 사그라졌다. 자신의 지금 이 행동이 옳은 일이 아니라는 것을 알면서도 막지 않을 수 없는 듯했다. 서태주 역시 그런 그의 심정을 이해하지 못할 것은 아니었다. 범죄자를 잡으려면 손해는 감수해야 한다. 그러나 그 손해가 절대 다른 생명이어서는 안 된다. 그런 걸 알기 때문에 서태주 역시 종현의 말을 무작정 비난할 수만은 없었다. 하지만 그렇다 해도 잡지 않을 수도 없다.

"어떻게든 태아도 무사히 구해 낼게요."

종현은 뭔가 말을 하려다 고개를 떨구었다. 현아도 안전하게 체포해 달라는 말을 지금 여기서 할 수 없을 것 같았다.

"어……. 어!"

차현아의 뒤를 쫓아 달리던 형사들이 지르는 소리에 종현과 서태주가 동시에 그쪽을 향해 고개를 돌렸다. 차현아가 부두를 향해 달리고 있었다. 마치 바다에 그대로 돌진할 것만 같았다. 여기저기서 경적이 울렸다. 경찰들 차가 이렇게 많이 와 있는 줄은 몰랐다.

달리던 차현아가 부둣가 끝에 멈춰서서 몸을 돌렸다. 한 발이라도 잘못 디디면 뒤로 떨어져 바다에 빠질 것이었다.

"현아야, 안돼!"

그 목소리가 들렸을까. 차현아가 종현을 보았다. 멀리 떨어져 있지만 순간적으로 시선이 마주쳤다는 생각이 들었다. 차현아는 종현을 보고, 그대로 뒤로 떨어졌다.

종현의 목에서 짐승의 포효 같은 비명이 터져 나왔다. 종현은 그대로 주저앉아 차마 눈을 감아 버렸다. 바로 그때였다.

윙, 하는 전동 소리가 들렸다.

"뭐야, 저건."

서태주의 목소리에 종현은 눈을 번쩍 떴다. 어디서 나타났는지 구남이 모터보트를 운전하고 있었다. 그 뒤에 벌러덩 넘어져 있는 현아가 보였다. 뒤로 떨어지는 현아를 갑자기 나타난 구남의 모터보트가 받아 낸 것이었다. 종현은 힘이 빠져 털썩 주저앉고 말았다.

"쫓아야 돼."

서태주가 옆에 있던 형사들에게 지시했다. 구남의 모터보트가 방향을 돌려 멀어져 가고 있기 때문이었다. 서태주는 구남이 차현아와 도주하려는 속셈이라고 생각했다. 하지만 종현은 그렇게 생각하지 않았다. 그는 초조해하지도 않고, 한숨을 내쉬며 말했다.

"돌아올 거에요."

이유는 모르지만 그런 믿음이 있었다. 그것이 구남을 믿어서인지는 스스로도 알지 못했다.

***

　차현아는 꾹 감았던 눈을 휘둥그렇게 떴다. 물에 떨어질 거라고 생각했지만 등에 닿은 것은 딱딱한 배 위였다. 상황을 파악하려 고개를 돌리던 현아는 운전자가 구남이라는 것을 알고 기겁했다. 배는 눈 깜짝할 사이 부두에서 멀리 떨어졌다. 구남은 시동을 끄고 현아를 돌아보았다.

　"그동안 참 잘도 도망쳤다."

　현아는 두리번거리며 상황을 파악했다. 경찰이 따라오고 있지 않았다. 차현아는 두 발과 팔로 기어 구남의 다리를 잡았다.

　"내가 다 잘못했어."

　"허!"

　"앞으로 뭐든지 다 할게. 우리, 이렇게 도망가자. 시키는 대로 다 할게."

　구남은 피식, 비웃음을 흘렸다.

　"너를 어떻게 믿어."

　차현아는 눈을 번득였다. 뭔가 핑계를 생각해 내려는 것을 구남은 알았다. 그때 차현아가 잔뜩 인상을 구기며 배를 어루만졌다.

　"배가……. 배가 아파."

　구남은 눈 하나 깜박하지 않았다. 배 속의 아이를 어떻게든 활용하려는 생각이 뻔히 보였다.

　"나도 쓰레기지만, 너는 정말 재활용도 안 되겠다."

　그때 현아가 배를 움켜쥐며 상체를 수그렸다. 그녀의 신음은 점점 커졌다.

"쇼하지 마."

현아는 구남의 말이 들리지 않는 것 같았다. 그녀는 몸을 뒤틀었다. 그때 그녀의 치마가 점점 젖어 들었다. 다리를 따라 피가 흘러내렸다.

구남이 눈을 휘둥그렇게 떴다. 현아도 뒤늦게 하혈한 것을 발견하고는 비명을 질렀다.

"빨리 병원에 데려다줘!"

그 말에 구남은 정신을 퍼뜩 차렸다. 놀란 얼굴을 숨기고 차가운 표정을 지었다.

"도망가자며? 병원에 가면 형사들에게 바로 잡힐 거야."

현아는 고개를 저었다.

"그러면 아기가……."

구남은 비열한 웃음을 흘렸다.

"어차피 너한테는 애든 뭐든 돈 말고는 중요한 게 없잖아? 애는 죽든지 말든지 상관하지 말고 도망가는 게 낫지 않겠어?"

현아의 얼굴이 파랗게 질렸다. 구남은 그런 현아의 표정 변화를 관찰했다. 현아는 천천히 고개를 젓다가 이내 거세게 머리를 흔들었다.

"안돼! 병원에 가야 돼!"

저 여자에게도 모성애는 있는 건가, 구남은 생각했다.

"이러다 나 죽으면 어떻게 해?"

구남은 이제 두 가지에 대해 확실히 깨달았다. 하나는 모든 어머니에게 모정이 있는 것은 아니라는 것. 또 다른 하나는 선천적으로 짐승보다 못한 인간도 있다는 사실.

"고맙다. 흔들리지 않게 해 줘서."

구남은 보트에 다시 시동을 걸고 속도를 올렸다.

"알았어."

서태주가 휴대폰을 끊었다.

"고구남 씨가 반대편 선착장에 도착했고, 대기하던 형사들이 차현아 씨를 인도받았다고 합니다. 고구남 씨는 어디선가 칼에 찔렸다는데 바로 병원으로 이송되었습니다."

종현은 숨을 들이켰다.

"목숨은."

"이상 없을 것 같다네요."

"현아는요?"

"구급대원 말로는 하혈을 했다는데 병원에 가 봐야 알 것 같습니다."

"저도 병원으로 가겠습니다."

"제 차로 이동하시죠."

두 사람은 차현아가 입원한 산부인과 병동으로 향했다. 병실 앞에는 제복을 입은 경찰 두 명이 지키고 있다가 서태주에게 눈인사를 했다. 서태주를 따라 종현도 병실 안으로 들어갔다. 일인실인 병실 한가운데에 놓인 침대에 현아가 누워 있었다. 현아의 가는 손목에는 수갑이 채워져 침대에 고정되어 있었다. 인기척에 눈을 뜬 현아는 종현을 발견하고는 고개를 돌려 버렸다. 그렇게나 만나고 싶었던 아내였지만, 오히려 그 상황이 되자 실감이 나지 않았다. 기다리고 있던 의사가 서태주와 종현을 번갈아 보다가 말했다.

"일시적인 하혈입니다. 태아에게는 이상 없습니다."

종현은 안도의 한숨을 내쉬었지만, 마냥 기뻐할 수 없었다. 의사가 묵례하고 나가자 서태주가 현아에게 다가갔다.

"아이는 어디 있죠? 당신이 유괴한 아이."

"버렸어."

놀랄 만큼 무덤덤한 어조였다.

"살아 있습니까?"

"……"

"어디에 버렸죠?"

현아는 대답할 생각이 없는 것 같았다.

"어차피 당신은 이제 끝났어. 모든 걸 말해야 정상 참작이라도 받을 수 있을 거야."

서태주가 말했지만 차현아는 눈만 깜박이고 있었다. 종현이 앞으로 나섰다. 무릎을 굽히고 현아의 눈높이와 맞췄다. 시선을 현아의 눈에 고정한 채로 종현이 말했다.

"말해, 모두."

왠지 서글픈 감정이 들었다.

잠시 침묵이 가라앉았다. 서태주는 현아가 말할 리 없다는 생각이 드는지 좀 더 추궁할 듯 앞으로 나섰다. 하지만 놀랍게도 잠시 뭔가를 생각하던 현아가 천천히 입을 열었다.

"……어제까지 묵었던 레몬 모텔 208호 발코니에 가 보세요."

서태주는 긴급히 휴대폰을 열었다. 상대가 곧장 전화를 받았는지 오래 기다리지 않고 목소리를 높였다.

"레몬 모텔, 208호 발코니로 출동해! 아이를 거기에 유기한 것 같다."

긴급히 출동 지시를 내린 서태주는 전화를 끊고 현아를 보았다.

"살아 있나?"

"……."

"죽었나?"

"몰라, 나도."

서태주는 답답하다는 듯 입술을 깨물었다. 그럼에도 소리를 지르는 것은 일에 도움이 되지 않는다고 판단한 것 같았다.

"왜 거기에 버렸지?"

상황과 맞지 않게 후, 현아가 웃었다.

"그럼 그걸 갖고 다녀서 뭐하게. 이제 쓸모도 없는데 귀찮게."

25

누군가 자신을 부르고 있었다. 다정한 목소리도 아니고, 애원하는 것도 아니다. 그가 아주 어렸을 때 일하던 공사장에서 뭔가를 지시하기 위해 "어이, 고구남!" 그렇게 부르던 소리와 같았다. 지금의 나를 누가 이런 식으로 부르나 싶어 인상을 찡그리며 몸을 움직인 순간 복부에서 찢어지는 듯한 통증이 느껴졌다.

"어이, 눈 좀 떠 봐!"

내가 무슨 수를 내서라도 눈을 뜨고야 만다고 생각한 고구남은 온몸의 힘을 눈꺼풀로 끌어올려 기어이 눈을 번쩍 떴다. 희끄무레한 시야 속에 어떤 몸체가 보였다. 몇 번 눈을 끔벅거리자 종현이 보였다.

"떴네. 떴어."

"움직이지 마세요. 수술했습니다. 아직 많이 아플 거라고 했어요."

옆에 서 있는 것은 서태주였다. 구남은 그제야 자신이 병실에, 그러니까 아직 살아 있다는 것을 깨달았다. 가장 먼저 생각나는 것이 있었다.

"애는?"

종현이 안도의 한숨을 내쉬었다. 의사가 수술이 잘됐다고 했고, 아이에 대해 물어보는 것을 봐서는 일단 제정신이라는 이야기였다.

"살아 있어."

종현의 말에 구남의 눈동자가 흔들렸다. 서태주가 말을 이었다.

"차현아 씨의 자백으로 아이를 버려 뒀다는 모텔 베란다에서 아영이를 찾았습니다. 울 때나 혼자 두어야 할 때마다 수면제를 먹인 탓에 영양실조와 탈수 증세가 있지만 생명에는 지장이 없습니다."

차현아의 말대로 아영은 레몬 모텔 208호 발코니에서 발견됐다. 경찰들이 아이를 발견했을 때 아이는 팔다리가 묶인 채였다. 그들은 아이가 죽은 줄로만 알았다. 하지만 아이의 몸이 따뜻했다. 코에 손을 대보자 미약한 숨이 형사의 손가락에 닿았다. 바로 구급차를 불러 병원으로 이송했다. 소식을 듣고 달려온 정순정의 모습은 거의 해골에 가까웠다. 모르는 사람이 보면 납치 감금이 되어 있었던 것이 아영이 아니라 정순정이었다고 생각할 수도 있을 터였다. 그녀는 안정제를 맞고 잠들어 있는 아영의 손을 잡자마자 그대로 바닥에 주저앉아 오열을 토했다. 그런 그녀의 옆을 이혼한 남편인 박민우가 지키고 있었다. 그의 얼굴 역시도 눈뜨고 봐 줄 수 없을 지경이었다. 검게 변한 피부에 입술은 허옇게 갈라져 있었다.

"······다행이군."

구남은 고개를 끄덕였다. 서태주는 구남을 찌른 참새를 아직 체포하지는 못했지만 전국 수배령을 내렸다고 설명했다.

"그럼?"

"차현아 씨도 다행히 큰 문제 없습니다. 곧 구치소로 옮겨 조사를 받을 겁니다."

노크 소리가 들렸다. 서태주와 종현이 뒤를 돌아보자 문이 조심히 열렸다. 기연도 형사였다. 그는 서태주에게 가까이 다가와서 귀에 대고 뭔가 속삭였다. 서태주의 미간이 살짝 찌푸려지는가 싶더니 이내 그 눈이 종현에게로 향했다. 종현은 어리둥절한 얼굴로 서태주를 보았다.

***

병원 입구에 선 경찰 승합차를 지나가는 사람들이 흘깃거렸다. 그들은 서태주와 함께 서 있는 종현이 아니라 휠체어에 타고 있는 구남을 미심쩍은 눈초리로 보았다. 구남은 최대한 입고 있는 환자복이 보이도록 허리를 펼쳤다. 자신이 피해자라는 것을 충분히 알려야 했다. 수술 부위가 당기고 아팠지만 그건 다른 사람들의 시선만큼은 아니었다.

큼큼, 헛기침하며 애써 시선을 피한 구남은 옆에 선 종현의 얼굴을 보았다. 그의 얼굴은 무섭도록 굳어 있었다. 이제 그는 사랑하는 아내를 찾는 남자의 얼굴이 아니었다. 아내의 제대로 된 모습을 보아 버린 남자의 얼굴이었다.

회복이 어느 정도 됐다고 판단된 차현아는 구치소로 이감될 예정이었다. 그런데 경찰에게 차현아가 사정을 했다고 했다. 마지막으로 남편인 종현을 만나게 해 달라는 이야기였다. 구남은 아직 회복되지 않았지만 대체 무슨 말을 하려는 건지 궁금해 기어이 따라나온 길이었다. 서태주는 곤란해했지만 종현 역시 그녀와 할 말이 있을 거라고 생각해선지 두 사람을 만나게 해 주기로 했다.

뒤에서 인기척이 들렸다. 뒤를 돌아보자 두 명의 경찰관 사이에 서서 걸어오고 있는 현아가 보였다. 그녀의 팔은 경찰관들에게 붙들려 있었고, 앞으로 가지런히 모으고 있는 손에는 수건이 둘둘 감싸져 있었다. 그걸 본 종현의 표정이 눈에 띄게 흔들렸지만 그는 깊은 한숨을 내쉬며 한 발짝 앞으로 나섰다. 차현아가 경찰 승합차 앞까지 다가와 걸음을 멈추었다.

"잠깐 둘이서만 얘기하면 안 될까요?"

이 목소리를 대체 얼마 만에 들은걸까. 종현은 이 상황을 도무지 믿을 수가 없었다. 얼굴도 다정했던 아내였고, 이 목소리도 그대로였다. 그러나 자신이 아는 아내는 더 이상 아니었다. 그는 눈을 꾹 감으며 진정하려 애썼다.

"잠깐만 부탁드릴게요."

종현이 서태주를 돌아보며 말했다. 서태주는 곤란한 듯 잠시 고민을 했지만 결국엔 두 경찰관을 향해 고개를 끄덕여 보였다. 두 형사가 한 발짝 뒤로 물러났다. 어차피 승합차와 경찰들에게 둘러싸여 있으므로 큰 문제가 되지는 않을 것 같았다.

"나랑은 할 말 없냐?"

비아냥거리듯 구남이 말했다. 현아는 구남을 내려다 보더니 아름다운 입술을 열어 말했다.

"개새끼."

현아의 입에서 그런 욕설을 들은 것이 처음이라 종현은 움찔하지 않을 수 없었다. 게다가 만삭인 임산부의 입에서 그런 소리가 나오니 그 모습이 너무나 이질적이었다. 느닷없이 욕을 먹은 구남은 그냥 낄낄대며 웃을 뿐이었다.

현아가 차갑게 고개를 돌려 종현을 보았다. 그녀의 싸늘한 눈가가 아래로 쳐졌다. 현아는 아주 슬픈 듯 옅은 웃음을 지으며 종현의 앞으로 한 발짝 다가섰다.

"종현 씨."

종현은 아무 말 없이 그대로 가만히 서 있었다. 심장이 조여 왔다. 문득 그녀의 아버지 생각이 났다. 한순간도 딸로 인정을 해 주지 않는 아버지에게 번듯한 모습을 보이려고 그녀는 여기까지 온 것인지도 모른다. 자신도 모르게 너무 멀리 와 버려서 괴로워하고 있을 것이다. 미안하다고 하면 뭐라고 해야 하나. 아영을 생각해서라도, 그 부모의 마음을 생각해서라도 괜찮다고 말할 수 없었지만 서글픈 얼굴로 고개를 숙이고 있는 현아의 모습에 심장이 마르는 듯했다. 현아가 얼굴을 가까이해 그의 귓가에 입술을 가져갔다.

"경찰한테, 나 결혼 생활 중에 정신 분열 증상을 보였다고 해. 왜 그래야 하는지는 알지?"

그녀는 고개를 뗐다. 그리고는 입술을 끌어올려 미소 지었다.

그녀에게 남았던 모든 기대가 사라지는 것을 종현은 느꼈다. 소름이 끼쳤다. 그녀는 심신미약을 주장할 셈인 모양이었다.

다시 슬픈 얼굴을 한 현아가 형사들을 향해 돌아섰다. 그녀는 기다리고 있던 형사들에게 잡혀 승합차에 오르려 했다.

"잠깐만요."

종현이 외쳤다.

"한마디만, 한마디만 할게요. 마지막으로 물어볼 게 있어요."

종현이 현아에게로 걸음을 떼려 했다. 형사들은 다들 어리둥절한 얼굴이었지만 구남은 머릿속을 스치는 생각이 있었다. 구남은 황급히 종현의 팔을 잡았다.

"설마 너!"

종현은 구남을 돌아보고, 자신의 팔을 잡은 그의 손을 떼어 냈다. 그러고는 현아를 향해 말했다.

"나를 사랑하긴 했니?"

"아우, 씨발! 저 또라이!"

구남은 온몸을 뒤틀며 잔뜩 소름이 오른 자신의 팔을 쓰다듬었고 서태주를 비롯한 형사들은 떫은 감을 먹은 표정을 지었다. 현아는 눈을 둥그렇게 떴다가 허, 하고 웃더니 머리를 절레절레 흔들며 승합차에 올라탔다.

26

    며칠이 지났다. 퇴원한 구남은 종현의 집에서 짐을 싸는 중이었다. 더 이상 종현의 집에 있을 이유는 없었다. 그나마 좀 더 회복하고 가라고 종현이 며칠 더 배려해 준 덕분에 좋아하는 된장찌개를 실컷 먹을 수 있었다. 하지만 더 이상은 자신도 양심상 이 집에 더 머무를 수 없었다. 새벽부터 그는 짐을 싸기 시작했다. 자신이 머물던 거실을 모두 정리한 구남은 곧 일어나 나올 종현을 기다렸다. 이윽고 잠에서 깬 종현이 하품을 하며 거실에 나왔다. 구남이 일어나 있을 거라고 생각하지 못했는지 그는 아주 자연스럽게 주방으로 가려 했다.

    "이봐."

    구남이 그를 불렀고 종현이 돌아다 보았다. 구남은 인사를 하려다 말고 뭔가를 발견하고는 눈을 휘둥그렇게 떴다. 종현은 구남이 자신을 보고 놀라는 게 이상했다.

    "왜 그래?"

    구남이 떨리는 손가락으로 종현을 가리켰다. 그리고 그 손가락이 천천히 아래로 내려갔다. 손가락을 따라 종현의 시선도 내려갔다. 그리고는 구남이 발견한 것과 같은 것을 종현도 발견하였다. 두 사람은 거의 동시에 소리를 내질렀다.

"섰다!"

종현은 환희에 찬 얼굴로 기뻐하다가, 구남이 아직도 자신의 그곳을 보고 있다는 것을 깨닫자 황급히 가리고는 화장실 안으로 들어갔다. 잠시 뒤, 쏴 하고 샤워 물줄기 소리가 들려왔다. 구남은 화장실 앞으로 가 노크를 했다.

"너무 무리는 하지 말라고."

"꺼져!"

종현이 안에서 소리를 질렀고 구남은 낄낄거렸다. 그런 구남의 놀림은 종현이 화장실에서 나온 뒤에도 계속되었다. 그는 종현의 어깨에 팔을 걸치고, 온 정성을 다해 놀리기 시작했다.

"우리 종현이 다시 남자 됐네?"

"그만해."

"기념으로 한바탕 놀아야 하는 거 아니야? 형님이 좋은 데 데려가 줄까?"

종현은 벌게진 얼굴로 구남의 팔을 자신의 어깨에서 떨쳐 냈다.

"나도 이제 애 아빠거든?"

"그래, 그래."

기특하다는 듯 구남이 종현의 어깨를 두드렸다. 그 사이 종현은 구남이 싸 놓은 짐을 보았다. 구남도 종현이 무얼 보는지 알아차렸는지 후, 웃음을 흘렸다.

"오늘 같이 갔다가, 난 그대로 떠나 주려고."

"굳이 같이 안 가도 된다니까."

"내가 같이 가고 싶어서 그래. 네가 또 쓸데없는 소리를 할까 봐 걱정되기도 하고."

현아가 잡히던 날 "날 사랑하긴 했니?"라고 하던 종현의 말투를 구남은 몇 번이고 흉내 냈다. 종현이 입술을 깨물며 그의 입을 막았다. 구남이 특유의 웃음으로 낄낄거렸다.

"앞으론 뭘 할 건데?"

"글쎄. 어쨌든 칼 맞을 짓은 안 하겠지?"

종현은 구남의 얼굴을 물끄러미 보다가 부드럽게 웃었다. 종현은 구남이 변한 것을 알고 있었다. 현아가 훔쳐 갔다던 돈에 대해서는 왜 언급하지 않는지 몰랐지만 이제는 포기한 건지도 모른다. 무엇을 할지는 모르지만 앞으로 잘해 나갈 거라고 믿어 의심치 않았다. 그런 말을 해 봤자 또 놀릴 것이 분명하므로 종현은 아무 말도 하지 않았다. 굳이 말하지 않아도 자신의 그런 마음을 구남이 알 것 같았다.

종현이 아무 말도 하지 않고 있자 구남이 손등으로 툭, 종현의 그곳을 쳤다.

"사람 함부로 믿다가는 또 고자 된다. 알지?"

"고자 아니거든?"

종현이 펄쩍 뛰었다.

"그럼 뭔데?"

"발기 부전."

그는 껄껄 웃었다. 종현도 피식 웃었다.

"된장찌개 할 테니까, 그거나 먹고 가자."

***

두 사람이 향한 곳은 은파 구치소 접견실이었다. 현아는 구치소로 이동한 지 이틀 만에 그곳에서 아이를 낳았다. 그녀는 아이가 아버지인 종현에게 인도되는 것에 동의했다. 동의했다기보다는 '필요 없다'라고 했다는 사실을 서태주는 굳이 종현에게 알리지 않았다.

앞으로 종현은 아이를 지극 정성으로 키울 것이라 다짐했다. 절대 현아처럼 사랑받기 위해 애쓰는 사람으로 키우지 않을 것이었다. 노력하지 않아도 듬뿍 사랑을 줄 것이었다. 현아가 출소한대도 만나지 않을 것이지만 종현은 교도소 안에서 현아가 평안을 찾기를 빌었다.

"너무 긴장 마세요."

서태주가 종현에게 물이 든 종이컵을 내밀었다. 그도 인사 삼아 시간에 맞춰 교도소로 온 참이었다. 몇 가지 유아 용품을 선물로 사 오기는 했지만, 아직 종현에게 줄 타이밍은 아닌 것 같았다. 종현은 부쩍 긴장한 듯했다. 손을 가만히 놔두지 못하고 계속 한숨을 쉬어 댔다. 서태주는 웃으며 종현을 다독거렸다. 그런데 이상한 일이었다. 문득 시선을 돌리고 보니 구남도 무척 긴장하고 있었다. 심지어 식은땀을 줄줄 흘리고 있었다. 어떻게 보면 종현보다 더 긴장하는 듯 보였다. 서태주가 고개를 갸웃거리며 구남에게 괜찮냐고 물어보려 했을 때 접견실의 문이 열렸다.

여성 교도관이 포대기에 싼 아기를 안고 들어왔다. 종현과 구남이 동시에 일어섰다. 교도관이 웃으며 말했다.

"자, 이제 아빠한테 가자."

종현은 세상을 다 가진 듯한 미소로 아이를 받으려 팔을 뻗었다. 그런데 교도관은 그것을 못 본 모양이었다. 종현을 지나쳐 뒤쪽에 서 있는 구남을 향해 아기를 내밀었다. 당황한 서태주가 나섰다.

"아이 아버지는 이쪽이에요."

여성 교도관 역시 눈에 띄게 당황한 것 같았다. 아기를 한번 보고, 구남과 종현을 번갈아 보더니 의혹이 가득한 얼굴로 종현에게 아기를 넘겨 주었다. 종현은 그녀가 왜 그러는지 알 수 없었지만 일단 기쁨에 차 자신의 아기를 안고 들여다보았다. 서태주 역시 축하하기 위해 다가서며 아기를 들여다보았다. 구남도 슬슬 다가와 서태주의 어깨 너머로 아기를 보았다.

그리고 그 순간 세 사람 모두 움직임이 멈췄다.

그들은 동시에 교도관이 왜 아이를 구남에게 넘겼었는지 알 수 있었다. 아이의 얼굴에 툭 불거진 점이 있었다. 그것도 구남의 입술 위 커다란 점과 같은 위치였다.

종현의 머리를 스쳐 지나가는 사실들이 있었다. 구남이 현아의 산달을 알고 있었다는 것과, 칼을 맞고 깨어난 구남이 가장 먼저 "애는?" 하고 물었다는 것을. 그가 찾던 '애'는 당연히 유괴된 아영이었을 것이라고 생각했는데 그게 아니었다! 처음부터 그가 찾으려 했던 것도 현아가 가지고 도망간 돈이 아니었다.

종현의 눈에 불이 튀었다.

"이 개자식아!"

종현은 주먹을 휘두르며 달려들었고, 일격에 구남이 나동그라졌다. 서태주는 종현의 허리춤을 잡고 붙잡아 보려 했다. 구남이 비명을 질렀다.

"좀 능동적으로 말려 봐!"

종현은 아예 구남을 깔고 앉아 주먹을 날리기 시작했다. 여기서 이러면 안 된다는 서태주의 말이 성의 없이 몇 번 이어졌다. 어디선가 교도관들이 달려오고 접견실은 일대 소란이 일었다.

아수라장인 세 사람 속에서 출생의 비밀을 알 리 없는 아기만 평온했다.

작가 후기

 《유괴의 날》,《구원의 날》에 이은《선택의 날》로 유괴를 소재로 한 '날 3부작'을 마쳤습니다.

 출간 순서는《유괴의 날》이 먼저였지만, 사실 집필은《구원의 날》이 먼저였지요. 당시에는 제목이《구원의 날》이 아니라《말할 수 없는》이었습니다. 그 작품을 쓰면서 유괴에 대한 생각을 많이 하게 됐고, 어느 날 길을 걷다가 갑자기 '유괴를 했는데 그 부모가 시신으로 발견되면서 살인자로 몰리는 아이러니한 상황을 써 보는 건 어떨까?' 하고 생각을 했습니다. 거기에 천재 소녀와 어리바리한 유괴범이라는 캐릭터를 넣어서 블랙코미디로 가면 재밌겠다 싶었습니다. 당시《말할 수 없는》은 트리트먼트 작업 상태라 그냥 두고《유괴의 날》을 먼저 쓰게 되었고, 그렇게《유괴의 날》이 먼저 출간하게 되었습니다.

 이어 편집자분과《말할 수 없는》의 출간을 논의하던 중, 제목이 강렬하지 않다는 의견이 나왔습니다. 고민하던 편집자께서 이야기의 내용이 서로를 구원하는 이야기이니《구원의 날》이 어떠냐고 제안해 주셨고, 농담처럼 이럴 거면 '유괴를 소재로 한 날 시리즈 3부작'을 쓰는 게 낫겠다는 이야기를 했다가 출간이 확정되고 말았습니다.

마지막 이야기는 《선택의 날》입니다.

인간은 하루에도 수많은 선택을 합니다. 인생에 있어서도 큰 결정을 앞두고 선택을 해야 할 때도 많지요. 물론 그때마다 선택은 정의로워야 할 것이며 도덕적이어야 하고 누군가에게 피해를 끼쳐서는 안 될 것입니다. 그러나 실은 많은 선택들의 기저에 훨씬 더 개인적인 이유가 있습니다. 많은 선택이 '내가 손해를 보지 않을 것'이라는 기조를 기본으로 두고 결정됩니다.

그리고 가끔 그 선택은 후회를 일으키고, 우리는 반성을 하고 또 다른 선택 앞에 놓이게 됩니다. 이번 이야기는 그런 '선택'에 관한 이야기입니다.

재미를 위해 글을 씁니다. 내가 쓴 이야기를 읽는 분들의 시간이 지루하지 않기를 바랍니다. 그럼에도 늘 범죄 그 자체는 가볍지 않게 다루려고 합니다. 유괴 범죄는 생각만으로도 무섭습니다. 한 가정을 파괴하는 절대 해서는 안 되는 범죄입니다. 그래서 세 시리즈 모두 유괴의 끝에는 처벌을 받도록 했습니다. 현실에서 역시 유괴 범죄는 100퍼센트라고 해도 과언이 아닐 정도로 모두 해결됩니다. 진보된 과학수사와 많은 CCTV, 수많은 차량의 블랙박스와 우리 국민의 의식 앞에서 유괴 범죄는 이제 옛말이 되어야만 할 것입니다.

매번 책을 쓰고 내면서 이건 혼자 하는 일이 아니라는 걸 체감하고 있습니다. 출판사와 편집자분들의 노고와 이야기를 만들 수 있도록 많은 조언을 해 주시는 분들과 나를 응원해 주는 사람들, 그리고 무엇보다 읽어 주시는 여러분이 없다면 할 수 없는 일이라는 것을 잘 알고 있습니다. 그 수많은 다정한 시선들에게 감사를 전합니다.

뜨거운 여름의 끝자락에서, 정해연

선택의 날

초판 1쇄 발행일 2023년 8월 28일
초판 2쇄 발행일 2023년 10월 23일

지은이 정해연

발행인 윤호권
사업총괄 정유한

편집 구민준 **디자인** 정효진 **마케팅** 정재영, 윤아림
발행처 ㈜시공사 **주소** 서울시 성동구 상원1길 22, 6-8층(우편번호 04779)
대표전화 02-3486-6877 **팩스(주문)** 02-585-1755
홈페이지 www.sigongsa.com / www.sigongjunior.com

글 ⓒ 정해연, 2023

ISBN 979-11-7125-017-2 03810
ISBN 979-11-7125-135-3 (세트)

*시공사는 시공간을 넘는 무한한 콘텐츠 세상을 만듭니다.
*시공사는 더 나은 내일을 함께 만들 여러분의 소중한 의견을 기다립니다.
*잘못 만들어진 책은 구입하신 곳에서 바꾸어 드립니다.

WEPUB 원스톱 출판 투고 플랫폼 '위펍' _wepub.kr
위펍은 다양한 콘텐츠 발굴과 확장의 기회를 높여주는
시공사의 출판IP 투고·매칭 플랫폼입니다.